KB101086

"료의 금발이
마치 밤하늘에
빛나는 유성 같군."
카라사와 카즈키 지음
쿠와시마 레인 일러스트
전생 소녀의 이력서
7

엘바로사는
나와 눈이 마주치자
빙그레 미소 지었다.
그저 그것뿐이었는데
어째서인지
등골이 오싹해졌다.

마지막에
엄청난 미소녀가
나왔다.
긴 속눈썹에
녹색의 기미가 짙은
황록색 눈동자.
광택이 날 정도로
잘 손질되어
아름답고 긴 흑발.

학생복이 아니라
간단한
가죽갑옷을 입은
살로메 양이 지금
우리의 눈앞에 있다.
“나는
그녀의
친구니까
곁에 있다.”

샤르가 행복한 듯이
웃는 모습을
무심코 빤히
바라보았다.
샤르, 귀여워!
이것도 마음의
졸업앨범에
담아야지!

앨런은 조금 고민한 끝에
내 왼손을 그대로 들어 올려
손등에 가볍게 입술을 댔다.
"료와
춤추고 싶어….
그래도 될까?"

크으, 앨런 주제에…!
조금 두근거렸잖아!
부하 주제에 두근거리게 하다니!

INTRODUCTION

구엔나시스령의 소문

마물 재해로 부모를 잃은 살로메는 작위를 잃고,
학교에 돌아올 수 없게 되었다.
카테리나 곁에는 항상 호위라는 이름의 감시가 붙고
그중에서도 엘바로사라는 여성은 카테리나를 심하게 질책해 대는 상황.
살로메를 지킬 수 없었던 것은 사실이라고
자책하는 카테리나의 곁에 살로메가 달려왔다.
살로메는 구엔나시스령의 '영웅'과 교섭하여
학교 안에서 카테리나를 호위하는 역할을 맡았다고 한다.
살로메가 곁으로 돌아와서 카테리나는 진정을 되찾지만,
구엔나시스령을 둘러싼 불온한 소문이 퍼지고 있었다.
지난번 재해로 큰 피해를 입은 구엔나시스령이
왕가에 강한 반감을 품어,
뭔가 일으킬 생각이 아닐까 싶어 료는 걱정한다.
학교로 돌아온 후의 카테리나는 호위인 살로메를 떼어 놓고,
마법사에게 더없이 특별한 서적인
『구세의 마전』을 자주 보러 가는 상황.
구엔나시스 백작의 명령이 아닐지 지인들은 추측하는데….

전생소녀의 이력서 7

카라사와 카즈키 지음
쿠와시마 레인 일러스트

eXtreme novel

CONTENTS

Ryo Rubyforn

료 루비포른 F

왕립 카스타르 학교 여자기숙사 203호

FAMILY

부모 대리 코우키

양아버지 배쉬 루비포른

양어머니 글로리아 루비포른 양언니 갈라테아

전생
소녀의
이력서
7

프롤로그 살로메와 영웅

천장과 맞닿은 바닥에 귀를 대었다.

바로 아래층 방에는 구엔나시스의 영웅이 있다.

그들의 생각을 확인하기 위해서 위험을 무릅쓰고 숨어든 것이다.

잘하면, 아버지의 부고를 들었을 때 곁을 떠난 이후로 계속 만나지 못했던 카테리나의 소식도 들을 수 있을지 모른다.

"흥, 역시나 생각 없이 구엔나시스로 돌격하는 일은 없었나."

"그래, 생각보다 신중하다."

두 남자의 목소리가 들려왔다. 조그만 틈새로 방을 내려다보았다.

근골이 우람하고 조야한 차림의 남자와 마른 남자가 있었다.

틀림없다. 한 명은 영웅 알렉산더. 또 한 명은 항상 그의 곁에 있는 남자….

“도중까지는 이쪽의 유도대로 강경파의 의견이 통과될 뻔했는데. 그대로 왕국 측이 구엔나시스에 공격해 왔으면 지금쯤 서로 치고받을 수 있었는데 말이야.”

영웅의 입에서 쉽사리 흘러나온 그 말에 심장이 얼어붙는 듯한 기분이 들었다.

이 사람들, 정말로 나라와 싸울 생각이야? 그들이 각하에게 반왕정을 주장하고 있다는 소문도 분명 있었지만, 설마 그게 사실이었다니….

“왕도의 상인 길드 놈들이 괜한 짓을 벌였으니까. 그리고 그 상인 길드의 대표자 중 하나로 약속된 승리의 여신이라 불리는 상인이 가담했다는 모양이다.”

마른 남자가 그렇게 말하자, 묘한 침묵이 떠돈 뒤 덩치 좋은 쪽의 남자가 조그맣게 “그 녀석이….”라고 중얼거렸다.

“아마도 구엔나시스 침공이나 강경파의 의견을 억누른 것은 그 아이가 관련되었다고 생각한다.”

“…참 나, 정말 괜한 짓이나 하고.”

영웅의 그런 불만스러운 말은 어딘가 기쁜 것처럼도 들린다…. 약속된 승리의 여신이라면 료 양 말이지? 료 양과 그들은 아는 사이일까.

“아무튼 여신님의 명성은 제법이야. 나라는 그 명성을 이용해서 축제를 연다. 민심이 멀어지기 시작하려는데 참 타이밍도 죽여주지. 많은 영주가 그 여신에게 흥미를 품고 있다. 구엔나시스령에도 그녀가 보내 준 지원에 감사하는 이는 많아. 여신이 나라 쪽에 붙었다고 강조하면 이쪽이 불리해진다. 목적을 위해서 다소 수단의 방향성을 수정할 필요가 있을지도 몰라."

"그런가. 뭐, 그런 쪽은 루딜, 너에게 맡기지. 그러고 보니 고트프리의 의향으로 꼬맹이를 학교로 돌려보냈다고 들었는데, 그건 어떻게 됐지?"

영웅의 말에 무심코 눈썹을 찌푸렸다. 고트프리 님이라면 카테리나의 아버님, 각하의 이야기다. 꼬맹이를 학교로 돌려보냈다면, 즉 카테리나는 지금 학교에….

"전혀 문제가 없는 건 아니지만, 어디의 승리의 여신 덕분에 한동안은 움직일 수 없어. 학생들을 학교에 돌려보내고 고트프리는 위로제에도 참가시켜야지."

"하지만 그 애, 고트프리에게 괜한 소리를 들은 게 아닐까? 고트프리는 우리 생각에 찬동하는 게 아냐."

"분명히 그 아이가 지시를 받았을 가능성은 있지. 왕도에서 무슨 짓을 벌일 생각일지도 모르고."

"그렇게까지 생각하면서 왜 그 아이를 보냈지?"

"그 아이가 무슨 소리를 들었을지 내용은 대충 상상이 가. 그 아이가 그걸 실행하더라도 우리에게는 딱히 최악의 흐름이 될 리는 없어. 게다가 일단 감시를 붙여 놨지."

"감시? 누굴 보냈지?"

"엘바로사야. 카테리나라는 계집애는 엘바로사에게 미안함을 느끼는 모양이니까 감시로는 최적이겠지."

"엘바로사라… 확실히 지금 있는 기사단 중에서는 적임일지도 모르지만."

"불만인가?"

"불만이랄 건 아니지만… 뭐, 됐어."

"어찌 되었든 그 아이도 그리 거창한 짓은 할 수 없지. 괜히 소동 피우다가 지금 구엔나시스령에서 무슨 일이 일어나고 있는지 알려지면 결국 자기 목이 날아가. 아버지가 왕위를 찬탈하려고…."

마른 남자가 그렇게 말하던 도중 등골이 오싹해지는 감각이 들어 반사적으로 그 자리에서 물러났다.

그 직후, 커다란 소리가 울리고 조금 전까지 내가 있던 장소에 칼날이 솟구쳤다.

그대로 움직이지 않았다면 나는….

"호오, 제법 반응이 괜찮구먼."

그런 목소리가 들리나 싶더니 다시금 밑에서 뭔가가 날아왔다. 재빨리 몸을 움직여 가까스로 피할 수 있었다.

하지만 약해진 바닥에 한쪽 발이 걸리면서 균형이 무너졌다.

…떨어진다!

천장 위에서 실내로 떨어진 나는 다급히 낙법을 쳤다. 아슬아슬하게 최소한의 피해로 착지할 수 있었지만, 이미 내 목에 칼이 와닿아 있었다.

가까스로 고개를 들자, 구엔나시스의 영웅 알렉산더와 눈이 마주쳤다.

알렉산더는 의아한 눈치로 눈썹을 찌푸리며 “아직 꼬맹이잖아? 너, 이름이 뭐지?”라고 말했다.

왠지 솔직히 말하기 싫어 입을 다물고 있자, 내 얼굴을 가만히 바라보던 마른 남자의 한쪽 눈썹이 꿈틀거렸다.

“본 적 있는 얼굴이군. 분명히 살로메 몬테스. 원래 기사작이던 몬테스 가문의 딸인가. 전사로서의 기량은 제법이라고 들은 적이 있어.”

내 이름을 아는 것에 놀랐다. 어머니의 말에 따라 검성(劍聖)의 기사단에 입단하긴 했지만, 그들 같은 간부가 내 얼굴을 파악하고 있을 거라곤 생각하지 않았다.

“그렇겠지. 좋은 전사의 눈이로군. 그래서 살로메, 왜 그런 곳에 있었지?”

알렉산더는 내 목에 검을 들이대면서 말했다.

뭐라고 대답하면 좋을지 망설이는 내게 추격타를 먹이듯이 영웅은 눈을 날카롭게 떴다.

“말해. 말하지 않으면 이대로 목을 베겠다.”

그 억양 없는 어조에서 그가 진심으로 하는 말이라는 걸 바로 깨달았다.

나는 얕게 숨을 들이마셨다.

"…나는 구엔나시스 백작가 카테리나 님의 기사, 였다. 카테리나 님의 상황을 알고 싶어서, 여기에."

"호오, 기사도 정신이란 건가? 하지만 너는 아직 어린애가 아닌가. 작위조차 없을 거다. 그런데 백작가의 딸에게 의리를 세울 필요는 없지 않나? 실제로 작위를 가진 기사조차도 그쪽을 버리고 이쪽에 붙은 자도 많다."

빙그레 웃으며 영웅은 그렇게 말했다.

왜 이런 녀석이 영웅이라고 알려진 걸까. 얼굴을 보자면 완전히 악역인데.

"나는, 의리로, 카테리나 님을 모시는 게 아니야."

"그럼 뭐지?"

"카테리나 님은 내 친구. 친구를 지키고 싶다고 생각하는 건 자연스럽겠지?"

내가 그렇게 말하자, 영웅은 나에게 들이대던 검을 내렸다.

"마법사와 친구라."

그렇게 말하고 영웅은 천천히 나를 내려다보았다.

"거짓말은 아닌 모양인데, 마법사와 친구라니 참 웃기는 소리로군."

그리고 영웅은 흥 하고 콧방귀를 뀌더니 내게 기막히다는 표정을 보이고선 검을 거두었다.

설마 검을 거둘 거라고는 생각하지 못했기에 눈을 크게 뜨고 있자, 마른 남자가 비난하는 듯한 시선을 영웅에게 보냈다.

"어이, 알렉…. 이대로 이 애를 풀어줄 생각이야?"

"마법사와 친구가 되었다고 믿는, 그냥 가엾은 꼬맹이잖아. 내버려 둬."

영웅은 그렇게 말하더니, 내게 더 이상 흥미가 없는 건지 무너진 천장의 파편을 주워서 멀리 내던졌다.

그걸 멍하니 바라보던 나를 향해 영웅은 돌아보았다.

"어이, 뭘 멍하니 있는 거냐? 얼른 꺼져. 내 마음이 바뀌기 전에."

그런 차가운 목소리가 들려왔다.

솔직히 그 목소리에도, 영웅의 얼굴이 띤 박력에도 질 것 같아서 이미 몸이 떨리고 있었다. 사실은 한시라도 빨리 이 자리에서 도망치고 싶다. 하지만.

"아니, 나는 아직 당신들에게 할 말이 있다."

목소리는 한심할 정도로 떨렸다. 하지만 여기서 물러날 수는 없다. 그런 이야기를 듣고 그대로 물러날 수는 없다.

"…뭐라고?"

영웅에게서 험악한 분위기가 떠도는 게 느껴졌다.

“아까 당신들의 이야기, 들었어. 카테리나가 각하께 뭐라고 지시를 받았을지 모른다고….”

“그게 어쨌는데?”

“그걸 알면서도 왜 카테리나를 왕도로 보냈지? 그녀는 분명 당신들이 생각도 하지 않는 위험한 짓을 할 거다.”

내 말에 루딜이라는 마른 남자가 미간을 찌푸렸다.

“감시는 두었다. 문제없어.”

“감시…? 그 애에 대해서 아무것도 모르는 녀석들이 그 애를 막을 수 있다고는 생각되지 않는데!”

내가 소리치듯이 한 그 말에 영웅은 눈을 가늘게 떴다.

“그럼 너라면 막을 수 있다는 소린가?”

“음, 그래. 나라면, 나라면 막을 수 있다! 카테리나를 막을 수 있다.”

내가 그렇게 말하자, 알렉산더는 재미있는 일이라도 찾았다는 듯이 입가를 일그러뜨렸다.

“그런가. 그럼 해 봐라. 왕도로 보내 주지.”

예상 밖의 말에 내가 눈을 크게 뜨자, 루딜이라는 남자가 퉁명스럽게 입을 열었다.

“어이, 알렉, 괜한 짓 하지 마. 계획이 어그러진다.”

“너는 더 자신감을 가져. 네 계획은 완벽해. 꼬맹이 하나에 떨 거 없어.”

"…알렉은 저 나이 애한테는 무른 구석이 있어. 나는 목적을 위해서라면 어떤 것이든 이용할 거고, 어떤 무도한 짓이라도 하겠어. …과거에 네가 귀여워했던 아이조차도 이용할 수 있다면 이용하겠지. 피나의 원수를 갚기 위해서."

마른 남자가 원념을 담아서 그렇게 말했다. 영웅은 그의 나무라는 듯한 시선을 겁먹지 않고 받아 냈다.

"…알고 있어. 필요하다면 어떤 짓이든 한다. 여태까지도 그랬지. 앞으로도 그럴 거야."

그렇게 말하고 영웅은 조금 전의 난투로 어지러워진 방의 책상에서 종이를 한 장 집어 들고 펜을 잡았다.

마른 남자는 보란 듯이 크게 한숨을 내뱉었다.

"그런 약한 마음은 버려. 네 목숨이 날아가게 될 거다. 앞으로는 특히나."

"이건 딱히 이 녀석에게 정을 베푸는 게 아냐. 이 녀석 말로는, 백작가의 따님께서는 우리가 예상했던 것보다 못된 짓을 저지를 생각인 모양이잖아. 그걸 막기 위한 수는 써 두는 게 좋겠지. 만일을 위한 보험이다."

영웅은 그렇게 말하더니 뭔가를 기록한 종이를 내게 내밀었다.

받으라는 듯이 턱짓을 한다.

나는 그 종이를 받고 내용을 확인했다. 카테리나의 호위 임무를 내린다는 내용과 영웅의 서명.

"왕도로 가면 영주의 딸 호위 임무를 띤 엘바로사에게 이걸 보여라. 그 뒤는 알아서 잘 하고."

영웅은 그렇게 말했다.

이것만 있으면 다시 카테리나의 곁에 있을 수 있다…? 아버지가 돌아가시고 작위를 잃은 내가 왕도에, 학교에 돌아간 카테리나의 곁에 있을 수 있다.

희미하게 켜진 갑작스러운 희망에 꿀꺽 침을 삼키고 끄덕였다.

영웅의 말이 없더라도 물론 잘 할 거다. 카테리나가 위험한 짓을 하려고 들면 반드시 막는다. 막아 내겠다.

기다려, 카테리나. 바로 갈게. 당신의 곁으로 돌아갈 테니까.

제 35 장 위로제 준비 편(상) 약속의 꽃조개

좀처럼 영지에서 돌아오지 않았던 카테리나 양과 구엔나시스령의 학생들이 겨우 학교에 돌아왔다.

이미 위로제라는, 왕국의 힘을 기울인 성대한 이벤트를 앞두고 술렁대기 시작했던 학교 안이 그녀들의 도착으로 단숨에 시끌시끌해졌다.

나도 정말 기뻤지만… 구엔나시스령에 있는 듯한 알렉산더라는 남자가 크게 마음에 걸렸다.

샤르나 다른 구엔나시스령의 학생은 영웅이라고 불리는 그 남자가 영지에 '검성의 기사단'을 만들었다는 것 외에는 아무것도 몰랐고, 다들 그 영웅에게 감사하는 느낌이라 인기인이다.

혹시, 혹시 그 영웅이 두목이라면 구엔나시스령이 나라에 반역을 일으키려고 한다는 소문은 현실감을 띤다.

그 땅에서 영웅 대접을 받는 두목이 이대로 얌전히 구엔나시스령에 틀어박혀 있을 리가 없다….

머나먼 구엔나시스에 있을지도 모르는 두목에게 신경 쓰면서도 위로제의 성공을 위해 준비를 해야만 하는 중요한 타이밍에, 위안이 될 코우 엄마가 왕도에 돌아왔다는 소식이 닿았다. 나는 바로 코우 엄마에게 달려갔다.

코우 엄마가 왔다잖아! 오랜만의 코우 엄마! 기다릴 수 없어!

두목 문제라든가, 위로제 문제라든가, 구엔나시스령 문제라든가, 상인 길드의 속 시꺼먼 필두십인이라든가, 여러 문제가 내 신경을 갉아먹는 매일이었어!

나는 기세를 타고 그대로 코우 엄마의 가게 문을 열었다.

눈에 들어온 빨강머리의 코우 엄마의 뒷모습.

그대로 코우 엄마의 등을 껴안으려다가 먼저 온 손님이 있는 것을 깨닫고 도중에 멈추었다.

코우 엄마가 뭔가 덥수룩한 머리를 한 사람과 이야기를 나누고 있었다.

기세 좋게 뛰어든 나를 알아차린 코우 엄마가 돌아보았다.

"아, 료, 빨리도 왔네. 고마워."

그렇게 말하는 코우 엄마의 윙크를 보면서, 나는 힘없이 코우 엄마의 곁으로 다가가 이야기를 나누던 덥수룩한 머리의 그에게 날카로운 시선을 보냈다.

"그레이 회장, 왜 여기에 있습니까?"

나의 경계하는 듯한 목소리에 덥수룩한 머리의 그, 상인 길드 필두십인 중 하나이며 속 시꺼먼 실버 씨의 아들이자 오건 치료상회의 그레이 씨가 눈을 동그랗게 떴다.

"료 회장이야말로 어떻게…."

그레이 씨가 당혹스러운 기색으로 말했지만, 아니, 당혹스러운 건 내 쪽인데!

그레이 회장은 왕도 약 업계의 최고봉! 혼자서 약국을 하는 코우 엄마의 라이벌일 터! 설마 왕도에 돌아온 코우 엄마의 장사를 방해하러…?

"어머, 료랑 그레이는 아는 사이였어?"

코우 엄마의 목소리가 들려왔다.

그레이…? 그레이 회장을 경칭 없이 그냥 불러? 코우 엄마, 상인 길드의 필두십인 중 하나인 그레이 씨에게도 격의 없이 대하다니, 역시나 대단하다.

아니, 그게 아니라 코우 엄마와 그레이 회장은 꽤나 친한 느낌…?

"그게, 아는 사이라고 할까요, 코우 엄마가 없는 동안 상인 길드의 필두십인이 되었고, 그래서 그레이 회장과 면식이 있습니다. 오히려 코우 엄마야말로 꽤나 친한 모양이네요…."

"아, 그런가. 료가 상인 길드의 필두십인이 되었다고 편지에서 그랬지. 내 경우는, 료가 루비포른에 돌아가 있는 동안 아무래도 가게를 닫게 되잖아? 게다가 저번에는 언제 돌아올 수 있을지 몰랐고, 부재중인 동안 내 고객 대응을 오건 상회에 부탁했어."

코우 엄마의 그 말에 그레이 회장이 끄덕였다.

"예, 그렇습니다. 저는 전부터 코우키 씨가 만든 약의 팬으로 때때로 여기에 찾아오곤 했는데, 그러다가 코우키 씨가 안 계신 동안의 대응을 부탁받았지요. 항상 신세지고 있으니 흔쾌히 받아들였습니다. 그렇군, 코우키 씨가 돌봐 준다는 학생이 료 회장이었군요. ……! 그렇다면 흰 까마귀 상회에서 파는 미용 크림 같은 상품도 혹시 코우키 씨가 만든 겁니까?"

그레이 씨가 반짝거리는 눈으로 나와 코우 엄마를 보았다.

"나 혼자 생각해서 만든 건 아냐. 료는 대단해서, 약효가 뛰어난 것을 만드는 새로운 기술을 갖고 있어."

"새로운 기술입니까! 역시 그 향기는 종래의 방법으로 추출한 게 아니로군요?! 으음, 그 또렷한 향기는 그런 게 아닐까 생각했습니다. 게다가 약효 자체도 마치 그 향기 속에 담겨 있는 듯해서…!"

그레이 씨가 엄청난 기세로 열변을 토해서, 코우 엄마는 난처한 듯이 웃으며 그런 그레이 씨의 어깨를 툭툭 두드렸다.

"자, 자, 그레이. 진정해. 약 이야기가 되면 그레이는 재미있어진다니까."

"아, 죄송합니다. 혼자서 또 흥분했군요! 좋아하는 것의 이야기가 되면 멈출 수가 없어서… 부끄럽네요. 저기, 그럼 슬슬 가보겠습니다. 료 회장도 왔으니 두 분이서 좋은 시간 보내세요."

그레이 회장은 그렇게 말하고 코우 엄마의 가게에서 나갔다.

"그레이는 참 재미있어. 저런데 필두라니, 대단하네."

코우 엄마가 절절하게 중얼거리기에 나는 고개를 끄덕였다.

정말로 저 속 시꺼먼 실버 씨의 아들이라고 생각되지 않는다. 속이 시꺼먼 느낌이 없어.

…그렇긴 해도 오랜만의 코우 엄마와의 재회인데 왠지 그레이 씨가 방해한 느낌!

나는 조심조심 코우 엄마의 옷소매를 잡아당겼다.

"저기, 코우 엄마. 잘 다녀오셨어요?"

내가 그렇게 말하자, 코우 엄마가 자리에 웅크려서 나와 눈높이를 맞추었다.

시선이 딱 같은 높이가 되자, 코우 엄마가 미소 지었다.

"료, 다녀왔어. 외롭게 해서 미안해."

코우 엄마가 그렇게 말하며 껴안아 주었다.

그것만으로도 눈물이 나왔다.

정말로, 정말로, 코우 엄마가 늦었으니까! 엄청 외로웠어!

마음속으로 그렇게 소리친 나는 눈가에 눈물이 맺힌 채 코우 엄마를 껴안고 재회의 포옹을 하였다.

코우 엄마와의 오랜만의 재회를 마친 그날은 코우 엄마의 짐 정리를 돕고 같이 저녁밥을 먹기로 했다.

오랜만인 코우 엄마의 힐링 요리! 코우 엄마가 만든 따뜻한 수프가 위장에 부드럽게 스며든다….

“그렇긴 해도 료가 상인 길드의 필두가 되다니.”

다시금 내 근황을 들어 준 코우 엄마가 재미있다는 듯이 말했다.

아니, 나도 이렇게 서둘러서 상인 길드의 필두가 될 생각은 없었는데요, 타고사쿠 녀석이 루비포른에서 맹위를 떨치는 바람에 어쩔 수 없다는 느낌으로… 일단 여기까지!

나는 타고사쿠 씨에 대한 원념을 코우 엄마의 특제 수프와 함께 삼키고 입을 열었다.

“그래서 상인 길드의 회의에 처음 참가했을 때에 그레이 씨와 만났습니다. 설마 코우 엄마와도 접점이 있을 줄은 몰랐네요. 가게의 라이벌 같은 거라고만….”

“후후, 약이나 치료사 업계는 상인과 또 분위기가 다르니까. 이쪽 업계는 서로 돕고 돕는 분위기가 있어서 치료사들끼리는 사이가 나쁘지 않아. 이번에는 내가 없는 동안 가게를 맡아 줘서 고마웠어.”

그렇게 밝게 말하는 코우 엄마를 보며 나는 입술을 삐죽였다.

"그래서 코우 엄마가 이렇~게나 오래 왕도를 비울 수 있었던 거네요! 제가 루비포른을 떠날 때, 왕도에 가게도 있으니 금방 오겠다고 그러고서!"

내가 불만이었던 바를 밝히자, 코우 엄마는 "미안, 미안. 하지만 이렇게 늦게 돌아오게 될 줄은 몰랐어. 용서해 줘, 료."라면서 내게 디저트로 과자를 내놓았다.

분명히 나는 단것을 좋아하지만! 이런 걸로 기분이 나아질 거라 생각하면 착각!

그런 마음으로 마들렌 같은 외양의 구움과자를 입에 넣자, 입안에 달콤한 꿀이 좌르륵 퍼졌다. 엄청 맛있다.

단맛에 감동하고 있자, 코우 엄마가 고개를 갸웃거렸다.

"그렇긴 해도 상인 길드의 필두십인이 되었다면, 료는 학교를 졸업하고도 당분간 왕도에 있을 거니?"

코우 엄마가 의아한 기색으로 한 말에 나는 숨을 삼켰다.

그러고 보면 나는 요르교도를 어떻게든 할 생각으로, 그걸 위해 상인 길드의 필두십인이 되어 한동안 왕도에 있기를 결의했고, 당연히 그렇게 되면 코우 엄마도 왕도에 같이 있어 줄 거라 생각했다…!

코우 엄마는 가게도 열고 있고….

하지만 잘 생각해 보면 코우 엄마가 왕도에서 가게를 하는 건 내가 학교에 다니게 되면서 거기에 맞춰 준 것뿐이다.

어쩌면 코우 엄마는 내가 학교를 졸업하면 루비포른으로 돌아갈 생각이었을까.

“저기, 코우 엄마도, 왕도에, 저랑 같이 있어 줄, 거죠?”

내가 조심조심 그렇게 묻자, 코우 엄마가 빙그레 웃으며 내 머리에 손을 올렸다.

“왜 그래, 그 한심한 얼굴. 귀여운 얼굴이 아깝잖아. 괜찮아, 료가 있겠다면 나도 한동안 왕도에 있을 거야.”

다행이다! 마음이 놓였어! …아니, 잠깐만?!

“한동안이라면, 조만간 왕도를 떠날 생각인가요? 제게 비밀로 어디에 가는 건 아니죠?!”

내가 필사적인 얼굴로 묻자, 코우 엄마는 재미있다는 듯이 웃었다.

“그렇게 걱정하는 거야? 괜찮아! 료가 그렇게 걱정하는 동안은 계속 곁에 있을 테니까. 료가 독립… 그래, 소중한 사람을 찾아서 결혼하고 내가 필요 없어지면… 혼자 여행도 나쁘지 않겠네. 사랑을 찾아서 떠도는 여행은 멋지잖아.”

그렇게 말하며 코우 엄마가 즐겁게 웃는 모습을 보고 나는 다시금 안심했다.

“그럼 당분간 저는 코우 엄마랑 같이 있을 수 있는 거네요! 자랑은 아니지만 전 여태까지 연인이 있었던 적도 없고 좋은 사람도 없고, 결혼 상대 같은 건 완전 없어요!”

좋았어! 틀림없이 계속 같이 있을 수 있다! 그런 생각에 무심코 주먹을 움켜쥐고 그렇게 말했더니, 코우 엄마는 기가 막히다는 눈으로 나를 보았다.

"료, 그건 기쁘게 할 말이 아니야."

코우 엄마가 무거운 기색으로 그렇게 말했다.

그렇긴 해도 정말로 연애 같은 것과는 아직 거리가 멀어서… 아, 하지만 분명히….

"그러고 보니 오늘 코우 엄마네 가게에 왔던 그레이 씨는 제가 상인 길드의 회의에 참가할 계기를 만들어 준 실버 씨의 장남이지요. 그리고 실버 씨는 몇 번이나 거절했는데, 아직도 그레이 씨와의 결혼을 권하고 있어요. 뭐, 결단코 거부하고 있으니까 결혼할 일은 없을 거라 생각하지만요."

내가 생각할 수 있는 유일한 연애 관련 이야기를 하자, 코우 엄마의 눈에 힘이 들어간 듯했다.

"그레이랑?"

"예. 뭐, 하지만 그레이 씨는 솔직히 제게 흥미가 없는 모양이고, 실버 씨가 멋대로 하는 소리일 뿐이지만요."

그레이 씨랑은 여태까지 몇 번이나 이야기한 적 있지만, 화제는 모두 흰 까마귀 상회에서 다루는 미용 제품에 대한 것뿐.

상인 길드에서 이례적으로 치료작을 가진 그는 틀림없는 약오타쿠.

때때로 약 관련 이야기를 머신 건 토크로 내게 떠들다가 실버 씨에게 야단맞았다.

그레이 씨가 없을 때에 실버 씨가 한 말인데, 연구자 기질인 그레이 씨는 상품 개발 쪽으로는 천재지만 본래 상인 체질이 아니라나.

그러니까 나와 결혼하면 밸런스가 맞지 않을까 생각한 모양이다.

그런 생각을 하고 있는데, 코우 엄마가 사냥감을 찾은 육식동물 같은 얼굴로 히죽 웃었다.

"헤에, 그레이는 료의 남친 후보란 소리네? 어머, 료의 결혼 상대로 나설 거라면 일단 내가 맛을 봐 줘야겠네."

아, 왠지 코우 엄마 안의 뭔가 안 좋은 스위치가 켜진 건지도 몰라….

오랜만에 암표범 같은 코우 엄마가 히죽 웃었다. 왠지 미안해요, 그레이 씨.

일단 그레이 씨를 걱정하는 마음에 '알렉 두목처럼 근육은 훌륭하지 않아요'라고 한마디 해 주다가 나는 알렉 두목을 떠올렸다.

두목이 구엔나시스령에 있을지도 모른다고 코우 엄마에게 이야기해야 할까. 아니, 하지만 아직 알렉 두목이라고 확정된 것은 아니고….

"어머, 료, 뭔가 숨기는 거라도 있니?"

날카로운 코우 엄마가 가슴 뜨끔해지는 질문을 던졌다.

"예? 아뇨! 숨기는 거라뇨! 설마요! 그저 코우 엄마가 늦게 돌아왔구나, 라고 생각했을 뿐이지! 이렇게 늦은 걸 보면 혹시 두목이랑 어디서 만난 거 아닌가요?!"

나는 완전히 동요를 숨기지 못하고 말하였다.

안 돼. 난 코우 엄마 앞에서는 포커페이스를 유지할 수 없지만! 아니, 그게 되어도 코우 엄마한테는 들킬 것 같다고 할까…!

이대로 추궁당하면 위험하다… 라는 마음으로 적당히 꺼낸 농담이었지만, 코우 엄마는 조금 놀란 듯이 눈을 크게 떴다.

코우 엄마가 그런 얼굴을 하는 일은 드물다고 생각하며, 코우 엄마의 귀환에 들떴던 머리가 조금 냉정해졌다.

그리고 어떤 사실을 깨달았다. 나는 조심조심 입을 열었다.

"저기, 코우 엄마, 혹시 정말로 두목과 만났나요?"

애초에 내가 타고사쿠 씨나 배쉬 씨를 신경 쓰고 있었으니까, 코우 엄마가 낌새를 살피기 위해서라도 루비포른에 남는다는 이야기가 있었다.

지금 두목은 구엔나시스령에 있을지도 모른다. 그리고 루비포른은 구엔나시스령의 바로 이웃, 북쪽에 있는 영지다.

두목이 배쉬 씨와 접촉했어도 이상하지 않다. 코우 엄마가 왕도에 돌아오는 게 이렇게 늦어진 이유는 두목과 관계가 있지 않을까….

그런 마음으로 코우 엄마에게 물어보았지만, 코우 엄마는 평소처럼 웃으면서 고개를 내저었다.

"설마! 정말로 그 인간은 지금쯤 뭘 하고 있을까. 내 계산으로는 슬슬 내가 그리워져서 만나러 올 때인데."

그렇게 농담을 하며 웃어넘겼다. 나도 평소와 같은 코우 엄마의 농담에 웃음을 보였다.

뭐, 코우 엄마는 두목과 만나면 그대로 지옥 끝까지 따라갈 것 같고, 혹시 만났으면 이런 느낌으로 평소와 같지는 않겠지. 내 기우인가.

하지만 코우 엄마와 두목과의 접점이 없었더라도, 두목이 구엔나시스령에 있다면 배쉬 씨와 접촉하려 들 가능성이 클 것 같다.

"배쉬 씨도 조만간 왕도에 오는 거지요?"

"물론이야. 위로제가 있으니까."

배쉬 씨가 왕도에 오면 인사를 하면서 조금 더 알아보는 편이 좋을지도….

그리고 알렉 두목이 구엔나시스령에 있을지도 모른다는 사실은 코우 엄마에게 당분간 말하지 않도록 하자. 아직 확실한 것도 아니고, 어중간한 정보를 코우 엄마에게 전하고 싶지 않고….

나는 그렇게 결심하고 두목의 화제를 끝냈다. 그리고 다시금 코우 엄마가 없는 동안 왕도에서 내가 얼마나 고생을 했는가를 중점적으로 떠들어 댔다.

"미안, 늦었다. 이미 시작한 건가?"

다급하게 달려온 모습으로 유야 선배가 나타났다.

나는 자료에서 눈을 떼고 고개를 들었다.

"괜찮습니다. 저도 방금 왔거든요. 그러면 이걸로 다 모였으니 학원제를 위한 회의를 시작할까요."

열 명 정도는 모일 수 있는 커다란 테이블 앞에 앨런, 샤르, 리츠 군과 크리스 군, 그리고 에리마리 자매가 자리에 앉았다. 그리고 조금 떨어진 1인용 의자에는 앤소니 선생님이 느긋한 모습으로 우리를 지켜보듯이 앉아 있었다.

지금부터 도서관 3층에 있는 야외 테라스를 빌려서 학원제를 위한 회의를 시작하려 한다.

그렇다, 학원제. 위로제가 개최됨에 따라, 학교의 광대한 부지며 학생들의 명성을 이용하려는 상인 길드의 생각으로, 위로제 개최 중에는 학교에서도 학원제라는 축제를 열게 되었다.

여기에 있는 멤버는 학교 역사상 첫 시도인 학원제에서 학교를 잘 이끌어 줄 든든한 동료들이다.

그 정도의 축제를 나 혼자의 힘으로 준비하는 건 솔직히 무리니까.

사실은 말이지, 교장선생님 및 선생님들이 지휘를 맡아서 연극 준비를 해 주었으면 싶었는데, 토마스 교장은 마법 연구로 바쁜 모양인지 딱 잘라 거절당했다. 위로제나 학원제 같은 거랑은 별로 엮이고 싶지 않은 모양이다.

혈연은 아니라고 해도 당신의 귀여운 조카가 이렇게 애원하는데?! 라며 간청해 봤지만, 연구 외길 수십 년 같은 관록의 오라를 띤 토마스 교장은 고개를 끄덕이지 않았다.

차가운 숙부님이다. 여태까지는 성냥만 있으면 이 성냥 중독 환자를 마음대로 할 수 있었는데…. 성냥이 널리 보급된 현황이 분하기 짝이 없었다.

뭐, 하지만 학생들이 중심이 되어 학원제를 진행한다는 것은, 그건 그거대로 나쁘지 않을지도 모르겠지만. 참고로 앤소니 선생님은 고문입니다.

…사실은 카테리나 양에게도 권유했지만, 거절당했다. 이유는 바쁘다는 것이었지만, 솔직히 그것만이 이유가 아니라는 건 알겠다.

현재 카테리나 양의 주위에는 어째서인지 '호위'라는 이름의 기사가 몇 명씩 감시처럼 서 있다. 그런 상황인 것도 있어서 학교에 돌아온 카테리나 양은 꽤나 기운이 없다. 솔직히 카테리나 양은 학원제를 준비하고 어쩌고 할 상황이 아닐 거라 생각한다.

나는 친구를 생각하며 살짝 한숨을 내뱉은 뒤, 이번에는 기분을 바꾸듯이 크게 숨을 들이마셨다.

이제부터 회의다.

서기인 리츠 군이 일어서서 칠판 앞에 섰다.

"일단 오늘 의제는 학원제의 연극에 대한 거면 될까?"

내게 확인을 구했기에 나는 고개를 끄덕였다.

이 학원제의 연극은 왕국의 힘을 기울인 일대 이벤트라서, 학교가 총동원되어 이미 준비를 진행하고 있다. 그런 탓도 있어서 1교시인 마법역사 수업 시간을 이용해 연극 연습 시간을 갖기로 결정되었다.

조명 담당이나 대도구 담당이나 음향 담당 등의 멤버는 순조롭게 결정되었고, 시나리오나 흐름 같은 건 빅토리아 씨가 결정해서 꽤나 순조롭지만, 일부 배우가 좀처럼 결정되지 않았다.

"배우를 슬슬 결정하고 싶고, 또 학원제를 위해 나라에서 나오는 예산이 결정되었으니 그걸 공유할까 합니다."

그렇게 대답하면서 나라에서 받은 자료를 앞으로 내밀었다.

"이 자료에 적힌 것이 학원제 예산액과 연극의 대략적인 흐름입니다. 예산 쪽은 생각보다 더 많이 잡혔습니다."

그렇게 말하자 다들 그 자료로 시선을 주었다.

회계인 에리마리 자매가 그 액수를 보고 만족스럽게 끄덕였다.

"나쁘지 않네요. 하지만 료 님의 연극이니까 예산을 더 많이 퍼 줘도 좋겠다 싶지만요."

"저도 언니와 같은 의견이네요. 혹시 필요하다면 료 님도 사양 말고 말씀해 주세요. 저희가 아버님에게서 돈을 뜯어 올 테니까요!"

마리제 양의 그런 말에 무심코 상인 길드의 필두십인 중 하나인 아놀드 씨의 난처한 얼굴이 뇌리에 떠올랐다. 최근 상인 길드의 회의에 나갈 때마다 딸의 반항기가 왔네 어쩌네 하는 고민 상담을 받아 주고 있지….

"아, 아뇨아뇨, 학원제 예산은 충분합니다. 오히려 너무 많을 정도입니다. 예산은 충분, 학생들의 의욕도 충분합니다만, 아무래도 주연인 왕자 역을 맡아 주실 분을 슬슬 결정하지 않으면…."

나는 그렇게 중얼거리면서 힐끔 앨런을 보았다. 나만이 아니라 앨런 이외의 멤버도 앨런을 보았다. 모두의 시선을 받은 앨런이 싫은 눈치로 눈썹을 찌푸렸다.

"나, 나는, 절대로 안 할 거니까!"

그렇게 말하며 모두의 시선 앞에서 앨런이 고개를 내저었다.

뭐, 그렇겠지. 그 마음은 모를 것도 아니다. 앨런에게 부탁하는 역할은 바로 주역인 아름다운 왕자 역이니까….

이번에 빅토리아 씨의 부탁으로 하는 연극의 주역은 아름다운 마술사 왕자. 그리고 준주역이 비마법사인 용감한 여학생. 학교를 습격한 마물을 그 둘이 힘을 합쳐서, 라고 할까… 거의 마술사 왕자의 힘이긴 한데, 일단 표면적으로는 둘이서 힘을 합쳐서 쓰러뜨린다는 스토리. 즉 왕도를 마물이 습격했던 그 사건을 모티브로 한 이야기다.

마술사 왕자는 말할 것도 없이 헨리 왕제가 모델이고, 비마법사인 용감한 여학생은 내가 모델인 모양인지 작중에서도 나의 별명인 약속된 승리의 여신의 이름이 사용되고 있다….

그 명예로운 주역인 왕자 역을 학교에서 으뜸가는 마법사인 내 부하 앨런에게 맡기고 싶다고 주위에서는 말한다.

그도 그럴 것이 클라이맥스에서는 왕자 역의 배우가 실제로 마법을 쓰는 장면이 있다.

저 헨리의 마법을 재현하려면 상당한 실력의 마법사가 아니면 맡길 수 없다는 모양이다.

그때 헨리가 쓴 주문은 모래가루 같은 광석을 거대한 검으로 바꾸어서 마물에게 던지고, 거기에 또 불꽃을 두른다는 것인데… 어려운 마법인 모양인지 그걸 재현할 수 있는 게 앨런밖에 없다나 뭐라나.

하지만 당사자인 앨런 씨 본인은 헨리 역이 싫다면서 단호히 거부하는 입장이다. 뭐, 헨리 역을 싫어하는 마음은 솔직히 이해된다. 쓰레리니까.

싫은 것을 억지로 시키는 것도 가엾고, 일단 대본에는 그 마법의 재현이라고 되어 있긴 하지만 실제로 재현하면 역시 위험하겠다 싶고….

하지만 빅토리아 씨에게서 받은 기획서에는 실제 마법을 써 달라고 강조되어 있었다.

아니, 사실 빅토리아 씨의 속마음은 헨리 역을 본인에게 맡길 예정이었던 모양이다.

하지만 좀처럼 교섭이 잘되지 않은 건지 헨리 씨로부터 헨리 역을 해 주겠다는 대답을 받아내지 못했기에, 만일을 위해 배우를 정해 두어야만 한다는 느낌이다.

"애초에 이 이야기는 내용이 마음에 안 들어. 헨리 왕제와 료의 숨겨진 사랑 같은 이야기잖아."

"분명히 그 부분에 대해서는 불만스럽게 생각되는 점도 있지만."

앨런과 유야 선배가 말했다.

예, 말씀대로 저도 불만입니다!

이 연극 대본의 무서운 점은 나를 모델로 한, 승리의 여신이라는 여학생 역의 아이와 왕자와의 러브 로맨스도 포함되어 있다는 것이다.

이 이야기의 마지막에는 학교를 위기에서 구한 왕자와 여학생이 좋은 관계가 되는 것으로 결말을 맺는다.

아니, 이야기 자체를 재미있게 만들기 위한 거라고 생각하지만, 진짜 좀 그러지 말았으면 싶다.

다큐멘터리 느낌일 텐데 괜히 픽션을 섞는 건 말았으면 싶다.

하지만 나는 상인 길드의 필두십인 중 말석.

앞날을 생각하면 이 대본대로 진행하지 않을 수 없는 슬픈 처지다.

"하하하, 뭐, 그걸 납득할 수 없는 심정은 모를 것도 아니지만. 하지만 료 양 역할을 료 양이 하고, 헨리 님 역할을 앨런이 하면… 재미있을 것 같지 않아?"

리츠 군이 말하자 앨런이 뭔가를 깨달은 표정으로 내 쪽을 보았다.

"으, 으음, 료가 자기 역을 한다면 나도 헨리 왕제 역을 해도 좋지만…."

그렇게 쭈뼛거리며 제안해 왔다.

자기만 배우를 하는 게 부끄러운 부하가 대장을 끌어들이려고 하지만, 그렇게는 안 된다.

나는 총감독이라는 중대한 역할이 있어서 여유가 없다. …그보다 하기 싫어!

"무리네요. 조금 바쁘기도 하고, 게다가 만에 하나 헨리 전하가 자기 역할을 맡겠다고 나설 경우를 생각하면…."

그러면서 무심코 그 장면을 생각하니 닭살이.

싫어, 싫어. 쓰레리와의 러브 로맨스라니, 작중이라고 해도 절대로 싫어!

"하하. 스승님, 엄청 싫다는 얼굴이네요. 웃겨."

그렇게 말하며 킬킬 웃는 크리스 군을 나를 찌릿 노려보았다. 이 제자는 내가 아무 말 않는 것을 기회 삼아서 멋대로 떠들고 있어…! 이제 파문이야!

그보다 잘 생각하면 나를 스승이라고 부르지만, 딱히 스승다운 일을 한 적이 없는 것 같은데….

"아, 분명히 진짜로 헨리 전하가 배역을 맡아 주신다면 상대역의 부담감은 클 거야."

리츠 군이 밝게 말해 주었다.

내가 싫어하는 이유가 전하의 상대역 같은 건 황송하다고 여기는 것뿐이라고, 평화적으로 해석해 준 모양이다.

리츠 군은 착하구나.

"하지만 헨리 님이 상대역이라면 더더욱 료 님이 료 님 역할을 연기하시는 편이 멋지지요!"

어째서인지 흥분한 기색으로 대답한 샤르. 회의의 대화를 종이에 기록하던 샤르는 종이에 '헨리×료 님 멋져!'라고 크게 써놓았다. 진정해, 샤르. 의사록은 망상을 기록하는 게 아냐.

샤르는 안 그런 것 같으면서도 의외로 유행을 좋아하고, 지금은 꽤나 헨리파구나.

이전에 연 살롱에서 마술사 오리간에게서 쓰레리가 몸을 던져 나를 지켜 주었다고 생각하는 샤르는 그 이후로 꽤나 쓰레리를 미는 모양이다.

본성을 모른다는 건 평화롭네.

"분명히 료가 료 역할을 했을 때 헨리 전하가 자기 역할을 하겠다고 말씀하시면 곤란해. 그보다, 애초에 이걸 학교 학생들에게 시킨 건 누구야? 왜 헨리 전하가 나온다는 이야기가 됐는데?"

앨런이 퉁명스러운 기색으로 말했다.

그게 말이죠, 여러모로 사정이 좀 있어요.

"그 점은 어른의 사정이라고 할까, 왕성 쪽의 문제라고 할까, 정말로 미안하군."

지금까지 우리의 이야기를 따스하게 지켜보던 앤소니 선생님이 어른을 대표하여 미안하다는 듯이 사과했다.

선생님, 왠지 사과하시게 만든 것 같아 미안합니다.

그 어른의 사정에는 틀림없이 상인 길드도 한몫 끼었고, 아마도 빅토리아 씨를 포함한 왕성의 상층부는 헨리 역할을 본인에게 시키고 싶은 거겠지만….

하지만 쓰레리는 우리를 위해 연극 연습을 해 줄 마음이 전혀 없다.

하다못해 할 건지 안 할 건지를 얼른 확실히 해 주었으면 싶어.

헨리 역할을 떠맡게 될지도 모르는 앨런에게는 정말 민폐다.

앨런이 할 마음이 들었다고 해도, 헨리 전하가 역시 자기가 맡겠다고 나서면 앨런이 가엾다.

"아무튼 배우 문제는 다시금 빅토리아 회장에게 헨리 전하가 맡아 주실지 확인한 뒤에 이야기할까요. 오늘은 또 하나 의논할 게 있습니다. 예산이 생각보다 많아서 계산해 보니 2할 정도 남을 것 같습니다. 그 남은 예산으로 학교의 모두가 즐길 수 있는 뭔가를 하는 게 어떨까 해서. 우리도 곧 졸업이니까 추억으로 남을 만한 것을 할 수 있으면 좋겠죠. 뭔가 좋은 생각 있습니까?"

모처럼의 학교생활이니까 학생이기에 가능한 추억을 만들고 싶다. 지금 학교에는 이벤트다운 이벤트는 없었고. 있다고 해도 예전에 했던 법력 흘리기라는 결계를 재구축하는 행사뿐이고.

아니, 그건 그거대로 중요한 행사지만, 추억 만들기란 느낌이 아냐. 역시 학생다운 것을 하고 싶어! 예전 생에서는 그런 걸 좀처럼 할 수 없었고… 게다가 이번 학원제는 위로제를 하는 김에 겸사겸사하는 거지만, 잘만 하면 매년 항례행사가 될지도 모른다.

"헤에, 재미있겠네."

그런 앨런의 의견에 에리마리 자매가 고개를 끄덕였다.

"그럼 역시 피구 대회가 좋지 않겠습니까? 대부분의 학생이 즐기고 있고요."

"그렇지요. 피구는 신사숙녀의 소양이니까요."

분명히 학교 안의 피구 인기는 뿌리깊다. 하지만 피구가 신사숙녀의 소양이라니… 세상이 대단해졌네.

위로제 때는 지방의 부모님들도 오시는데, 피구 같은 왁자지껄한 놀이를 자기 자식이 하고 있다는 걸 알게 되면 보호자 분들이 제안자인 나에게 화내지 않을까.

"학원제 개최 중에는 학교 안에 상인들이 들어와서 물건을 팔기도 하잖아? 우리 학생들도 그런 가게를 해 보면 어떨까?"

그런 유야 선배의 의견에 예전 생의 학원제 모습이 떠올랐다. 분명히 예전 생의 학원제에서도 그런 가게들은 항상 있었다.

예전 생에서는 솔직히 그런 학교 행사를 즐긴 기억이 없지만, 학원제라고 하면 가게에 연주나 합창이나 연극 같은 것들, 속된 이벤트를 꼽자면 미스, 미스터 콘테스트 같은 것…?

일단 떠오른 것을 전부 말해 보자.

그런 느낌으로 마지막 추억 만들기 같은 이벤트 회의는 아주 잘 이루어졌다.

대화를 나누는 모두를 보면서 뭐라 표현할 수 없는 기분이 들었다.

그러고 보면 아직 실감은 없지만, 올해로 학교도 졸업인가…. 모두와도 헤어지게 된다.

내가 그런 생각을 하며 문득 도서관 밖을 보니, 갑옷 차림의 사람을 데리고 걷고 있는 카테리나 양의 모습이 눈에 들어왔다.

그런 카테리나 양이 어딜 가는 걸까 싶어서 시선으로 따라가 보니 위층으로 가는 문이 있었다.

카테리나 양, 오늘도…?

최근 카테리나 양이 도서관의 최상층으로 발을 옮기는 모습이 빈번하게 목격되었다.

"카테리나, 또 구세의 마전을 보러 가는 건가…?"

내 옆에서 앨런의 어두운 목소리가 들렸다.

아무래도 앨런도 내 시선을 좇다가 최상층으로 가는 카테리나 양을 본 모양이다.

"정말이야. 최근 매일같이 가네…."

리츠 군도 걱정스럽게 중얼거렸다.

그러고 있는 동안 카테리나 양은 호위를 데리고 상층으로 이어지는 문 너머로 갔다.

"구세의 마전은 도서관의 최상층에 있는, 마법사님밖에 볼 수 없는 책이었던가요? 매일 다니는 걸 보면 꽤나 재미있는 책인가요?”

나와 마찬가지로 비마법사인 크리스 군의 의문에 앨런이 고개를 내저었다.

“딱히 재미있는 건 아냐. 모든 주문이 기록되어 있다고 하지만, 주문을 기억하기 위해서라면 학교에서 관리하는 주문 교본 쪽이 깨끗하게 적혀 있어서 낫지. 구세의 마전은 글씨가 독특한 필적이라 읽기 어려워.”

“그렇지요…. 게다가 교본과 달리 정령사의 주문과 마술사의 주문이 섞여 있어서, 구세의 마전을 넘겨 보면 자신에게 맞지 않는 주문이 아무래도 눈에 들어오니까 어지러워요….”

그때의 어지러움이 떠올랐는지 샤르가 눈썹을 찌푸렸다.

마찬가지로 카테리나 양이 지나간 문을 의아하게 바라보던 유야 선배도 입을 열었다.

“항상 주위에 얼쩡대는 호위와 거리를 두고 싶기 때문에 구세의 마전이 안치된 장소에 다니는 게 아닐까? 뭐, 구세의 마전을 보기 위해서는 감시하는 마법사 몇 명이 동행하니까 혼자서만 있을 수는 없지만.”

그렇게도 생각할 수 있겠구나 싶었는데, 조금 전에 어른의 사정을 사죄했던 앤소니 선생님이 다시금 미안하다는 얼굴을 하였다.

“미안하군. 그것들은 학교 측의 잘못이야. 본래 학교 관계자

이외의 사람이 저렇게 학교 안을 활보하는 것은 허락되지 않는데… 저번 호우 재해 때 학교 안에 쉽사리 마물의 침입을 허용한 것을 문책당하여 '호위'라는 형태로 학생 이외의 이들을 안에 들이게 되었지."

씁쓸한 얼굴로 그렇게 말하는 앤소니 선생님.

아무래도 마물 소동 문제로 학교 측의 관리 책임을 물어서, 호위를 붙이게 해! 라고 구엔나시스령에서 강한 요구가 있었던 모양이다.

과연, 일단 명목상으로도 호위인가. 하지만 저건 어떻게 봐도 감시라고 할까, 뭐라고 할까…. 아무튼 카테리나 양이 최상층에서 내려오거든 말을 붙여 보자.

호위와 거리를 두고 싶은 거라면, 우리와 함께 있으면 마음도 좀 풀어질지 모르고.

나는 그렇게 결심하고 학원제에 대한 회의를 재개하기로 했다.

앤소니 선생님은 도중에 직원회의가 있다면서 자리를 떴지만, 남은 예산으로 뭘 할 수 있을지 모두와 의견을 주고받고 연극 예산 배분을 다시 짜는 등 회의가 꽤나 진행되었을 무렵에 카테리나 양과 호위가 내려왔다.

마침 카테리나 양이 우리가 있는 테라스에 시선을 주었기에, 나는 일어서서 손을 흔들었다.

카테리나 양은 조금 눈을 크게 뜨고 놀란 듯한 얼굴을 했지만, 호위들을 데리고 테라스까지 와 주었다.

그렇긴 해도 카테리나 양, 안색이 안 좋다. 발걸음도 꽤나 비틀거리고 있고….

"다들 이런 데서 뭘 하고 있어?"

그렇게 말을 걸어 주었지만, 역시나 그 목소리에도 힘이 없었다.

"학원제 회의를 하고 있어서… 그보다 카테리나 님, 몸 괜찮습니까? 안색이 정말…."

"…음, 괜찮아. 아무것도, 아냐."

그렇게 말하지만 역시 안색이 좋지 않고 목소리에도 평소의 패기가 없다.

"카테리나, 구세의 마전을 보러 간 거야?"

앨런이 기분 탓인지 날카로운 목소리로 그렇게 말하자, 카테리나 양은 조금 어색한 느낌으로 "그래."라고 작은 목소리로 대답했다.

"안색이 안 좋아. 구세의 마전을 너무 봐서 어지러운 거지? 못 읽는 주문을 억지로 읽으려고 하지 않는 게 좋아."

앨런이 그렇게 타이르자, 카테리나 양은 시선을 내렸다.

"알고는 있지만, 조금이라도 많은 주문을 기억하고 싶어서… 학교를 졸업하면 볼 기회가 별로 없으니까."

카테리나 양이 시선을 내린 채로 띄엄띄엄 말했다.

앞날을 위해 구세의 마전을 보러 갔을 뿐?

분명히 졸업하면 구엔나시스령으로 돌아가는 카테리나 양에게 왕도에 있는 구세의 마전을 볼 기회가 쉽게 오지 않는다는 말은 지당하지만… 그게 그녀의 본심은 아닐 것 같다.

“그건 그렇지만, 아무리 그래도 못 읽는 주문은 못 읽어. 너무 무리하지 마.”

그런 앨런의 지당한 말에 카테리나 양은 조용히 끄덕였지만, 별로 납득하지 않은 기색이다.

“카테리나 양, 괜찮으면 여기 앉지 않을래? 지금 학원제에 대해 이야기하고 있었어.”

리츠 군이 그렇게 자상하게 말하자, 카테리나 양은 조금 난처한 얼굴을 하였다.

그리고 힐끗, 당연한 듯이 카테리나 양 주위에 있던 기사들에게 고개를 돌린 뒤에 이쪽을 보았다.

“하지만…. 호위도 함께 있고, 나는….”

“호위분이 함께 있어도 괜찮아요.”

나는 그렇게 대답했지만, 카테리나 양은 그래도 망설이고 있었다.

“괜찮지 않겠습니까, 카테리나 님. 친구분의 청을 너무 거절하면 가엾습니다.”

부속품처럼 카테리나 양의 옆에 있던 기사가 그렇게 말했다.

"엘바로사…."

카테리나 양이 이름을 중얼거리며 그 여기사를 향하는 걸 보니, 이 호위의 이름은 엘바로사라는 모양이다. 왠지 카테리나 양의 곁에 있는 일이 많은 여기사다. 자주 보인다.

살짝 곱슬거리는 머리카락은 연갈색. 청록색 눈동자는 예쁘지만, 가느다란 눈썹이 조금 냉혹한 인상이다.

내가 찬찬히 그 호위의 모습을 보고 있자니, 눈이 마주쳤다.

엘바로사는 나와 눈이 마주치자, 빙그레 미소 지었다.

그저 그것뿐이었는데 어째서인지 등골이 오싹해졌다.

감이라고 할까, 그녀를 얕봐선 안 된다는 느낌이 들었다.

"저는 없다고 생각하셔도 되니까요."

엘바로사는 평온한 어조로 그렇게 말했지만, 무슨 생각을 하는지 알 수 없는 두려움을 느꼈다.

카테리나 양은 내게 시선을 보냈다.

호위도 같이 있는데 괜찮을까? 라는 의미의 시선이겠지.

분명히 엘바로사라는 기사의 뭐라 할 수 없는 박력은 무섭지만, 카테리나 양과 오랜만에 이야기를 하고 싶다.

"호위분도 저렇게 이야기하니 그렇게 하시지요, 카테리나 님."

내가 그렇게 말하자, 카테리나 양은 간신히 자리에 앉아 주었다.

호위인 엘바로사는 그런 카테리나 양의 뒤에 조용히 섰다.

내가 잠시 그 호위를 살피고 있자, 리츠 군이 평소처럼 부드러운 느낌으로 "카테리나 양은 연극에 흥미 있어?"라고 말을 붙였다.

"연극…? 보는 건 좋아하지만… 그래, 그러고 보니 이전에 살로메랑 같이 연극을 보러 간 적이 있는데, 그때 왕자님 역과 공주님 역이 멋져서, 저택에 돌아온 뒤에 그 연극을 흉내 낸 적이 있어. 아직 어렸을 때지만, 아주 즐거웠어."

과거를 그리워하듯이 그렇게 말한 카테리나 양이 살짝 미소 지었다.

카테리나 양의 미소에 조금 마음이 놓였다. 오랜만에 보았을지도 모른다.

역시나 리츠 군이다. 아니, 리츠 대선생님입니다. 그는 항상 분위기를 부드럽게 만들어 준다.

"왕자님 역이 살로메 양이고, 공주님 역이 카테리나 님입니까?"

내가 그 화제를 받아 주자, 카테리나 양은 조금 흥분한 듯이 눈을 빛냈다.

"그래! 맞아. 살로메가 말이지, 아주 멋졌어. 진짜 이야기에 나오는 왕자님 같았어!"

"후후, 저도 보고 싶네요. 멋졌겠지요."

"물론이야! 그래, 연극을 하는구나. 좋겠네. 제일 멋진 역할은 살로메에게 맡겨야지. 살로메가 있다면 꼭. 아주 멋질 거야. 살로메가 있으면….”

카테리나 양은 그렇게 말하면서 점점 목소리가 작아지더니, 마지막에 “…살로메랑 만나고 싶어.”라는 말을 흘렸다.

응, 그렇지. 나도 만나고 싶다.

“괜찮아, 카테리나 양. 구엔나시스령에 돌아가면 언제든지 살로메 양과 만날 수 있어. 그렇지?”

리츠 군이 부드럽게 위로했지만, 카테리나 양의 표정은 딱딱했다.

의외다 싶어서 “살로메 양은 구엔나시스령에 있지요?”라고 물어보자 카테리나 양은 씁쓸한 얼굴을 하였다.

“잘 모르겠어. 마물이 결계에서 나왔을 때에 구엔나시스령 전체가 혼란스러워서, 영지에 있어도 잘 만나질 못해서….”

영지에 있어도 못 만나?

내가 의문스럽게 생각하는데, 카테리나 양은 뭔가 떠오른 것처럼 놀란 얼굴을 했다.

“아, 그래. 저기, 모두와의 재회를 약속한 꽃조개 말인데….”

카테리나 양은 슬픈 얼굴로 그렇게 중얼거리더니, 옷깃을 살짝 풀고 목에 걸고 있던 작은 꾸러미를 꺼냈다. 그 안에서 반짝반짝 빛나는 연홍색 조개껍질이 나왔다.

학교에서 각자의 영지로 떠날 때에 무사히 재회하기로 약속한 조개껍질이다.

“저기, 미안해. 난 항상 몸에 지니고 있었어. 하지만 마물의 습격으로, 조금 조개껍질이 망가져서… 나, 약속을 지키지 못했어.”

울 것 같은 얼굴로 카테리나 양이 그렇게 말했기에 조개껍질을 보니, 분명 조금 망가져 있었다. 하지만 정말 아주 조금뿐이다.

“카테리나 양, 우리는 조개껍질에 흠이 가지 않도록 한다는 약속을 한 적이 없어요. 그저 무사히 재회할 수 있기를, 그렇게 약속했습니다. 카테리나 님은 약속을 지켜 주셨습니다.”

내가 그렇게 말하자, 옆에서 샤르도 고개를 끄덕였다.

“그래요, 카테리나 님. 게다가 조금 흠이 갔어도 정말 예뻐요.”

“하지만… 살로메는 돌아올 수 없었어. 분명 내가 약속의 조개껍질을 지키지 못했기 때문이야.”

학교에 돌아온 뒤로 계속 기운이 없는 카테리나 양이 괴로운 듯이 그렇게 중얼거렸다.

아니, 아니, 조개껍질이 상한 거랑 살로메 양이 가족의 불행으로 학교에 돌아올 수 없었던 것에는 인과관계가 없어!

나는 그렇게 생각하지만, 카테리나 양은 살로메 양에게 일어난 불행이 자기가 조개껍질을 망가뜨렸기 때문이라고 생각하는 모양이고….

뭐라고 말해 주면 좋을까. 여기에 살로메 양이 있으면 그녀는 뭐라고 말해 줄까.

내가 조금 주저하고 있자, 왠지 사람을 비웃는 느낌의 기분 나쁜 웃음소리가 울렸다.

그 소리가 난 쪽을 보니 카테리나 양 뒤에 있는 호위가 입가에 손을 대고 웃고 있었다.

우리의 시선이 갑자기 웃기 시작한 그녀에게 모이자, 그걸 알아차린 엘바로사는 입가의 손을 치웠다.

"아, 죄송합니다. 그만 웃음을 참을 수 없었습니다. 카테리나 님은 정말로 아무것도 지키지 못하셨으니까요, 후후."

그리고 아직도 히죽거리면서 웃음을 머금은 목소리로 말을 이었다.

"그렇긴 해도 카테리나 님, 그 조개껍질, 정말로 아름답군요. 흠집이 난 게 정말로 아쉽습니다. 제 가족은 해변에서 조개를 줍는 것으로 생계를 유지했기에 정말로 그리운 기분이 듭니다. 특히나 제 언니는 크고 아름다운 꽃조개를 찾아내는 명인이었습니다. 하지만 꽃조개란 것은 조금이라도 금이 가거나 흠집이 있으면 가치가 뚝 떨어집니다. 아무리 훌륭한 꽃조개였더라도 의미가 없지요."

엘바로사가 웃음을 띠고 그렇게 말하자, 카테리나 양의 안색이 한층 새파랗게 되었다.

그런 카테리나 양의 변화를 아는 건지 모르는 건지 엘바로사가 "그 꽃조개, 좀 봐도 되겠습니까?"라고 물었다.

카테리나 양이 어두운 안색인 채로 살짝 끄덕이자, 엘바로사는 꽃조개를 휙 집어갔다.

"이 꽃조개에 친구와의 재회를 약속하셨습니까? 귀여운 발상을 하셨군요. 언니도 그런 걸 좋아했지요. 약속이나 소원 같은 것을. 저희 자매도 많은 소원을 담아서 조개껍질 장식을 만들었습니다. 주위에는 그것밖에 없었으니까요. 하지만… 저희 자매의 소원은 이미 사라졌습니다."

유창하게 떠들던 엘바로사가 말을 멈추었다.

그리고 그 가짜 웃음을 얼굴에서 지우더니 날카로운 목소리가 울렸다.

"약속의 물건은 모두 이렇게 산산조각 났으니까요. 언니의 목숨과 함께."

엘바로사의 손에서 으스러진 조개껍질과 그 말에 무심코 몸이 굳었다.

"어, 어이!"

앨런이 당황하면서도 거칠게 외치자, 엘바로사는 미안하다는 표정을 하였다.

"아, 죄송합니다. 카테리나 님, 무심코 힘이 들어가서 망가뜨렸습니다. 하지만 괜찮겠지요? 이미 금이 가서 가치가 없어진 것이니까요. 게다가 이 꽃조개에 맹세한 약속이 뭐였죠? 약속한 건 재회였지요? 그렇다면 그것도 지키지 못한 것 아닙니까. 당신 때문에 학교에 돌아오지 못한 분이 있지요?"

끈적하니 비웃는 듯한 어조의 말과 함께 엘바로사는 깨진 조개껍질 파편을 테이블 위에 후드득 뿌렸다.

"카테리나 님, 이 깨진 조개껍질이 당신에게는 어울립니다. 당신이 아무것도 지킬 수 없었다는 걸 바로 알 수 있으니까요."

그렇게 비웃는 엘바로사에게 카테리나 양은 그저 고개 숙일 뿐.

뜻하지 않은 일과 그녀의 박력에 나는 그만 말을 잃고 있었지만, 가늘게 떨리는 카테리나 양의 입술을 보고 무심코 일어섰다.

"무례하군요. 게다가 카테리나 님은 약속을 어기지…!"

"됐어, 료 양! 엘바로사의 말은 사실이야."

"아니…!"

숨을 삼키고 있자, 뜻밖에도 강한 어조로 카테리나 양이 "됐어!"라며 제지했기에 나는 입을 다물었다.

"그렇게 무서운 얼굴 하지 마시죠, 승리의 여신님. 하지만 아쉽습니다. 약속된 승리의 여신이라고 하기에 어떤 분일까 기대했습니다만, 정말로 기대 밖이네요. 이런 식으로 마법사님에게 알랑대는 것밖에 재주가 없는 단순한 비마법사 아닙니까?"

기분 나쁜 미소를 띠면서 내 눈을 보고 그렇게 말하는 엘바로사에게 무심코 눈을 크게 떴다.

나는 그녀가 마법사니까 알랑대는 게 아니다. 카테리나 양이니까, 친구니까 조금이라도 미소를 되돌려 주고 싶어서, 곁에 있고 싶을 뿐. 그건 나만이 아니라 여기에 있는 전원이 그렇게 생각하는데!

"그만둬요, 엘바로사! 저는 몰라도 제 친구들을 모욕하는 발언은 용서하지 않겠어요!"

조금 전까지 고개를 숙이고 있던 카테리나 양이 그렇게 화내주었다. 하지만 엘바로사에게는 전혀 통하지 않는지 히죽 웃음만 띠었다.

"어머나! 용감하셔라! 훌륭한 마법사님이로군요. 아무도 지키지 못했는데도…! 아하… 후후, 아하하하…!"

그렇게 말하고 미친 듯이 웃는 엘바로사에게 경악했다.

카테리나 양도, 나도, 여기에 있는 모두가 엘바로사라는 기사의 미친 듯한 웃음소리에 당혹스러워하고 있자, 갑자기 그 기분 나쁘고 높은 웃음소리가 딱 멈추었다.

"거기까지다, 엘바로사. 그 더러운 웃음소리를 당장 멈춰라. 아니면 이대로 억지로라도 입을 다물게 해 줄까?"

그리고 씩씩한 목소리가 들려왔다.

웃음을 멈춘 엘바로사의 목에는 단검이 닿아 있었다.

그 단검을 들고 있는 것은….

"살로메!"

카테리나 양이 그렇게 이름을 부르며 일어섰다.

그래, 살로메 양이다!

학생복이 아니라 간단한 가죽갑옷을 입은 살로메 양이 지금 우리의 눈앞에 있다.

"어머나, 살로메 님…. 아하, 당신은 이미 기사작의 딸이 아니니 경칭은 필요 없었지. 살로메, 마침 지금 당신 이야기를 하고 있었어. 하지만 어째서 구엔나시스령에 있을 터인 당신이 여기에? 게다가 그렇게 무시무시한 걸 내게 들이대다니."

"미안하군, 더러운 웃음소리가 들리기에 참아 줄 수가 없어서."

살로메 양이 그렇게 대답하자, 엘바로사는 불쾌한 듯이 눈썹을 찌푸리며 살로메를 노려보았다.

그리고 목에 닿은 단검을 손가락으로 잡아 아래로 내리게 했다.

살로메 양도 저항하는 일 없이 단검을 내렸다.

"혹시 일부러 구엔나시스령에서 멀리 왕도까지 왔어? 눈물 어린 노예근성이네. 당신이 그렇게까지 곁에 있으려 하는 건 당신의 아버지도 지키지 못한 무능력한 마법사거든? 비호를 청하는 상대를 잘못 고른 거 아냐?"

"나는 카테리나의 비호를 원해 곁에 있는 게 아니다. 그녀의 친구니까 곁에 있다."

"…친구?"

그렇게 말한 엘바로사가 또 얼굴을 일그러뜨리고 미친 듯이 웃기 시작했다. 그렇게 웃다가 숨도 제대로 쉴 수 없다는 듯한 표정으로 살로메 양을 보았다.

"어머나, 웃기지 좀 말아 줄래? 배가 아프잖아! 후, 후후…. 그렇게 생각하는 건 당신뿐 아닐까? 아아, 가엾은 살로메!"

일그러진 미소로 그렇게 말한 엘바로사는 다시금 웃었다. 그런 그녀에게 살로메 양이 슬픈 얼굴을 보였다.

"가엾은 건 어느 쪽일까…. 아무튼 학교에서 카테리나를 호위하는 일은 내가 맡게 되었다. 그러니까 당신은 이만 돌아가 주겠어?"

살로메 양이 그렇게 말하자 미친 듯이 웃던 엘바로사는 순간 웃음을 멈추고 불만스러운 듯이 살로메 양을 바라보았다.

"무슨 소리를 하나 했더니 웃기고 있네. 어리석은 카테리나 님의 호위는 영웅님이 내게 맡겼어. 우리를 버린 마법사님을 친구라고 말하는 가엾은 살로메에게 맡길 리가 없잖아?"

"어머나, 모르나? 나도 그 영웅님에게서 카테리나의 호위로 임명되었어."

그렇게 대답하자 엘바로사는 눈썹을 찌푸렸다.

"그럴 리 없어. 들어 본 적도 없어."

그렇게 따지는 엘바로사에게 살로메 양은 갑옷 안에서 편지 한 통을 꺼냈다.

엘바로사가 빼앗듯이 편지를 받아서 읽어 보더니, 표정이 경악의 그것으로 변했다.

"설마! 어째서⋯."

"어때, 영웅님의 서명도 있어. 나도 카테리나의 호위로 왕도에 왔어. 알았으면 얼른 어디로든 가. 당신은 교대 시간이야."

살로메 양이 그렇게 말하자, 엘바로사와의 말없는 눈싸움이 시작되었다.

한동안 둘 다 물러나지 않는 느낌이었지만, 최종적으로 엘바로사가 후욱 숨을 내뱉더니 시선을 돌렸다.

"흥. 일단 이 편지의 참뜻을 확인해야만 하겠고, 지금은 물러나 주지. 하지만 나도 호위 임무를 영웅님께 받았다는 건 변함없어. 오늘은 많이 웃겨 줬으니까 감사의 마음을 담아서 특별히 당신 말을 들어주겠지만, 오늘뿐이야."

엘바로사는 그런 말을 내뱉더니 그 자리를 떠나갔다.

떠나가는 엘바로사의 뒷모습을 한동안 지켜보았지만, 그녀의 모습이 보이지 않게 되자 우리를⋯ 아니, 카테리나 양을 지키듯이 서 있던 미소녀 전사가 빙글 몸을 돌렸다.

조금 전 여전사와의 입씨름은 없었던 것처럼, 거짓말처럼 고혹적인 미소를 짓는 살로메 양이!

다급히 여기로 달려온 건지 조금 복장이나 머리가 흐트러졌지만, 그런 건 전혀 신경 쓰이지 않을 정도로 미소녀 전사다운 모습이었다.

다음에 만나는 게 언제가 될지 모른다고 생각했던 살로메 양이 최고의 타이밍으로 등장하다니, 무심코 입술이 떨렸다.

살로메 언니! 라고 말하면서 껴안고 싶은 충동에 사로잡혔지만, 나보다도 먼저인 사람이 있어서 꾹 참고 그 사람에게 시선을 보냈다.

울고 있었다.

카테리나 양이 눈에서 뚝뚝 눈물을 흘리며 일어서 있었다.

"사, 살로메…!"

한동안 말없이 울고 있던 카테리나 양이 겨우 쥐어 짜낸 듯한 목소리로 이름을 불렀다. 그리고 한 걸음, 또 한 걸음, 조금씩 살로메 양에게 걸어간 카테리나 양은 살로메 양의 뺨에 손을 대려다가 주저하듯 손을 거두었다.

"미안해! 나, 난! 살로메를 만질 자격 같은 건, 없는데! 당신의 아버님을 지키지, 못했, 는데…! 나 때문에…! 살로메는 학교에 돌아올 수 없게…!"

"어머, 카테리나. 그렇게 죄다 자기 탓으로 하다간 조만간 태양이 저무는 것도 자기 탓이라고 하지 않겠어? 누가 뭐라고 했는지 모르겠지만, 아버님이 돌아가신 건 카테리나 때문이 아냐. 애초에 당신은 그 자리에 없었잖아. 카테리나가 가슴 아파할 것은 전혀 없어."

"하지만 난…! 나는 백작가의 마법사고, 영민을 지켜야만, 했는데…! 그런데 모두와 한 맹세도 지키지 못하고, 꽃조개도 깨져서…! 엘바로사의 말처럼 나는 아무것도 지키지 못했어…!"

"꽃조개?"

카테리나 양의 말에 살로메 양이 고개를 갸웃거리는 걸 보고, 나는 테이블 위에 있는 조개껍질 파편에 시선을 주었다.

"아까 여기사분이, 저기, 꽃조개를 깨뜨려서…."

울고 있는 카테리나 양 대신 설명하자, 살로메 양이 순간 가슴 아픈 얼굴을 했다.

"아냐! 엘바로사가 깨뜨린 게 아냐…! 애초부터 나 때문에 금이 가 있었어…. 전부 내 잘못이야! 내가 제대로 행동했으면 살로메의 아버님도 죽지 않았을지 몰라! 엘바로사의 언니도! 그러면 엘바로사도 저런 식이 되지 않았고, 살로메도 슬퍼하지 않았어! 여태까지와 마찬가지로 함께 학교에 다녔을 텐데! 모두와 재회한다는 약속을, 지켰을 텐데!"

그런 소리를 하며 점점 얼굴을 일그러뜨리고 눈물을 흘리는 카테리나 양의 손을 살로메 양이 붙잡고 끌어당겨서 가슴에 품었다.

"잘 들어, 카테리나. 나는 여기에 있어. 학교에 돌아왔어. 분명히 학생으로 온 것은 아닐지 모르지만, 그래도 모두와 만났어. 카테리나가 여기에 있으니까 나는 돌아왔어. 당신은 확실히 약속을 지켰어."

"하지만, 하지만 살로메! 난 정말로 아무것도 지키지 못해서…!"

그렇게 울면서 살로메 양의 이름을 부르고 사죄를 거듭하는 카테리나 양.

아무래도 엘바로사의 말에 계속 가슴 아파한 모양이다. 보란 듯이 꽃조개까지 깨뜨리면서 카테리나 양의 마음을 더 상처 입혔다.

아아, 그때 내가 더 빨리 알아차리고 엘바로사를 막을 수 있었다면….

그런 때늦은 생각을 하며 내 부족함에 입술을 깨무는데, 빠직 하고 뭔가가 깨지는 소리가 들려왔다.

소리가 난 곳은 앨런이 있는 쪽. 앨런 쪽을 보니 그는 뭔가를 움켜쥐더니, 카테리나 양 쪽으로 그 주먹을 내밀고 손바닥을 펼쳤다.

거기에는 깨진 꽃조개가 있었다.

"실은 나도 일이 좀 있어서 조개가 깨졌어. 모처럼 네가 준 거였는데 미안해. 뭐, 하지만 이 꽃조개는 깨져도 예쁘고… 나도 깨뜨렸으니까, 으음, 뭐라고 할까, 신경 쓰지 마."

앨런이 그렇게 말했다.

나는 앨런의 꽃조개가 깨지지 않았던 것을 알고 있다. 아니, 아까 빠직 하는 소리가 난 것은 그때 스스로 깨뜨린 거다. 카테리나 양에게 한 말도, 뻣뻣한 느낌이었지만 그 나름대로 친구를 생각하는 마음이 전해졌다.

그러자 또 희미하게 빠직 하는 소리가 나고 리츠 군도 손을 내밀었다.

"실은 나도 그래. 미안. 하지만 이걸로 오히려 똑같아졌네."

그렇게 말하며 다정하게 웃는 리츠 대선생님의 분위기 읽는 속도에 감명을 받으면서 나도 재킷의 주머니에 소중히 보관하던 꽃조개를 움켜쥐어 몰래 깨뜨렸다.

"실은 저도 말하기 어렵지만, 깨지고 말았습니다."

그렇게 말하며 깨진 조개껍질을 보여 주었다.

"어어, 저기… 저도, 으음, 저기, 깨뜨렸습니다! 하지만, 저기! 자, 잠깐만 기다려 주세요. 깨졌으니까요!"

그런 말과 함께 샤르가 낑낑대면서 주머니에 손을 넣고 부시럭거렸다.

힘을 주는 동작이나 조금 붉어진 얼굴을 보면 힘껏 힘을 주고 있는데도 조개껍질이 깨지지 않는 게 틀림없다.

아니, 응, 카테리나 양에게 받은 꽃조개는 꽤 단단한 거라서 손가락으로 깨뜨리는 건 여자 힘으로는 어려울지도 모른다. 나도 여자지만. 너무 무리하지 마, 손 다치겠어.

"어! 언제 깨졌던 건가요?! 조금 전까지 상처 하나… 읍!"

그렇게 입을 놀리려던 크리스 군의 입을 살로메 양이 재빨리 틀어막았다.

역시나 살로메 언니. 이런 좋은 분위기를 박살 내려는 것을 사전에 알아차리고 막다니!

"카테리나, 이러니저러니 해서 모두 다 그런 모양이야. 그래도 조개껍질이 깨진 것 때문에 여기에 있는 전원이 근심해야만 할까?"

살로메 양이 놀란 카테리나 양에게 다정하게 웃어 주었다.

우리의 행동을 조용히 지켜보던 유야 선배가 따스하게 미소 지었다.

"야마토령에도 그렇게 소원을 담은 물건을 항상 가지고 다니는 풍습이 있어. 소원이 성취되었을 때, 그 물건은 깨진다고 한다. 이 조개껍질은 이렇게 모두가 다시 모였기에, 소원이 성취되었기에 깨진 건지도 모르지."

유야 선배의 말에 에리마리 자매도 고개를 끄덕였다.

"어머, 멋지네요. 친구들이 무사히 재회하자는 기도가 전해진 증거로군요!"

"예, 정말로 멋져요, 언니. 게다가 조개껍질 파편도 이렇게 반짝반짝 빛나서 아주 예뻐요."

쌍둥이 에리마리 자매의 밝은 목소리가 울려서 분위기가 가벼워졌다.

주위의 그런 말에, 당황한 기색이던 카테리나 양은 조금 눈을 크게 뜬 뒤에 표정을 일그러뜨렸다.

"다, 다들, 다들, 우으으…. 고, 고마, 고마워."

오열을 섞으면서 그렇게 말한 카테리나 양은 펑펑 눈물을 흘렸고, 예쁘다고 말하기 어려운 카테리나 양의 표정에 내 얼굴이 무심코 풀어졌다.

학교에 돌아오고 처음인지도 모른다.

항상 호위에 둘러싸여 답답하게 있던 카테리나 양이 이렇게 맨얼굴을 보여 주는 것은.

왠지 나도 따라 울 것 같아서 시선을 테이블로 되돌리자, 반짝반작 빛나는 조개껍질 파편이 눈에 들어왔다.

마리제 양의 말처럼 깨진 조개껍질 파편도 예쁘다. 꽃조개의 예쁜 핑크색에 무지갯빛 광택이 빛을 반사하여 반짝반짝 빛났다.

그러고 보면 예전 생에서 이렇게 깨진 조개껍질을 액세서리로 만드는 것을 본 적이 있다.

조개껍질은 깨졌다고 해도 완전히 가루가 된 게 아니니까, 조금만 가공하면 세트로 만들 수 있을지도 모른다.

아니, 모처럼의 기회니까 역시 친구들과 세트로 된 액세서리를 가지고 싶네.

나는 아까 내가 가볍게 깨뜨린 조개껍질을 꺼냈다.

그리고 테이블 위에 그 깨진 조개껍질 파편을 모으거나 파편 모양을 고치거나 하면서 원이 되도록 예쁘게 나열했다.

"료 님, 뭘 하시는 건가요?"

내가 뭔가 부시럭거리는 것을 본 샤르가 물었다.

"이 조개껍질, 정말로 예쁘니까 이렇게 하면 귀여운 장식품이 되지 않을까 싶어서…."

그렇게 설명하면서 조개껍질을 예쁘게 원형으로 나열한 뒤 앨런에게 시선을 주었다.

"앨런, 유리석 가지고 있나요? 제가 나열한 이 조개껍질 파편 덩어리를 유리로 감싸듯이 만들어 줄 수 있을까요?"

항상 마법에 쓸 철광석을 가지고 다니는 앨런에게 그렇게 묻자, 앨런은 "알았어."라면서 끄덕였다.

그리고 바로 주문을 외워서, 순식간에 조개껍질 파편을 얇고 투명한 유리로 뒤덮었다.

다양한 모양의 핑크색 조개껍질이 들어 있는 유리석. 핑크색이 군데군데 희미하게 반짝여서, 마치 핑크색 보석인 오팔 같았다.

"와아! 예쁘네요!"

"멋져!!"

샤르와 에리마리 자매의 목소리가 들렸다.

"고마워요, 앨런! 제가 상상했던 것… 아니, 그 이상으로 예쁘게 만들어 줘서…!"

나는 기술자 앨런에게 감사의 말을 하고 핑크색 유리석을 손에 들어 빛이 드는 곳에 내밀었다. 예쁘다.

그리고 다시금 카테리나 양 쪽을 보았다.

"저기, 이렇게 하면 꽤 예쁜 액세서리가 되겠고… 그게, 재회를 이루어서 바람이 성취되었기에 조개껍질이 깨졌다고 하면 그것도 멋지고, 모처럼 모두가 재회한 기념이란 느낌으로 이런 것을 우리가 하나씩 간직하면 어떨까요?"

염원하는 세트 장식품이란 마음에 떠올린 조개껍질 유리석을 보여 주면서 그렇게 물었다.

아니, 역시 이런 것을 갖고 싶고, 슬슬 학교도 졸업이고, 여태까지 루비포른에 돌아갔을 때도 모두와 나눠 가진 조개껍질을 때때로 보면서 마음의 위안으로 삼은 적도 있고…!

지난 생으로부터의 내 외톨이 영혼이 부르짖은 것이 모두에게 닿았을까, 다들 웃으면서 끄덕여 주었다.

"그거 좋네. 정말로 멋져. 그렇게 어렵지도 않겠고, 모처럼이니까 지금 만들어 볼까."

리츠 군이 그렇게 말해 주고 크래쉬 쉘 액세서리 작성 강좌가 열렸다.

깨진 파편을 쓰는 거니까 유야 선배나 에리마리 자매에게도 조각을 나눠서, 이 자리에 있는 모두가 꺄악꺄악 떠들면서 만들었다.

뭐, 그렇긴 해도 조개껍질 파편을 늘어놓은 뒤에 기술자 앨런이 마법을 써서 유리로 감싸는 느낌으로 순식간에 끝났지만, 왠지 즐겁다.

"멋지네요. 다들 똑같으면서도 조금씩 다르고… 예뻐요."

작업을 마친 샤르가 직접 만든 꽃조개 액세서리를 햇빛에 비추었다.

엷은 핑크색이 빛을 살짝 통과시켜서 연하게 반짝반짝 빛났다.

"마리제, 알아차렸나요?"

"예, 물론이지요, 언니."

작업을 마친 에리마리 자매가 심각한 얼굴로 그렇게 중얼거렸다.

너무 심각해 보였기에 조심스럽게 상황을 살피자, 에리마리 자매가 소리가 날 정도의 기세로 고개를 들었다.

"이건 분명히 팔릴 거예요!"

"흰 까마귀 상회에서 팔아야지요!"

"하지만 언니, 보석과 장신구 관련은 테리우스 회장의 분야 아닌가요?"

"괜찮아요. 그 속 시꺼먼 녀석은 어떻게든 잘 구워삶을 수 있으니까요."

자매 둘이서, 기분 탓인지 사악한 얼굴로 흰 까마귀 상회의 새로운 상품에 대해 생각하기 시작했다.

나는 너무나도 든든한 인재를 우리 상회에 끌어들인 건지도 모르겠다.

하지만 분명히 상회에서 파는 것도 괜찮겠다. 구엔나시스에서 가져온 괜찮은 상태의 꽃조개는 아까 모두가 연이어 깨뜨렸지만, 원래는 다른 보석류에 뒤지지 않을 정도로 고가인 물건.

그 이전에 카테리나 양이 준 것처럼 나름 큰 데다 손상이 없고 색조가 예쁜 꽃조개라면 좀처럼 입수하기 어렵다.

하지만 이 깨진 조개껍질을 쓴 액세서리라면 어차피 깨뜨릴 물건이니까 처음부터 이가 빠진 조개껍질이라도 상관없다. 그렇다면 이걸 만드는 원재료는 꽤 싸게 들여올 수 있지 않을까?

유리로 감쌀 때에 마법을 쓰지만… 사용하는 건 유리니까 여태까지처럼 레인포레스트령에서 유리병을 만들 때에 부탁할 수도 있겠다.

"설령 깨졌다고 해도 이렇게 아름답게 다시 태어날 수도 있구나."

내가 꽃조개 액세서리 장사에 대해 생각하고 있는데, 카테리나 양의 절절한 중얼거림이 들려왔다.

살로메 양을 앞에 두고 울던 때와도, 즐겁게 액세서리를 만들 때와도 다른, 각오를 한 것처럼 다소 어른스러운 표정이라서 뭔가 가슴에 와닿았다.

살로메 양이 돌아왔다. 오랜만에 카테리나 양의 순수한 미소를 볼 수 있었다.

하지만 구엔나시스령의 불온한 움직임에 대한 의문은 아직 남아 있다.

저 카테리나 양의 호위에 대해서도….

아까 살로메 양과 엘바로사라는 기사가 '영웅'의 이야기를 했다. 내 예상이 정확하자면 그 영웅은 두목….

알렉 두목이 어떤 마음으로, 아무리 옳다고 믿으며 자기 신념을 관철한다 해도, 어쩌면 그것이 내 친구를, 그리고 많은 이들을 슬프게 하는 결과가 된다면 역시 나는….

두목의 얼굴이 머리를 스쳤다.

두목은 그 거친 손으로 가끔 내 머리를 쓰다듬어 주었다. 나는 그럴 때면 정말로 기뻐서….

두목을, 정말 좋아했다.

전생 소녀의 이력서

전장(轉章) Ⅰ 유야 야마토와 료 클럽

여성이 좋아할 만한 귀여운 취향의 건물을 보니 무심코 작은 한숨이 새어 나왔다.

최근 유행하는 달달한 팬케이크를 제공하는 가게인 모양인데, 이제부터 남자 혼자 들어가야만 한다고 생각하니 마음이 무겁다.

뭐, 딱히 여기서 식사를 하는 게 아니라, 이 가게에서 친구들과 차를 마시고 있는 토코를 데리고 돌아가기 위한 것뿐이지만….

그렇게 생각하고 다시금 입구를 보니, 연홍색 바탕의 화사한 문이 눈에 들어와서 진절머리가 났다.

하아, 왜 여자들은 이런 걸 좋아하는 걸까. 이해할 수 없다.

아무튼 밖에서 서성대면서 생각만 해 봤자 뾰족한 수가 생기는 것도 아니다. 얼른 토코를 회수해서 돌아가자.

그렇게 결심한 나는 내키지 않는 발걸음으로 안에 들어갔다.
가게 사람에게 사정을 설명하고, 토코와 친구들이 차를 마시고 있다는 방으로 안내를 받았다. 그 방에 도달하기 전부터 여자들의 담소가 들려왔다.
아무래도 토코는 여기서 즐거운 시간을 보내는 모양이다.
안내받은 방으로 들어가자, 토코를 시작으로 학교 교복을 입은 여자들의 시선이 이쪽으로 모였다.
나를 본 토코가 놀란 기색을 보였다.
“어머, 오라버니. 대체 어쩐 일로?”
“토코, 네가 돌아갈 시간이 되거든 데리러 와 달라고 말하지 않았나?”
기막힌 심정을 담아서 그렇게 말하자, 토코는 기억났다는 얼굴을 하였다.
“아, 그랬지요. 마중 와 달라고 했지요. 벌써 그런 시간인가요?”
슬픈 듯이 토코가 물었다. 아무래도 아직 친구들과 더 수다를 떨고 싶은 모양이다.
“아직 기숙사의 폐문 시간까지는 좀 시간이 있는데….”
그렇게 대답하는 도중에 다른 학생들을 돌아보니 아는 얼굴이 있었다.
“에리제 양과 마리제 양도 있었나.”

내가 그렇게 말하자, 쌍둥이 자매는 비슷한 얼굴을 이쪽으로 돌리며 미소 지었다.
"예, 저희도 료 님을 좋아하는 클럽의 회원입니다."
"이렇게 정기적으로 회원들과 다과회를 하고 있어요."
"료 님을 좋아하는 클럽…?"
귀에 선 단어에 무심코 되물었다.
"어머? 말하지 않았던가요. 오늘은 료 클럽의 회합일이라고 말한 줄 알았는데."
놀란 얼굴로 토코가 말했다.
"아니, 못 들었다. 애초에 료 클럽이란 게 뭐야?"
"료 클럽은 물론 료 님을 좋아하는 클럽의 줄임말이지요. 료 클럽의 날에는 모두 료 님을 생각하고, 료 님을 사모하고, 료 님에 대해 말하는, 아주 고귀한 회합을 열어요."
아주 고귀한 회합…?
의아한 표정을 하고 있는데, 쌍둥이 자매가 나에게 의자를 권하였다.
"괜찮으면 유야 님도 함께 어떠신가요?"
"예, 아직 기숙사 폐문 시간까지는 시간이 있지요? 그때까지 저희와 함께 이야기를 나누지요."
"하지만…."
"그래! 오라버니, 그렇게 해요! 저도 아직은 돌아가기 싫어요! 그게 좋겠어요!"

그런 토코의 힘 있는 미소에 눌려서 나는 담담히 자리에 앉았다.

솔직히 여자들만 있는 다과회에 섞이는 건 아무래도 거북하지만….

"그 료 클럽이란 것에 남자는 없나?"

무심코 내가 그렇게 묻자, 토코는 끄덕였다.

"물론 있지요. 오라버니, 착각하지 마세요. 지금 여기에 있는 건 료 클럽의 회원 전원이 아니에요. 이곳은 그야말로 빙산의 일각. 시내에서 료 클럽의 회원과 만나면 그 주변에 열 명의 료 클럽 회원이 있다고 생각하세요. 료 님의 고귀함을 얕보면 안 되지요."

어째서인지 자신만만하게 웃는 토코가 강자의 분위기 같은 것을 띠었다.

토코, 너는 대체 무슨 생각인 거냐….

"그, 그런가. 그래서 구체적으로 어떤 이야기를 하지?"

내가 그렇게 묻자, 에리제 양이 펜던트 하나를 내게 보여 주었다.

"조금 전까지는 이것의 이야기를 하고 있었답니다."

연홍색으로 희미하게 빛나는 그건….

"저번에 깨진 꽃조개를 가공해서 만든 장식품이군."

얼마 전 카테리나 양과 그 호위와의 문제를 떠올렸다. 그때 료 양이 깨진 꽃조개를 가공해서 새롭고 화사한 장식품으로 만들어 냈다.

모두가 재회한 것을 기념해서 똑같은 장식품을 나누어 갖고 싶었다며, 다소 부끄러운 듯이 제안한 그녀의 얼굴은 살짝 붉은빛을 띠어서 사랑스러웠다.

혹시 그녀와 둘이서 시내를 산책할 때에 오늘의 기념으로 똑같은 장식품을 나누어 갖고 싶다고 말해 온다면 어쩌지. 물론 그때는 그녀에게 최고로 어울리는 것을 선물할 생각이지만, 그녀에게 가장 어울리는 것이 무엇일까 생각하면 좀처럼 결정하기 어려울지도 모른다. 물론 그녀는 뭐든지 어울리지만, 가장 어울리는 것이라면 어려워진다. 그래, 그런 날을 위해 사전에 그녀에게 어울리는 것을 준비해서….

"잠깐, 오라버니?! 듣고 있나요?!"

토코의 날카로운 목소리에 정신이 들어서 나는 초점을 맞추었다. 토라진 표정인 토코의 얼굴이 있었다.

"아, 미안. 조금 생각을 하느라고."

"아니! 토코는 화났으니까요! 오늘 에리제 님에게 듣지 못했으면 이 꽃조개에 대해 모르는 채였으니까요! 료 님의 기적의 결정! 재회의 약속을 이루고 깨진 꽃조개를 이렇게 멋진 장식으로 만들다니! 오라버니도 그 자리에 있었는데, 왜 바로 토코에게 가르쳐 주지 않았어요?!"

"아, 아니, 딱히 말할 필요도 없겠거니…."

해서, 라고 말을 잇고 싶었지만, 토코의 시선이 나를 죽일 기세였기에 조용히 입을 다물었다.

토코는 료 양 문제가 되면 아주 무섭다.

내가 토코의 박력에 무심코 입을 다물자, 중재하려는 듯이 마리제 양이 화제를 돌려 주었다.

"위로제가 시작되기 전에 흰 까마귀 상회에서 이 조개 액세서리를 취급할 예정이지요."

"위로제의 유행은 틀림없이 이 액세서리가 될 거예요."

에리제 양의 말에 토코가 반응했다.

"어머! 정말로? 멋져라! 저기, 언니, 혹시 꽃조개 액세서리가 남는 게 있거든 제게 넘겨주실 수 없을까요? 모레 친구의 생일 파티가 있거든요. 그때 달고 가고 싶어요. 안 될까요?"

"어머, 토코 님처럼 아름다운 분이 달아 주신다면 저도 좋은 선전이 될 것 같아서 기쁘지만…. 아직 드레스에 어울릴 만한 액세서리는 만들지 않아서요. 저희 수중에 있는 이것도 앞으로의 자료를 위해 필요하고…."

어쩔까 하는 기색으로 쌍둥이 자매가 서로를 바라보았다.

고집쟁이 토코는 애원하듯이 울 것 같은 얼굴로 쌍둥이 자매를 올려다보았다. 토코는 한번 탐내기 시작하면 좀처럼 물러나지 않는 성가신 성격이 때때로 표출된다.

"어이, 토코, 응석 부리지 마라."

내가 그렇게 나무라자, 토코는 입을 삐죽거리며 얼굴을 숙였다.

"하, 하지만, 정말로 멋진 액세서리인걸요. 게다가 료 님도 같은 걸 가졌고…."

그렇게 말하며 가슴께에 손을 모으고 눈가를 적신 토코는 포옥 한숨을 내뱉었다.

나와 이사기 집사가 토코를 오냐오냐 받아 주며 키웠다는 자각은 있다. 하지만 이런 식으로 귀엽게 토라지면 왠지 모르게 해 주고 싶어지지….

나는 너무나도 무른 스스로에게 한숨을 내쉬면서 셔츠 밑에서 목걸이를 꺼내어 토코에게 내밀었다. 옅은 빛의 환상적인 연홍색 목걸이.

"토코, 료 양에게 배우면서 내가 간단히 만든 거지만, 이걸 쓰겠니? 끈 부분을 교체하면 드레스와 맞춰도 이상하지 않겠지."

내 손바닥 위에 있는 꽃조개 목걸이를 본 토코가 눈을 크게 떴다. 내 얼굴과 목걸이를 교대로 본 뒤에 미안하다는 듯이 "정말로 괜찮아?" 하고, 토코치고는 가녀린 목소리로 물었다.

"물론. 나는 그렇게 쓸 기회도 없고."

내 대답에 토코는 눈가를 적시며 품에 뛰어들었다.

"고마워요, 유야 오라버니! 좋아해요!"

"어이, 토코. 남들 앞에서 무슨."

그렇게 말하면서도 얼굴이 풀어졌다.

다과회 자리에 있던 다른 여성들에게서 "잘되었네요, 토코 님." 같은 훈훈한 말을 들으며, 토코도 멋쩍은 듯이 미소 지었다.

그 뒤에 료 클럽 회원들이 최근 료 양의 이야기부터 료 양이 사용하는 문구 이야기까지 다채로운 화제로 이야기꽃을 피우는 것을 뭐라 말할 수 없는 심정으로 묵묵히 듣고 있자니, 료 양의 앞으로의 일이 화제에 올랐다.

그녀는 학교를 졸업한 뒤에도 왕도의 흰 까마귀 상회를 거점으로 계속 활동한다나 보다.

그런가, 그녀도 한동안 왕도에 있는 건가….

위로제가 끝나면 졸업식이 기다리고 있다. 나이로서는 그녀보다 내가 한 살 위지만, 작년의 호우 재해로 우리 학년의 졸업은 없던 것이 되어 한 학년 아래 학생들과 함께 졸업하게 되었기 때문에 졸업 시기는 같다.

"그러고 보니 유야 님도 올해로 학교를 졸업하지요. 졸업 후의 진로는 결정하셨나요?"

"참고로 저희는 흰 까마귀 상회에 있을 예정이랍니다."

그리고 한동안 조용히 차를 마시던 내게 쌍둥이 자매가 대화를 건네 왔다.

“나는 앞으로의 공부도 겸해서 한동안 성에서 일할 예정이다.”

“어머, 그런가요? 의외네요. 하지만 기뻐요. 대부분의 분은 자기 영지로 돌아가시니까요.”

그렇게 다소 슬픈 듯이 말하는 마리제 양에게 나도 고개를 끄덕여 주었다.

“그렇군. 적적해지겠지. …학교도 곧 졸업인가. 우리 학년은 1년 더 학교에 있었지만, 그래도 짧게 느껴지는군.”

그렇게 말하고 5년 정도 전의 일을 떠올렸다. 마법사로서의 고집이 굳고 강했던 그 무렵의 나를.

그때의 내가 지금의 나를 보면 어떻게 생각할까. 지금의 나는 스스로를 그리 나쁘지 않다고 생각하는데….

문득 창밖으로 눈을 돌리자 하늘이 어두워져 가고 있었다. 마중을 나온 거였는데 너무 오래 앉아 있었던 모양이다.

즐거운 시간이란 정말로 순식간이다. 어느 틈에 시간이 지났다.

분명 앞으로의 학교생활도 순식간이겠지. 여태까지가 그랬던 것처럼.

전생
소녀의
이력서

제 3 6 장 위로제 준비 편(중) 구엔나시스령의 현재

알베르 씨와는 요르교 국교화 계획, 다시 말해 새로운 국책 작성을 위해 정기적으로 만나고 있다. 생각 외로 요르교 침투 계획은 순조롭다.

오늘은 알베르 씨 외에 빅토리아 씨도 참가해서 셋이서 회합.

그 회합의 시작부터 왕국의 영주 전원에게서 위로제에 참가하기 위해 왕도로 올라온다는 대답이 도착했다고 알베르 씨가 기쁜 낯으로 가르쳐 주었다.

전원이라면 구엔나시스령도 물론 포함된다.

카테리나 양을 포함한 구엔나시스령의 학생도 학교로 돌아왔고 위로제에도 참가하겠다는 답변이 도착한 걸 보면, 구엔나시스령의 반란 같은 건 기우라고 생각하고 싶지만.

하지만 구엔나시스령 관련으로는 신경 쓰이는 일이 몇 가지 있다.

살로메 양이 돌아와서 순식간에 웃음이 늘어난 카테리나 양이지만, 구세의 마전을 읽으러 가는 것은 그만두지 않았다.

그리고 그 엘바로사를 선두로 한 호위들.

살로메 양이 왔으니 그 호위들은 역할이 끝났다는 듯이 없어져 주면 좋았겠지만, 그렇게 잘 풀리진 않았다.

호위들은 살로메 양이 뭐라고 하든 '호위니까'라고 주장하며, 카테리나 양 주변에서 떠나지 않았다. 하지만 살로메 양이 곁에 있다는 것이 카테리나 양으로서는 기쁜 모양인지, 호위의 눈이 있더라도 전보다 안색이 좋았다.

다만 역시나 기운이 없을 때가 많았고, 살로메 양과 카테리나 양의 관계도 옆에서 지켜본 바로는 좀 삐걱댄다고 할까….

무리하면서 계속 도서관에 다니는 카테리나 양을 살로메 양이 강하게 타이르기도 했지만 카테리나 양은 고집을 굽히지 않았고, 때때로 그 사이 좋은 두 사람이 말다툼을 할 때도 있다….

"내 쪽에서도 헨리 전하께 말씀을 드려 보았더니 다소 흥미가 있으신 모양이더군. 어쩌면 조만간 학교로 발걸음을 하실지도 모르겠어."

게다가 무엇보다 구엔나시스령에 있을지도 모르는 두목이 걱정된다.

"어머나! 정말인가요?! 알베르 님! 대단하시네요! 아아, 헨리 전하께서 그대로 연극에도 참가해 주신다면 좋을 텐데."
두목은 대체 뭘 하려는 걸까.
"그렇군…. 전하는 기분파시니까 뭐라고 할 수 없지만…."
아니, 알렉산더는 꽤나 흔한 이름이고, 두목이 아닐 가능성도…!
"그 점은 료 회장이 헨리 전하의 마음을 확 휘어잡아 주겠지요. 그렇죠, 료 회장?"
"그러네요…."
"헨리 전하가 견학 오신다면 잘 대응해야 해. 위로제의 성공은 헨리 전하에게 달려 있으니까."
"그렇죠…."
"저기, 듣고 있어?"
그런 목소리와 함께 시야에 여성의 얼굴이 들어왔다. 빅토리아 회장이었다.
"예…?"
"예, 가 아니라… 왜 그래? 그렇게 멍하니 있고. 이야기 잘 듣고 있어?"
다소 기막힌 표정으로 빅토리아 씨가 말했다.
아, 이런. 구엔나시스령 관련 문제를 생각하느라 솔직히 제대로 듣지 않았다.
나는 딴생각에 빠지기 직전의 대화를 떠올렸다. 분명히….

"헨리 전하가 연극 출연에 다소 흥미를 품어 주셨다는 거지요. 그래서 이번에 학교에 얼굴을 내미신다는 이야기였던가요?"

"그래. 잘 듣고 있었잖아. 그럼 안내를 부탁할 수 있을까? 연극에 참가해 주시도록 헨리 전하께 잘 부탁드려 봐."

"예, 물…."

론…? 쓰레리가 연극에 나오도록 내가 설득하라고…? 무리 아냐?

내 미묘한 표정을 알아차렸는지 빅토리아 씨가 당부하듯이 나를 똑바로 바라보았다.

"전하께서 연극에서 그 힘을 보여 주시는가 아닌가에 따라 위로제의 분위기가 달라져."

에에~ 그렇다고는 해도 상대는 쓰레리인데?

"그, 그렇게까지 헨리 전하께 얽매이지 않아도 되지 않나요? 앨런 님도 헨리 전하가 쓰시는 마법을 쓸 수 있다고 하고…."

그보다 이미 연극은 앨런이 헨리 전하 역할을 맡는 쪽으로 연습이 시작되었다. 싫어하는 앨런에게는 미안하게 생각하면서도 어떻게든 부탁해서 끌어넣었다.

"알베르 님의 손자분이 우수한 건 알지만, 그래선 의미가 없어."

의미라… 뭐, 위로제의 목적 중 하나는 왕가에 대한 구심력을 높이기 위한 거지. 왕족인 쓰레리가 그 엄청난 능력을 선보이는 것 자체가 중요할지도. 하지만.

"하지만 연극에 참가한다는 건, 전하의 성격을 생각하면 역시 어려울 듯합니다만."

나의 그 말에 알베르 씨도 떨떠름한 얼굴을 하였다.

"분명히 료 양의 말은 맞는 바가 있지만, 헨리 전하도 어리석은 분은 아니지. 이 위로제에서 힘을 보여 주는 것의 의미에 대해서는 이해하고 계실 터…."

이해는 하더라도 기대한 대로 움직이지 않는 것이 쓰레리니까요.

오히려 이해하기에 삐딱하게 굴려는 면이 있으니까….

계속 어두운 분위기로 있자, 분위기를 읽을 줄 아는 신사 알베르 씨가 다소 표정을 누그러뜨렸다.

"그렇게 부담 갖지 말게나. 헨리 전하께서는 분명히 변덕스러운 분이지. 연극에 참가해 주시면 다행이라는 정도의 마음으로 있게."

자상해! 알베르 님, 자상해!

미남 신사의 다정함에 두근거리고 있자, 불만스러운 듯한 빅토리아 씨가 입을 삐죽거렸다.

"어머, 알베르 님은 료 회장에게 너무 잘해 주시지 않나요?"

"하하하, 미안하군. 손주와 동갑이라고 생각하니 무심코."

미남 신사는 초로의 분위기를 띠면서 떨떠름하게 웃었다. 멋져.

그 상쾌한 신사 스마일에 휩쓸려 이러니저러니 해서 헨리 전하가 학교에 오셨을 때에는 내가 안내를 맡는 것으로 결정되었다.

미남 신사 스마일 무시무시하군. 한때의 두근거림에 휩쓸려서 '가능한 데까지는 해 보겠습니다' 같은 소리를 내 입이 멋대로 내뱉어 버렸다.

"그런데 알베르 님, 저희 라자라스는 성에서 잘 지내고 있습니까?"

내가 알베르 씨 스마일에 두려움을 품고 있자, 빅토리아 씨가 그런 화제를 꺼냈다.

라자라스? 누구지….

"아, 그 말인가…. 그는 분명히 자네 상회에서 파견되었지. 그 덕분에 폐하도 마음의 진정을 찾으신 듯하더군. 나로서는 고맙지. 하지만 폐하가 그를 너무 특별히 대하시니 일부 귀족은 좋게 생각하지 않는 모양이던데."

빅토리아 씨의 상회에서 왔다…? 폐하…?

아, 혹시 내가 국왕과 만날 때, 국왕 옆에서 대신해서 말하던 잘생긴 남자 말인가?

분명히 빅토리아 씨의 조카인가 뭐라고 들었던 것 같은데.

"폐하께 도움이 된다면 더없는 기쁨이지요. 저도 그를 폐하께 헌상한 보람이 있었습니다. 하지만 다른 귀족분들이 좋게 보시지 않는다는 건 걱정이네요."

"그래. 나도 그에게 뭔가 힘이 될 수 없을지 신경 써 보지."

"감사합니다, 알베르 님."

그렇게 말하며 두 사람의 대화는 적당히 잘 끝났다.

빅토리아 씨의 관계자가 폐하의 눈에 들었다는 건 꽤 대단하네.

최근 나라가 상인 길드를 재무고문으로 앉히는 등 많은 일이 있었는데, 발언권이 있을 만도 하다.

"어머, 료 회장, 왜 그래? 또 딴생각하는 얼굴로."

빅토리아 씨의 권력 관계가 대단하다고 생각했습니다! 라는 소리는 하지 않고 모호한 미소를 돌려주면서 나는 입을 열었다.

"아, 아뇨, 저기…. 두 분이 이야기하신 라자라스 님이란 분이 어떤 분인가 생각하느라. 혹시 폐하의 시종이라고 표현해야 할까요, 곁에 있던 은발의 남자분입니까?"

"어머, 본 적 있어?"

"으음, 성냥 배급 관련으로 폐하를 알현할 때에 엄청 잘생긴 남자를 본 것을 기억하고 있습니다."

그렇다고 할지, 그때 국왕 앞에는 비단이 드리워져 있었고, 그때의 알현에서 마음에 남는 건 잘생긴 남자가 있구나 싶은 정도였다.

“아하, 그렇구나. 그래, 그 애가 라자라스. 폐하가 시종을 찾으시기에 내가 소개했어. 일단 내 조카야.”

“일단?”

“그래, 호적상으론 오빠의 양자라고 되어 있지만, 혈연은 없어. 애초에 주워 온 애였던 모양이라서 내가 경영하는 인신소개소에 흘러 들어왔어. 그 애의 은발, 아주 예쁘잖아? 어리면서도 눈길을 끄는 데가 있어서… 그래서 내가 거두었어. 정말로 괜찮은 거래였지.”

그렇게 말하며 만족스럽게 웃는 빅토리아 씨. 하지만 사람을 사고파는 게 당연한 윤리관에 나는 좀 놀랐지만… 아니, 나도 산 적 있지만. 친오빠라든가….

슈 오빠가 ‘너, 쿄인가?!’라고 당당히 내 이름을 잘못 부르던 모습이 떠올라서 미묘한 기분이 되었다.

그 뒤에도 셋이서 위로제 이야기나 요르교를 기반으로 한 새로운 국책에 대해 이야기를 나누었다.

새로운 국책은 모처럼 위로제 때문에 각 영주님이 왕도에 오시니까 그때라도 제안하고 싶다고 알베르 씨가 말했다. 상상 이상으로 빠른 속도. 하지만 나로서는 고맙다.

구엔나시스령 문제도 있어서 지금 나라는 조금 불안정해지고 있다. 돌이킬 수 없는 큰 문제가 터지기 전에 어떻게든 빨리 가닥을 잡고 싶다….

오늘은 연극 연습. 일단 나는 감독이라는 역할이라서 모두가 연극을 하는 모습을 지켜보았는데, 다들 즐겁게 연습하고 있어서 그것만으로도 즐겁다.

뭔가의 준비단계라는 건 왜 이렇게 즐거운 걸까. 거기에 쓰레리 전하가 연극을 견학하러 온다는 말을 어제 들었지만, 지금으로선 오겠다는 연락도 없었으니 어쩌면 그냥 안 오는 건지도 모르겠다.

쓰레리네 왕족이네 나라의 위신이네 하는 건 아무래도 좋다. 이렇게 장래가 있는 젊은이들이 나날의 성과를 발휘하여 뭔가를 만들어 낸다, 이것이야말로 대단한 게 틀림없어!

그런 생각을 하면서 강당의 스테이지에서 진행되는 연극 연습을 보고 있자니, 카테리나 양과 살로메 양, 그리고 엘바로사가 나타났다.

게다가 카테리나 양의 안색이 또 안 좋다.

다리도 비틀거리는 느낌이라서, 옆에서 살로메 양이 그녀를 부축하고 있었다.

카테리나 양, 역시 오늘도 구세의 마전을 보러 간 건가….

"료 양, 좀 구경하러 왔어. 연극은 순조로워?"

카테리나 양이 그렇게 말해 주었지만, 그 목소리에서도 역시 피로가 묻어났다.

"예, 순조롭네요. 그렇긴 해도 카테리나 님, 또 안색이 안 좋은 것 같은데 오늘도 구세의 마전을 보러 가셨습니까?"

기운이 없는 카테리나 양의 등장에 자리에서 일어나서 그렇게 대답하자, 카테리나 양은 힘없이 끄덕였다.

"…응."

"별로 몸에 좋지 않아요. 자신에게 안 맞는 마법을 행사하다가 몸져누운 사람을 알고 있습니다. 너무 무리하지 않는 편이…."

그러자 부축하듯이 옆에 있던 살로메 양도 걱정하는 얼굴로 카테리나 양에게 말하였다.

"료 양의 말이 맞아, 카테리나."

"하지만…."

카테리나 양이 심각하게 중얼거리다가 도중에 말을 멈추었다. 살로메 양이 그런 카테리나의 모습에 조금 상처 입은 얼굴을 하였다.

카테리나 양, 역시 뭔가 숨기고 있네. 혹시 뭔가 문제가 있다면 이야기해 주었으면 하는데….

그렇게 생각하고 있는데 살로메 양과 눈이 마주쳤다.

그 진지한 눈이 내게 뭔가를 전하려 하는 것 같았다.

그런 생각을 하고 있는데, 쾅 하고 큰 소리를 내면서 강당의 정문이 열렸다.

누구인가 싶어서 그쪽을 바라보자, 예상 밖의 인물이 서 있어서 무심코 숨을 삼켰다.

"여어, 오랜만이네, 병아리."

그렇게 말하며 쓰레리 전하가 몇 명의 호위기사를 거느리고, 연극 연습 중인 강당으로 납셨다.

우와아. 당당한 발걸음으로 귀찮은 게 왔다.

갑작스러운 전하의 내방에 연습은 물론 중지.

나도, 카테리나 양 일행도, 연습 중인 학생도 무릎을 꿇고 전하를 맞아들였다.

"아, 됐어. 편하게 있어. 연습을 구경하러 온 것뿐이야. 하던 대로 해."

외모는 멋진 헨리 전하가 그렇게 말씀하셨기에, 일단 이 자리의 책임자인 내가 일어섰다.

"감사합니다. 그럼 여러분, 전하의 말씀에 따라서 연습을 계속할까요."

내가 그렇게 재촉하자, 학생들은 머뭇거리는 움직임으로 원래 위치로 돌아가려 하였다.

왠지 내키지 않는 마음, 이해돼. 갑작스러운 쓰레리 전하는 긴장되지.

"전하, 저희는 이만 물러가도록 하겠습니다. 느긋하게 견학해 주세요."

카테리나 양이 그렇게 말하고 숙녀의 인사를 하였다.

헨리 전하는 카테리나 양에게 시선을 주더니 재미있다는 듯이 미소 지었다.

“아, 구엔나시스 영주의 따님인가. 안색이 안 좋은 것 같은데 괜찮은가?”

“…아무런 문제도 없습니다. 그럼 실례하겠습니다.”

그렇게 대답한 카테리나 양은 호위들을 데리고 강당을 나갔다.

뭐라고 할까, 저 두 사람의 대화, 좀 긴장되었다.

그럴 만한 것이, 왕족과 수상한 움직임이 보이는 구엔나시스 사람이라는 구도니까.

게다가 카테리나 양, 연극 연습을 보러 왔다고 말했는데, 바로 돌아간 것은 쓰레리가 왔기 때문이겠지.

왠지 왕족에게 꺼리는 구석이 있기 때문인 듯해서 좀 신경이 쓰이는데….

내가 곰곰이 생각하고 있자, 바로 물러간 카테리나 양에게 딱히 관심도 없는 눈치인 헨리 전하는 내 옆의 자리에 멋대로 앉기 시작했다.

“그렇긴 해도 헨리 전하, 미리 사람을 보내 주셨으면 마중을 나갔을 텐데요.”

그렇게 멋대로 옆에 앉기 시작했기에 어쩔 수 없이 완벽한

미소를 만들고 '갑자기 오시면 곤란합니다'라는 말을 완곡하게 전하자, 쓰레리는 "갑자기 보러 오고 싶어져서."라고 웃으면서 대답하고 내게도 앉으라는 듯이 손짓을 하였다.

분명히 올지도 모른다는 말은 앞서 알베르 님에게 들었지만, 이런 식으로 갑자기 올 거라곤 생각 안 했어.

아무래도 앞으로도 갑자기 올 듯한 쓰레리에게 마음속으로 성대하게 한숨을 내쉬어 주고, 그가 데려온 호위기사들에게도 자리에 앉으라고 권할까 하는데 그 호위기사 중에 카인 님이 계셨다.

"카인 님!"

어머나! 카인 님! 카인 님이야!

나와 눈이 마주치자, 카인 님은 평소처럼 부드러운 미소를 보여 주었다.

"료, 오랜만이야. 앨런에게 들었어. 위로제 때문에 바쁘게 보낸다는 모양이지만, 너무 무리는 하지 마."

여전히 자상하신 말씀!

그보다 목소리가 전보다 낮아졌는데…?

기사 차림도 그럴싸해졌고, 몸이 더 튼실해졌고, 그러고 보면 카인 님은 벌써 17세, 정도…?

아주 어른스러운 느낌이 들어. 멋져….

"카인도 데려왔지. 내 호위기사니까."

헨리 님이 그렇게 말씀하셔서 카인 님 근처에 있는 다른 호위기사를 보니, 다들 카인 님에게 뒤지지 않는 미청년이었다.

이거 분명히 쓰레리의 취미다.

털결이 좋고 건강한 느낌이 드는, 쓰레리 취향의 가축… 이 아니라 기사를 모았어! 분명히!

“연극에는 참가하지 않지만, 그 장면에만 나오게 되었다.”

쓰레리의 선발시험을 무사히 통과한 미모의 기사분들을 보고 있자, 쓰레리가 갑자기 그렇게 중얼거렸다.

“그 장면만, 말입니까…?”

“마법으로 마물을 쓰러뜨리는 장면 말이야. 거기에만 내가 나와서 마법을 쓰게 되었다. 다른 마법사들은 따라 할 수 없다고 하고, 주위에서도 나가라고 하도 성화라서 말이야.”

그렇게 말한 뒤에 쓰레리는 내 귓가로 얼굴을 가져와서 “대역을 시켰다가 내 귀여운 가축들을 다치게 하면 큰일이고.”라고 속삭였다.

그만해, 멋대로 귓가에 쓰레기 같은 소리를 속삭이지 마.

내 귓가에서 속삭일 권리를 가진 건 카인 님 급의 멋진 귀공자뿐이야!

애초에 ‘내 귀여운 가축들을 다치게 하면 큰일’ 같은 소리를 하지만, 쓰레리는 태연한 얼굴로 상처를 줄 것 같은데… 라고 생각하며 여태까지의 일을 돌이켜 보니, 의외로 상처를 주는 등의 난폭한 행동을 한 적은 없는 것 같다.

하는 말은 무시무시하지만, 위해를 끼치지는 않는다….

오히려 마물을 쓰러뜨려 주거나 우리를 지켜 주기도 했다.

왠지 마음에 들지 않았지만, 일단 나는 고개를 끄덕였다.

"알겠습니다. 하지만 그 뒤에는 어쩌시겠습니까? 마법을 쓰는 장면에만 나오시는 겁니까? 그 뒤에도 연극은 계속됩니다만."

"아, 너와의 연애담이 계속되었지. 그건 웃겼어. 잘도 생각했군. 뭐, 예전부터 동물과 인간의 연애를 주제로 삼은 책도 있으니까 그런 수요는 있는 거겠지?"

아주 자연스럽게 그런 말씀을 하는데, 아니, 잠깐, 잠깐, 잠깐만 기다려 봐요. 연극의 테마를 멋대로 미녀와 야수 같은 구도로 바꾸지 마요. 콕 집어 말하자면 신분차 연애물이니까. 이종족 연애물이 아니니까.

내가 말없이 불만을 어필하고 있자, 다시금 쓰레리가 입을 열었다.

"승리의 여신 역할은 네가 하나?"

"4학년 기사과의 여학생이 연기할 예정입니다."

내가 그렇게 대답하자, 헨리 님은 "흐응." 같은 소리를 하더니 연습 상황을 관찰하셨다.

헨리의 시선 앞에는 열심히 연극 연습을 하는 학생들.

헨리 님의 시선을 느낀 학생들, 특히나 여학생들이 꺄아 소리를 내며 연극 연습을 재개했지만 긴장한 눈치. 헨리 님이 계시는 것에 연기에도 힘이 들어갔지만, 힘이 너무 들어가서 얼굴이 붉다. 그래, 우리의 쓰레리 님은 여자에게 대인기다. 연극을 보러 오셨으니 기합이 들어갈 만도 하지.

한동안 쓰레리 왕제는 연극을 지켜보다가 갑작스럽게 말했다.

"네가 본인 역할을 한다면 나도 그다음 이야기를 연기해도 좋아."

무슨 소리를 하는 거야, 이 녀석? 그렇게 생각하며 쓰레리 쪽으로 고개를 돌렸다.

쓰레리는 평소처럼 수상쩍은 미소를 지으며 연기하는 학생들을 지켜보고 있었다.

"아니, 저는 바빠서 무리입니다. 게다가 아쉽게도 이미 배우도 결정되어서 연습도 시작했고요. 그럼 헨리 님은 마법을 쓰는 장면에만 나오시는 것이 되겠군요."

예이, 결정.

매우 아쉽지만, 헨리 님이 헨리 역을 해 주신다면 큰 화제도 되고 좋겠지만.

이것만큼은 어쩔 수 없겠네.

재미있다는 얼굴로 나를 보며 미소 짓는 헨리가 "그래? 아쉽군."이라고 말하기에, 나도 차분한 얼굴로 "아쉽네요."라며 끄덕였다.

"어머, 다들 모여서 뭘 하고 있어?"

방과 후에 나와 앨런과 샤르, 리츠 군과 유야 선배가 도서관 앞의 테라스에서 학원제 기획에 대해 의논하고 있는데, 살로메 양의 밝은 목소리가 들려왔다.

소리가 들린 방향을 보니, 살로메 양과 카테리나 양이 이쪽으로 다가오고 있었다.

어쩐 일이람. 오늘은 그 엘바로사라는 호위가 없다.

"학원제에 대해 회의 중입니다. 괜찮으면 두 사람도 같이."

그렇게 말하며 샤르가 자리를 권하자, 두 사람은 빈자리에 앉았다.

그 호위들의 눈이 없는 것도 있어서 카테리나 양의 표정이 아주 자연스럽고 안색도 좋다. 즐겁게 보였다.

"하지만 난 이미 학교를 그만두었으니까 외부인인데 괜찮아?"

살로메 양이 미안하다는 듯이 그렇게 말했기에 나는 당연히 괜찮다는 느낌으로 끄덕였다.

"아무 문제 없어요. 괜찮다면 의견을 들려주세요. 남은 예산으로 재미있을 것 같은 행사를 생각하고 있습니다. 모두가 참가할 수 있을 만한 것을 하고 싶네요."

내가 그렇게 말하고 여러 후보가 적힌 서류를 두 사람에게 보여 주자, 카테리나 양이 어느 부분을 가리키며 고개를 갸웃거렸다.

"저기, 이 미스 콘테스트라는 건 뭐지?"

"미스 콘테스트라는 건 이 학교에서 제일가는 미녀를 정하는 대회… 인기투표 같은 거라고 할까요."

내가 그렇게 말하자, 카테리나 양의 얼굴이 환하게 빛났다.

"그럼 미스터 콘테스트라는 것은 이 학교에서 제일 멋진 사람을 정하는 행사겠네! 멋져! 미스 콘테스트에서 내가 1등을 하고, 미스터 콘테스트에서 살로메가 1등이 되는 거야. 그리고 우리 둘이서… 후훗."

뒷부분은 카테리나 양의 망상이 폭주하는 모양인지, 꿈꾸는 소녀의 얼굴이 되어 시선을 위로 향했다.

"카테리나, 나는 이미 학생이 아니라서 참가 자체가 불가능해."

어이없다는 듯이 웃는 살로메 양이 카테리나 양을 다독였다.

아니, 그거야 좀 조정해서 모두가 참가하는 행사로 만들고 싶다는 마음이지만, 애초에 말이지….

"흥미를 가져 주어서 고맙습니다만, 사실 이건 개최하지 않을 생각입니다."

내가 미안하다는 듯이 설명하였다.

아무튼 제안으로서는 올려 두었지만, 학원제는 보호자도 올 테고 애초에 귀족사회고, 여러 문제가 있을 것 같아서 미스 콘테스트와 미스터 콘테스트의 개최는 저번 회의에서 부결되었다.

하지만 나의 이 설명을 듣고 유야 선배가 미안하다는 얼굴로 입을 열었다.

"아, 그거 말인데 료 양. 실은 미스 콘테스트, 미스터 콘테스트에 흥미를 갖는 학생이 생각보다 많아서…."

"어? 그렇습니까?"

"무대에 오른 이는 평소의 성과를 발표한다고도 할 수 있겠지? 그 성과를 확인하고자 나가고 싶다는 자가 많다."

평소의 성과를 발표한다는 점을 중시하다니, 역시나 엘리트 학생의 소굴.

분명히 이 학교는 시험 같은 것도 거의 없고, 성과를 발표할 기회는 거의 없지. 구태여 말하자면 기사과의 검술대회 정도?

그런 식으로 생각하자 샤르가 밝게 말했다.

"그 마음, 이해합니다! 아마 모두는 료 님에게 보여 드리고 싶은 거예요! 저희는 올해로 학교를 졸업하잖아요. 료 님의 눈에 남을 기회는 분명 앞으로 없을 거라 생각해요. 이 대회가 하급생에게는 마지막 기회가 되지 않을까요!"

조금 흥분한 샤르가 눈을 반짝거리며 대답했다.

내 눈에 남을 기회라니… 다들 그런 마음으로 하는 건 아니지 않을까? 아무리 그래도… 아마도.

하지만 이런 콘테스트 같은 것은 이 세계에서는 꽤 드물지도 모른다. 보통 콘테스트 같은 것이 있다고 해도 일단 마법사가 우승한다고 할까, 마법사밖에 참가할 수 없지 않을까.

마수 소동 덕분이라는 말도 그렇지만 지금 이 학교는 아주 평등한 분위기라고 할까, 그런 쪽으로의 응어리가 없다고 할까…. 마법사도 비마법사도 각자의 개성을 서로 인정한다는 느낌이다.

하지만 학원제는 보호자들도 보러 오신다. 보호자 여러분이 모두 학생과 같은 가치관인 것도 아닐 테고….

"흥미를 가져 주는 건 기쁩니다만, 역시나 보호자의 눈을 생각하면…."

"그럼 보호자의 눈이 닿지 않는 곳에서 하면 되지 않아? 학생들끼리만 즐기는 행사가 하나 정도 있어도 되잖아. 애초에 이 학원제 자체는 마물에게서 왕도를 지켜 낸 우리를 위로한다는 목적도 있었을 거야. 연극도 재미있겠지만 역시 시켜서 한다는 느낌이 있으니, 그런 우리들끼리만 즐기는 쪽도 재미있을 거야."

앨런의 그 의견에 무심코 그건 그렇다는 말이 새어 나왔다.

분명히 애초에 이건 위로를 목적으로 한 것이었다. 그런데 빅토리아 씨에게 부탁받은 연극을 하게 된 학생들… 아니, 재미있게 즐기는 모양이지만, 그래도 왕도에 모인 귀족들에게 보여 주기 위한 연극이 되어 부담감도 있겠고 재미있게 즐기는 행사가 아니게 되었다는 건 맞다.

"그렇군요. 하급생 아이들도 하고 싶다고 한다면 해 보죠! 분명히 재미있게 즐기는 행사도 하고 싶네요."

내가 그렇게 말하자, 샤르가 기쁜 듯이 미소 지었다.

"기대되네요! 료 님, 1등을 한 분에게는 뭔가 멋진 의상을 입혀 드리죠! 미스터 콘테스트에서 1등을 한 료 님이 왕자나 기사 같은 차림으로 장미를 바친다면 얼마나 멋질까요!"

샤르가 기쁜 듯이 그렇게 말했지만, 조금 진정해. 나는 여자니까 나한테 표가 온다면 미스 콘테스트야.

"그런가…. 학교의 미남미녀를 정한다면…."

앨런이 진지한 목소리로 그렇게 중얼거리나 싶더니 갑자기 리츠 군에게 고개를 돌렸다.

"어이, 리츠! 나는 멋져?!"

"뭐야, 갑자기?"

"아니, 미스 콘테스트에서는 료가 뽑힐 거잖아. 그럼 미스터 콘테스트는 내가 1등을 차지하고 싶어…."

대장이 1등을 한다면 자기는 미스터 콘테스트에서 1등을 하고 싶다니, 그건 무슨 의미일까.

내가 계속 대장 밑에만 있을 거라고 생각하지 마! 라는 의사 표시….

이건 하극상의 조짐….

"…앨런은 조용히 있으면 멋지다고 생각해. 조용히 있으면."

민감하게 불온분자를 탐지한 내가 눈살을 찌푸리자, 리츠 군이 기가 막힌다는 듯이 그렇게 대답했다.

그래, 얼굴도 단정하니까 조용히 있으면 앨런은 멋질지도.

아무튼 멋진 사람은 자기가 멋진지 친구에게 확인하지 않을 거라 생각하지만.

"하지만 실제로 미스 콘테스트도 미스터 콘테스트도 료 양이 1등이 되지 않을까? 다름 아닌 승리의 여신 료 님이잖아?"

살로메 양이 재미있다는 얼굴로 말했다.

아니, 그러니까 난 여자라서 미스터 콘테스트에 내 표가 들어올 리… 없다고 잘라 말할 수 없다는 게 무섭다. 분명히 나는 지금도 걷고 있으면 모세의 기적이 일어난다. 인파를 가르는 모세의 료다.

뭐, 애초에 미스 콘테스트나 미스터 콘테스트를 연다고 해도, 나는 참가할 생각이 없으니 괜찮지만.

"저는 미스 콘테스트에도 미스터 콘테스트에도 참가 등록할 생각이 없으니까, 그 점은 괜찮습니다. 다른 후보자의 응원에 임하지요. 유야 선배의 이야기로는 입후보하고 싶어 하는 분이 많이 계신 모양이고요."

"어, 료는 안 나가? 뭐야…."

그렇게 말하며 앨런이 아쉽다는 얼굴을 하였다.

하극상의 기회를 잃고 기운이 빠진 건지도 모른다. 어리석은 부하여. 내가 그렇게 쉽사리 내 입장이 불리해질 짓을 할 거라 생각했느냐.

"하지만 아까 샤르가 말했듯이 우승자에게는 뭔가 해 주거나 상품 같은 게 있는 게 좋지 않을까?"

리츠 군이 좋은 말을 해 주었기에, 이건 맞는 말이야! 라고 생각한 나는 끄덕였다.

"좋네요! 아까 샤르가 말했던 건, 우승자에게는 각자 특별한 옷차림을 시켜 준다는 것이었지요. 마침 연극에서 쓰는 왕자나 기사 의상이나 예쁜 드레스가 있으니까 그걸 입히도록 할까요? 그리고 상품 쪽은 제 상회에서 뭔가 좋은 걸 찾아보는 것도 좋겠지만요. 뭐가 좋을까요?"

"승리의 여신님의 사인이 들어간 상품이라면 다들 의욕을 내지 않을까?"

살로메 양이 재미있다는 듯이 제안했다.

사인이라…. 그런 거에 의욕을 내는 것도 왠지 싫은데.

"음, 분명히 그 생각은 괜찮네. 이왕이면 거기에서밖에 입수할 수 없는 게 좋을 것 같아. 그렇다면… 우리 학교의 승리의 여신님과의 식사권 같은 건 어떨까?"

리츠 군이 웃으면서 제안해 주었다.

아니, 식사권이라면….

"그건 제가 모르는 학생과 함께 식사를 할지도 모른다는 느낌입니까?"

"분명 의욕을 낼걸?"

리츠 군은 그렇게 말하지만 글쎄.

아니, 여학생이라면 몰라도 남학생과 식사라니, 무슨 데이트 같잖아.

긴장되기도 하고, 시집도 가기 전의 귀족 딸이 해선 안 되는 기획 같다.

"여학생의 상품은 그래도 좋다고 생각하지만, 남학생은…."

"그래. 일단 료 양도 시집가기 전의 여자잖아."

카테리나 양이 말해 주었지만, 왜 '일단'이 붙는 걸까. 일단이 아니라 완전히 시집가기 전의 소녀니까, 난.

"그런가. 그러고 보면 료 양도 여자였지."

어, 왜 지금 '그러고 보면'이라는 식으로, 막 떠올랐다는 얼굴로 말하는 걸까, 리츠 군? 이상하네, 배려심 있는 리츠 군치고 그 점은 실언이 아닐까?

내가 가만히 리츠 군을 보고 있자, 시선을 알아차린 리츠 군이 자기 실언을 깨달았는지 아하하 웃으면서 얼버무리려고 했다.

웃어서 넘어갈 수 있을 것 같아?

나는 이런 걸 계속 기억하는 타입!

이런 식으로 이야기를 나누어서 결국 미스 콘테스트의 우승자에게는 나와의 식사권, 미스터 콘테스트는 내 사인이 들어간 물건을 주기로 했다.

정말로 이런 걸로 의욕이 나려나. 나라면 필요 없지만.

하지만 나는 모세의 료… 최근 학생들의 반응을 생각하면 안 될 것도 없을지도 모른다. 무섭다. 왠지 요르교 같다. 왜 내 주위는 이런 일뿐일까….

“그런가. 미스 콘테스트의 우승 상품은 료와의 식사인가….”

그렇게 중얼거린 앨런의 얼굴은 씁쓸했다.

앨런 입장에서 ‘그 정도로는 미묘하지 않나?’라고 생각하는 건지도. 잘 생각해 보면 여기에 있는 멤버는 자주 식사를 하고, 역시 나와의 식사권만이 아니라 다른 상품도 준비할까. 마침 지금 개발하고 있는 상품을 콘테스트에서 뽑힌 사람에게 입혀 보는 건 어떨까. 나로서도 우리 상회의 상품을 선전할 기회가 된다.

응, 그렇게 하자.

내가 남몰래 다른 상품에 대해 생각하고 있는데, 앨런이 리츠 군에게 “저기, 리츠, 나는 예뻐…?”라며 영문 모를 질문을 하였다.

순간 놀란 기색이던 리츠 군은 곧 의미를 이해한 듯이 허둥거리며 앨런의 어깨를 붙잡았다.

"설마 앨런, 미스 콘테스트에…?! 아, 안 돼, 앨런! 그것만큼은 그만두자! 그것만큼은!"

그렇게 필사적으로 말렸다.

대체 무슨 이야기인지는 잘 모르겠지만, 앨런의 영문 모를 이야기를 이해하는 리츠 군은 정말 대단하다.

여전히 두 사람은 사이가 좋다고 생각하고 있는데, 우리가 담소를 나누는 테라스 자리에 별로 보고 싶지 않은 사람이 나타났다.

"카테리나 님, 멋대로 나가시면 곤란합니다. 저희 검성의 기사단의 호위 중 누군가를 데려가셔야죠."

그렇게 말하며, 입은 웃고 있지만 눈은 전혀 웃고 있지 않은 무시무시한 얼굴의 엘바로사가 있었다.

아, 살로메 양과 카테리나 양 둘만 있기에 어쩐 일인가 싶었는데, 아무래도 다른 호위들에게는 비밀이었던 모양이다. 아까까지 즐겁게, 정말로 즐겁게 있던 카테리나 양의 표정이 지금은 푹 가라앉았다.

"자, 카테리나 님, 이쪽으로."

그렇게 말하며 웃지 않는 눈으로 손을 내미는 엘바로사.

하지만 그 시선에게서 카테리나 양을 지키듯이 살로메 양이 끼어들었다.

"엘바로사, 당신은 머리만이 아니라 눈까지도 나빠졌어? 내가 있으니까 당신들은 필요 없잖아? 나도 검성의 기사단의 일원이야."

"당신만으로는 불안하니까요. 어쩔 수 없어요, 살로메."

두 사람 사이에 불꽃이 튀는 게 느껴졌다. 양쪽 다 대단한 박력이다.

기죽을 정도의 박력이지만, 나도 완전히 살로메 진영의 인간이다. 그러니 '어이어이, 우리 살로메 아가씨에게 덤벼 보겠다는 소리야?'라는 느낌으로 지지 않게 날카로운 시선을 해 보았지만, 그런 무언의 눈싸움을 카테리나 양의 미안해 하는 목소리가 가로막았다.

"말없이 나와서 미안, 엘바로사. 다음부터는 안 그럴게. 살로메도 이제 됐어."

그런 카테리나 양의 말에 살로메 양이 조금 쇼크를 받은 듯한 얼굴을 했다.

"괜찮아, 카테리나에게는 내가 붙어 있어. 이런 녀석 금방 쫓아내 주지."

"그러지 않아도 괜찮아. 게다가 조금 지쳤으니까 방에 돌아갈까 하고 있었어. 다른 이들과도 오랜만에 이야기 나누어서 즐거웠어."

그렇게 말하며 자리에서 일어난 카테리나 양은 엘바로사 쪽으로 걸어갔다.

"카테리나가 돌아간다면 나도 가지. 엘바로사 같은 여자와 단둘이 둘 수 없어."

살로메 양이 대답하자 카테리나 양이 고개를 들었다. 그 얼굴은 험악했다.

"괜찮아! 살로메는, 살로메는 여기에 있어. 나는 신경 쓰지 않아도 되니까."

"카테리나…."

살로메 양이 떨리는 시선을 보내며 말하였다. 그 살로메 양의 목소리는 정말로 슬픈 듯해서….

그러자 엘바로사의 즐거움에 젖은 기분 나쁜 목소리가 들려왔다.

"크큭, 후후, 후후후…. 카테리나 님은 당신과 다르게 입장을 잘 파악하고 계신 모양이네. 어이, 살로메, 당신도 그렇게 생각하지?"

"엘바로사…!"

살로메 양이 분한 듯이 신음했다.

의기양양한 미소를 띤 엘바로사는 유도하듯이 카테리나 양의 등에 손을 대더니 그대로 둘이서 떠나갔다.

카테리나 양은 한 번도 이쪽을 돌아보지 않았다.

두 사람의 모습이 보이지 않게 되자, 쿵 하고 테이블을 세게 때리는 소리가 울렸다.

살로메 양이 테이블을 주먹으로 내리친 것이다.
"살로메 님…."
샤르가 조심스럽게 말을 걸었지만, 살로메 양은 고개를 숙이고 있어 그 표정을 읽을 수 없었다.
나는 근처 나무에 앉아 있던 시로카를 불렀다.
"시로카, 카테리나 님에게 가 봐."
내가 그렇게 말하자, 영리한 시로카는 까악 소리를 내고 날아갔다.
"일단 만일을 위해 시로카를 보냈습니다. 혹시 엘바로사란 사람이 카테리나 님에게 위해를 가하려 한다면 시로카가 막아 줄 겁니다."
내가 그렇게 말하자, 고개 숙이고 있던 살로메 양이 고맙다고 작은 목소리로 대답했다.
"저기, 역시 두 분, 무슨 일 있었습니까? 혹시 저라도 할 수 있는 일이 있으면 힘이 되고 싶습니다. 전, 부러울 정도로 사이가 좋은 두 분을 좋아해요. 지금의 카테리나 님, 입학 직후의 카테리나 님처럼 괴로워 보여서, 전…!"
그러며 눈물짓는 샤르의 말에 나도 고개를 끄덕였다.
오늘 같은 일은 처음이 아니다.
카테리나 양은 돌아온 살로메 양과 거리를 두려는 기색이 있다. 게다가 그 호위들의 말에 억지로 따르는 듯한 분위기라서….

"그래. 우리가 할 수 있는 일이 있으면 협력할게. 우리는 꽃조개의 맹세를 나눈 사이잖아?"

그렇게 말하며 리츠 군이 이전에 모두가 만든, 깨진 조개껍질을 이용한 펜던트를 꺼냈다. 희미하게 반짝반짝 빛나는 그 핑크색 광채가 마음을 따뜻하게 해 주었다.

나도 힘이 되고 싶다는 마음으로 살로메 양의 어깨에 손을 올렸다.

고개를 든 살로메 양과 눈이 마주쳤다. 평소처럼 예쁜 진청색 눈동자가 힘없이 흔들리고 있었다.

카테리나 양이 엘바로사와 함께 떠나간 뒤. 살로메 양은 한동안 심각한 얼굴로 우리와 함께 있었지만 "역시 카테리나가 걱정되니까."라는 말을 남기고 카테리나 양의 뒤를 좇아갔다.

살로메 양이 학교에 돌아왔을 때는 카테리나 양도 정말로 즐거운 모습이었기에 그게 정말로 기뻤는데….

오늘 일을 떠올리면서 나는 기숙사의 내 방에서, 증류기에서 똑똑 떨어지는 액체를 바라보았다.

작은 증류기를 방에 가져와 향수 관련 연구를 하고 있어서, 장미와 비슷한 화사한 향기가 주변을 감쌌다.

나는 어떻게 해야 할까?

카테리나 양 문제, 살로메 양 문제, 엘바로사라는 기사 문제, 그리고 알렉 두목 문제… 생각해야만 하는 일이 너무 많은데, 나는 움직이지 못하고 있다.

영웅이 두목일지도 모른다고 생각하지만, 그걸 확인하기 싫다는 마음이 있다. 못 본 척, 눈치 채지 못한 척하고 싶다는… 그런 어쩔 도리 없는 생각이 내 마음 어딘가에 있다.

하지만 이대로 계속 주저하면서 방치할 수도 없는 건 사실이고….

그렇게 생각에 젖어 있는데 창문에서 똑똑 소리가 났다.

어머, 무서워. 이 방 2층인데요? 게다가 꽤나 깊은 밤중이고….

그렇게 생각하며 조심조심 커튼을 걷고 창밖을 보니, 후드를 눌러쓴 살로메 양이 무슨 닌자 같은 느낌으로 재주 좋게 창턱에 발을 올려놓고 있었다.

어, 왜 살로메 양이… 환각?

그렇게 주저하는데 살로메 양이 얼른 창문을 열라는 듯한 동작을 했기에, 이건 환각이 아냐! 라고 생각하고 다급히 창문을 열었다.

"사, 살로메 양? 어떻게 된 건가요?"

"지금 시간 괜찮아?"

아니, 그거야 괜찮지만.

살로메 양, 설마 벽을 타고 여기까지 올라왔어? 여기는 2층인데?!

나는 일단 고개를 끄덕이고 근처에 누가 없나 확인한 뒤에 살로메 양을 방에 들여놓았다.

커튼을 꼼꼼하게 다시 치자, 살로메 양은 겨우 시꺼먼 후드를 벗었다.

"오늘은 당신한테 물어보고 싶은 게 있어서…."

살로메 양은 그렇게 말하며 미안하다는 듯이 웃었다.

그 얼굴은 어딘가 심각해서, 중요한 이야기를 하러 왔다는 걸 바로 알 수 있었다.

"알겠습니다. 일단 의자에 앉아 주세요. 테이블 위가 좀 어수선하긴 하지만요."

그렇게 말하며 방으로 안내했다.

지금은 향수 개발로 방 안에 풀꽃이 흩어져 있고, 테이블에는 작은 증류기가 놓여 있다.

나는 그 풀꽃을 한꺼번에 구석으로 밀어내어 살로메 양의 자리를 만들었다.

"대단하네. 그리고 꽃향기가 좋아. 장미 향기려나?"

그렇게 말하면서 살로메 양이 신기하다는 듯이 증류기나 주위에 놓인 풀꽃을 바라보았다.

"진짜 장미는 쓰지 않았지만요, 장미 향기와 비슷한 나무가 있어요. 지금은 그쪽을 써서 신상품을 개발하는 중입니다. 조금만 더 하면 완성될 것 같아서 위로제까지는 판매에 들어갈 수 있을 것 같네요."

나는 그렇게 말하면서 마실 것을 준비하여 테이블에 놓았다.

"잠깐만 기다려 주세요. 과자도 있으니까요."

그렇게 말하고 찬장에서 과자를 꺼내려 하자 "그렇게까지 마음 써 주지 않아도 돼. 왠지 미안하네."라고 사양하였지만, 그대로 쿠키를 집어 들었다.

"신경 쓰지 마세요. 그저 제가 단것을 먹고 싶을 뿐이니까요."

그러면서 저번에 시장에서 산 토끼 모양의 귀여운 쿠키를 접시에 담아서 테이블에 놓았다.

"이거 귀엽네."

"귀엽지요. 무심코 사 버렸어요."

위로제에서 학교 안에 가게를 낼 곳의 사전조사를 위해 시장을 돌다가 무심코 사 버렸던 쿠키.

귀엽지. 실버 씨가 최근 매수한 과자점이라는 모양이다.

인사도 겸해서 들렀는데, 위로제 때는 루비포른의 술을 사용한 어른의 과자를 만들어 판매할 예정이라고 하니까 나도 기대하고 있다.

하나 손에 들어 입에 넣으니 바삭 하고 좋은 느낌으로 씹히면서 적당한 단맛이… 맛있다.

"그래. 맛있네."

살로메 양도 쿠키를 입에 넣었지만, 그 얼굴은 역시나 기운이 없었다. 뭔가 마음이 딴 곳에 가 있다고 할까….

살로메 양의 손을 보니 손가락이 빨갛게 변해 있었다. 역시 벽을 타고 올라온 걸까. 어찌 되었든 꽤나 무리를 해서 여기까지 온 것이다.

분명 중요한 이야기를 위해서….

"당신의 방에 이렇게 혼자 오는 건 이번이 두 번째네. 저번 일을 기억해?"

그렇게 말하며 살로메 양이 희미한 미소와 함께 내게 시선을 보냈다.

"기억하지요. 카테리나 양 문제였지요. 그때는 무뚝뚝해서."

그렇게 말하며 그 무렵의 카테리나 양을 떠올렸더니 자연스럽게 입가가 풀어졌다.

아니, 그때의 카테리나 양은 내 얼굴을 보자마자 흥! 이라고 말하는 여자였고… 지금으로선 상상할 수 없네.

내가 절절하게 과거를 그리워하고 있자, 살로메 양도 그리운 듯이 미소 지었다.

"그때는 고마워. 정말로 감사하고 있어. 나도 카테리나도."

"아뇨, 그런 말을 들을 정도의 일은 하지 않았는데요."

그때는 분명히 내가 데모 활동을 위한 서명이 필요해서 피구

대회를 열었을 뿐이고.

잠시 옛날 일을 떠올리면서 내가 그렇게 말하자, 살로메 양은 애매한 듯 미소를 지었다.

그리고 살로메 양은 뭔가 생각에 잠기듯이 시선을 내렸고, 나와 살로메 양 사이에 잠시 침묵의 시간이 흘렀다.

뭔가 이야기하고 싶은 게 있으니까 오늘 이렇게 왔을 거라 생각하지만… 결심하면 바로 실행하는 성격인 살로메 양이 주저하는 것으로 보였다.

한동안 침묵의 시간 속에서 살로메 양의 움직임을 기다리고 있자, 살로메 양이 갑자기 "또 의논하고 싶은 게 있어."라고 말했다.

진지한 얼굴로 살로메 양이 그렇게 말했기에 무심코 등을 쭉 폈다.

"의논입니까?"

내가 그렇게 다음 말을 재촉하자, 살로메 양은 끄덕였다.

"그래, 료 양은 분명히 한때 구세의 마전에 대해 조사하려고 했지?"

그 말에 나는 학교에 입학한 다음 해의 일을 떠올렸다.

그래, 그때는 구세의 마전을 읽고 싶어서 데모 활동을 하거나, 앨런이나 샤르처럼 사이좋은 친구에 한정되긴 했지만 마법에 대해 여러모로 묻기도 했다.

"아, 예. 그러네요. 마법에 대해 알고 싶어서…."
"최근에는 조사하려는 기색이 없는데, 어떤 이유로?"
꿰뚫는 듯한 시선에 무심코 시선을 내렸다.
"그건… 그게, 조사하려고 해도 더 이상은 조사할 수 없다고 체념했기 때문이에요. 경비는 엄중하고, 복잡하고 오래된 마법이 걸려 있는 모양이라서 허가가 내려진 마법사가 아니면 그 방에 들어갈 수 없으니까요."
그렇게 대답하긴 했지만 사실은 다르다.
내 지난 생의 지식을 토대로 구세의 마전 비슷한 것을 만들어 내는 것에 성공했기 때문에 일부러 보지 않아도 되겠다고 생각했을 뿐이다. 물론 볼 기회가 있으면 보고 싶다는 마음은 있지만.
"그래…. 당신도 체념했구나."
그렇게 힘없이 말을 흘리는 살로메 양.
"최근, 아니, 학교에 돌아온 뒤로 카테리나 양이 억지로 구세의 마전을 보려는 걸 걱정하고 있나요?"
"그래. 카테리나는 뭔가에 쫓기기라도 하듯이 주문을 익히려 하고 있어…. 나는 비마법사니까 애초에 구세의 마전을 볼 수 없고 어떤 것인지도 잘 모르고, 그녀의 힘이 되어 줄 수 없어…. 구세의 마전은 대체 어떤 걸까. 우리 비마법사에게는 별로 친숙하지 않은 것이고, 카테리나가 왜 그렇게까지 집착하는지 솔직히 모르겠어."

살로메 양이 필사적인 기색으로 그렇게 말했기에, 나는 잠시 생각한 뒤에 입을 열었다.

"구세의 마전은 마법사에게 매우 중요한 것인 모양입니다. 모든 주문이 기록되어 있고, 마법사가 입학할 때에는 반드시 그 책을 보는 모양이에요. 어느 주문을 읽을 수 있는가에 따라 그 사람이 다룰 수 있는 마법의 질을 알 수 있다고 해서요."

"하지만 구세의 마법과는 별도로 주로 쓰는 주문은 다른 종이에 베껴서 수업에서 쓰고 있잖아? 그런데 구세의 마전을 특별시하는 이유를 잘 모르겠어."

"그렇지만, 모든 주문을 베껴 쓴 건 아니니까요. 어려운 마법일수록 주문을 읽을 수 있는 사람이 적다는 모양이라서, 마전 안에는 여태까지 어떤 마법사도 읽지 못하고 베껴 쓸 수도 없었던 미지의 주문도 있으리라 생각합니다. 그러니까 마법사에게 구세의 마전은 특별한 거라고 생각해요. 게다가 이 나라의 성립을 봐도 그 마전이 있었기에 마법사를 중심으로 건국된 부분도 있어서, 마법사에게 있어서는 실용적인 의미만이 아니라 정신적인 지주 같은 것이겠지요."

그렇게 설명하면서 수업에서 배운 건국신화를 생각했다.

주문이란 것을 통하지 않고 마법을 행사하던 마법사는 신이라 불리는 존재로, 그것은 정말 악역무도한 짓을 저지르며 비마법사를 괴롭혔다고 한다. 하지만 광물에서 무기를 제조하는 기법을 발견한 비마법사가 반기를 들어 진흙탕 같은 대전쟁이 일어났다.

부사정령사 여왕의 대폭주로 전쟁은 어떻게든 종결되었지만, 어리석게도 전쟁을 일으킨 대가일까, 그 뒤로 어째서인지 마법사는 마법을 쓸 수 없게 되었다.

하지만 구세의 마전이 하늘에서 내려와서 거기에 기록된 주문을 외우는 것으로 마법사는 다시금 마법을 쓸 수 있게 되었다. 그리고 그 마전을 손에 넣은 사람은 왕이 되고, 마법사와 비마법사가 공존하는 나라를 만들었다.

수업에서 배운 신화는 대충 이런 느낌이었다.

마법사에게 구세의 마전이란 것은 말하자면 실리적인 의미보다도 그런 역사 배경에 따른 정신적 지주 같은 의미가 클지도 모른다.

"마법사에게 있어 정신적인 지주… 그래, 그렇군."

살로메 양은 그렇게 말하며 또 침묵했다. 험악한 얼굴이었다.

"저기, 료 양. 료 양이 카테리나를 볼 때 뭔가 마음에 걸리는 거 없어?"

마음에 걸리는 거라. 솔직히 그런 점은 너무 많지만 제일 먼저 꼽을 것이라면.

"역시 항상 곁에 있는 호위라는 분들이 마음에 걸려요. 호위라고 하지만, 그건 어떻게 봐도 감시라고 할까…."

그렇게 대답하니 엘바로사라는 기사의 얼굴이 떠올랐다. 이걸 물어봐도 좋을지 모르겠지만, 그녀가 왠지 마음에 걸린다. 살로메 양이랑은 아는 사이인 모양이지만.

"특히나 그 엘바로사라는 분은… 아는 사이인가요?"

저번에 도서관에서 주고받은 대화를 떠올리면서 물었다.

솔직히 카테리나 양에 대한 그 엘바로사라는 사람의 태도는 이상하다. 뭐라고 말할 수 없지만 무시무시한 분위기도 포함해서.

"아는 사이냐고 하자면 그렇지. 엘바로사는 기사작은 갖지 않았지만 백작가를 모시던 실력 있는 전사였어. 같은 영주님을 모시는 기사작 가문에서 태어난 나에게는 동료 같은 걸까. 특별히 친한 건 아니었지만… 그녀의 언니랑은 이야기도 좀 했어. 다정한 사람이었고, 두 사람은 사이좋은 자매였지."

생각에 잠기듯이 조그만 목소리로 대답한 살로메 양이 고개를 숙였다.

"왠지 카테리나 님을, 저기… 엄청 원망하는 느낌, 이었지요."

"그래…. 하지만 내가 보기엔 괜한 역정이야. 엘바로사의 언니가 저번 재해 때 결계에서 나온 마물에게 죽었거든. 그리고 엘바로사는 그걸 전부 구엔나시스 백작 가문의, 마법사의 탓으로 생각해. 왜 마법사 주제에 언니를 지켜 주지 못했냐고."

"그건…."

무심코 말을 잃었다. 그건 너무 부조리하다고 할까, 뭐라고 할까….

하지만 확실히 이 나라는 여태까지 그런 식으로 살아온 면이 있다.

마법사 지상주의로, 비마법사는 마법사에게 의지하여 모든 걸 맡겨 왔다. 그러니까 비마법사는 대부분 스스로 생각을 하지 않고 마법사가 어떻게든 해 준다는 신화를 믿고 있다. 과거의 빼빼 마을이 그랬던 것처럼.

"딱히 카테리나의 눈앞에서 언니가 죽은 것도 아냐. 떨어진 장소에 있는 사람을 어떻게 지킨단 소리야? 그런데 엘바로사는 언니가 죽은 슬픔이나 마물에 대한 분노를 모두 마법사에게 퍼부었어. 카테리나도 워낙 고지식하니까 그녀의 말을 진지하게 받아들여서 자기 탓이라고 생각하는 모양이고."

아, 확실히 카테리나 양은 책임감이 강하다고 할까… 응, 고지식하다. 카테리나 양은 엘바로사가 무슨 말을 해도 기본적으로 묵묵히 들었다. 미안하다고 느끼는 걸까….

카테리나 양이 미안하게 생각할 일이 아니라고 생각하는 건 내가 비마법사에 사고가 자유롭기 때문일까. 적어도 엘바로사의 사정을 들은 지금도 카테리나 양이 원망을 사는 게 당연하게 느껴지진 않는다.

“전 엘바로사라는 분을 보았을 때, 아주 무서운 느낌이었습니다. 그건 분명 둘도 없는 분을 잃었기 때문인지도 모릅니다. 소중한 것을 잃고 자포자기가 된 듯한. 그런 사람은 무모한 짓이나 말도 안 되는 짓을 간단히 저지르는 위험성을 갖지요. 조심하는 편이 좋아요.”

“그래. 그녀와 카테리나를 되도록 둘이서 있게 두지 않을 거야. …하지만 엘바로사의 마음, 모를 것도 아냐. 물론 죄다 마법사 탓으로 돌리는 건 바보 같다고 생각하지만, 그래도 혹시 카테리나를 잃으면 나도 제정신이 아니게 될지도 몰라….”

살로메 양은 그렇게 말하고 또 침묵하였다.

“살로메 양….”

내가 무심코 그렇게 말을 걸자, 살로메 양은 나와 시선을 맞추고 슬픈 듯이 미소 지었다.

“고마워, 료 양. 이야기 들어 줘서. 이렇게 늦은 시간까지 미안해. 슬슬 돌아갈게. 그럼 또.”

그렇게 말하며 일어선 살로메 양의 손을 나도 모르게 붙잡았다.

추측이지만 살로메 양이 정말로 묻고 싶은 것, 말하고 싶은 것이 더 있을 것 같은 기분이 들었다.

“살로메 양, 더 묻고 싶은 게 있는 것 아닌가요?”

살로메 양은 눈을 크게 떴다.

"왜 그렇게 생각해?"

"얼굴을 보면 알아요. 살로메 양, 아주 괴로운 얼굴이니까요."

내가 그렇게 말하자 살로메 양은 희미하게 웃으며 "료 양에게는 당할 수가 없네."라고 말했다. 하지만 곧 진지한 얼굴로 돌아와서 내 눈을 보았다.

"한 가지 물어보고 싶은 게 있어. 저기, 료 양은 과거에 위험 사상가로 나라에 쫓기던 알렉산더라는 사람과 접점이 있어?"

주저하듯이 묻는 살로메 양의 말에 순간 머릿속이 새하얗게 되어서 "그건…."이라며 무심코 말을 흐렸다.

살로메 양의 입에서 나온 알렉 두목의 이름. 위험사상가 알렉산더라고 하자면 두목밖에 없다. 역시 구엔나시스령에는 두목이 있다. 확정된 사실에 핏기가 사라졌다.

여러 의문이나 억측이 마구 떠올랐다가 사라지고, 굳어 있는 내게 살로메 양이 모호하게 미소 지었다.

"보아하니 역시 아는 모양이네."

나는 꿀꺽 침을 삼켰다.

그래, 아는 사이다. 살로메 양이 '역시'라고 하는 걸 보면 구엔나시스에서 살로메 양은 두목과 만났고, 나와 두목이 아는 사이일지도 모른다고 생각할 뭔가가 있었을까….

나는 체념하듯이 끄덕였다.

"예, 알고 있습니다."

나는 조용히 대답했다. 딱히 숨길 일도 아니다. 그렇게 생각하니 머리가 조금 냉정해졌다.

"어떤 관계였는지 물어도 될까?"

"어린 시절 신세 진 적이 있습니다. 저기, 알고 있을 거라 생각하지만, 저는 한때 앨런이 있는 레인포레스트 가문에서 일했습니다. 그 뒤에 유괴를 당해서… 그 유괴범이 알렉산더였습니다."

"뭐?! 그 사람, 유괴 같은 것도 했어?!"

그렇게 말하며 눈썹을 찌푸리고 험악한 얼굴을 한 살로메 양에게 나는 웃으며 고개를 내저었다.

"저기, 하지만 알렉 두… 알렉산더는 그렇게 나쁜 사람이 아니었습니다. 많은 걸 가르쳐 주고, 잘 대해 주기도 하고… 여러 일이 있어서 루비포른에 맡겨질 때는 헤어지는 게 슬펐을 정도입니다."

"그랬나."

"그러니까 안다고 해도 몇 년 전의 일이네요. 지금의 알렉산더에 대해서는 잘 몰라요. 저번에 샤르에게 알렉산더라는 사람이 구엔나시스의 영웅이 되어 기사단을 만들었다는 이야기를 듣고는 놀랐습니다. 알렉산더라는 이름 자체는 흔한 이름이라서 어쩌면 제가 아는 사람이 아닐 가능성도 있다고 생각했지만… 역시 제가 아는 위험사상가 알렉산더로군요."

여태까지, 알고 있으면서도 인정하고 싶지 않았던 것이 사실로 눈앞에 나타났기에 무심코 시선을 내렸다.

알고 있던 일이다. 이런 일을 할 사람은 내가 아는 알렉 두목밖에 없다.

"지금은 그들과 관계가 없어?"

진지한 눈으로 그렇게 묻기에 나는 끄덕였다.

마지막으로 만난 것은 루비포른령에서 신을 죽이는 검을 받았을 때.

하지만 그것도 관계라고 할 수 있을 만한 건 아니었다. 두목은 나나 코우 엄마에게 아무런 이야기도 해 주지 않았고, 용무만 마치고 미련 없는 느낌으로 떠나갔다.

"예. 간단히 연락할 수 있을 만한 사람이 아니고, 지금은 그들이 뭘 하는지, 앞으로 뭘 하려는지도 확실치 않아서…."

그렇긴 해도 다름 아닌 두목이다.

마법사에 대한 증오나 나라에 대한 분노는 분명 그 무렵과 변함없이 두목의 마음을 지배하고 있다. 그러니까 신을 죽이는 검까지 준비한 것이다.

두목은 구엔나시스령을 끌어들여서 전쟁이라도 일으킬 생각일까….

나는 다시금 살로메 양의 눈을 바라보았다.

"살로메 양, 그들은 구엔나시스에서 뭘 하고 있나요?"

샤르에게서 두목의 이름을 들었을 때부터 계속 알고 싶었던 것.

샤르나 다른 구엔나시스 학생들은 그다지 깊은 사정은 모르는 듯해서, 두목 일행이 지금 뭘 하고 있고 앞으로 뭘 할 생각인지는 알 수가 없었다.

뭔가 사정을 아는 듯한 카테리나 양에게는 항상 감시가 붙어 있어서 들을 수 있을 것 같지 않고… 아니, 무리를 하면 오늘의 살로메 양처럼 앞뒤 안 가리고 벽을 타서라도 카테리나 양에게 가면 들을 수 있을지도 모른다. 다만 나는 그걸 여러 핑계를 대며 하지 않았다.

나는 사실을 확인하는 게 두려웠다….

"영웅에 대해 말하면 당신을 구엔나시스령의 사정에 끌어들이게 돼…."

그 목소리는 무척 작고 어두웠지만, 곧 살로메 양은 자조하듯이 웃으며 다시 입을 열었다.

"이런 말은 다 핑계지. 나는 사실 카테리나를 지키기 위해 당신을 끌어들일 생각으로 여기에 왔어. 비겁하지? 위험한 일에 끌어들인다는 걸 알면서… 그런데도 나는…."

그렇게 말하며 자신을 책망하듯이 고개 숙이는 살로메 양.

살로메 양은 이런 때에 무슨 서먹한 소리를 하는 거야!

"뭐가 비겁하단 건가요? 살로메 양은 카테리나 님을, 친구를 지키기 위해 행동할 뿐이지, 조금도 비겁하지 않아요! 게다가 저는 살로메 양도 카테리나 님도 친구라고 생각하고 있습니다. 살로메 양이 곤경에 처했다면, 카테리나 님의 몸에 위험이 닥쳐온다면, 저도 지키고 싶다는 마음은 똑같습니다…!"

내가 그렇게 말하자, 살로메 양은 눈을 크게 뜨고 놀란 얼굴을 하였다.

그리고 조금 주저하듯이 시선을 내리더니, 다시금 내게 시선을 맞추었다.

항상 여유 있는 어른이란 느낌의 살로메 양의 눈동자가 불안하게 흔들리고 있었다.

"고마워, 료 양. 나도 당신을 친구라고 생각해. …정말로 내가 당신에게 의지해도 될까?"

"물론이지요!"

내가 힘주어 대답하자, 살로메 양은 고개를 끄덕이고 결심한 것처럼 입을 열었다.

"가능하면 지금부터 내가 말하는 내용은 아무에게도 말하지 말아 줘. 특히나 왕국 쪽에는 절대로 알려지면 안 돼. 혹시 알려지면 카테리나의 신변에 위험이 닥칠 만한 내용이야."

살로메 양이 그렇게 말하고 내게 눈을 맞추었다.

살로메 양의 눈동자에는 각오가 있었다.

나는 고개를 끄덕여서 그 각오를 받아들였다.

나도 카테리나 양을 지키고 싶다. 게다가 알렉 두목이 얽혀 있다면, 나에게 구엔나시스령의 문제는 아무래도 남의 일이 아니다.

내가 할 수 있는 일이 있다면 힘이 되고 싶다.

"아무에게도 말하지 않겠습니다. 혹시 누군가에게 말했다 해도 그건 카테리나 님이나 살로메 양에게 도움이 된다고 생각했을 때뿐입니다. 약속합니다."

내가 그렇게 말하자 살로메 양은 끄덕였다.

그리고 "료 양, 놀라지 말고 들어 줘."라는 말로 입을 연 살로메 양은 혼란이 극에 달한 구엔나시스령의 현황에 대해 말해 주었다.

폭우 재해 직후의 구엔나시스령은 붕괴된 결계에서 나온 마물의 숫자가 많고, 또 마법이 통하지 않는 마물이 몇 마리나 나타나는 등, 다른 영지보다 마물에 의한 피해가 심각했다.

게다가 믿고 있던 왕도에서 마법사가 지원을 오지 않는 데다, 앞으로도 올 기색이 없었다.

다른 영지 사람들이 생각했던 것보다 구엔나시스령은 절망적인 상황이었고, 그런 구엔나시스령을 구한 것은 마법사가 아니라 비마법사인 남자, 알렉산더라는 전사였다.

알렉산더는 동료들과 함께 마물 피해에 시달리는 구엔나시스령에 구세주처럼 나타나서, 마법사도 쓰러뜨릴 수 없었던 마물을 검술로 섬멸하고 일약 구엔나시스령의 영웅이 되었다.

그리고 마물 피해가 진정되자 그 영웅은 검성의 기사단이라는 비마법사의 단체를 만들고, 카테리나의 아버지인 구엔나시스 경에게 반왕정을 제안했다.

폭우 재해를 겪으며 나라에 대한 불신감이 쌓였던 구엔나시스 경은 그 제안을 받아들일 자세를 보였던 모양이다.

"구엔나시스 백작까지도 받아들였다니, 그럼 구엔나시스는 이미 나라를… 저기, 이반할 마음을 굳혔다는 소리입니까?"

나는 충격적인 사실에 떨리는 입술로 살로메 양에게 되물었다.

구엔나시스령의 이반은 여태까지도 걱정거리였던 문제다. 그래서 위로제를 열게 된 것이기도 하다. 하지만 그 위로제에 구엔나시스 백작가도 참가한다는 편지가 도착했고, 이렇게 카테리나를 비롯한 학생들도 돌아왔다.

그러니까 구엔나시스 백작에게 그런 뜻은 없을지도 모른다는 생각도 점차 커지고 있었는데….

"그래, 맞아. 다만 지금으로선 그런 사정을 구엔나시스령 사람들 대부분은 몰라. 샤를로트 님도 포함해서, 돌아온 다른 구엔나시스령의 학생들은 몰라. 나도 간신히 입수해서 안 정보야. 하지만 앞으로 영웅이 영민들에게 그 반왕정 사상을 주장하기 시작하면 동조하는 사람은 많을 거라 생각해. 그들은 현재 그 정도의 영향력을 갖고 있어. 본래 그걸 막을 입장인 영주님까지 밀어 준다면 더는 막을 수 있는 사람이 존재하지 않아."

"그럴 수가…! 하지만 위로제에는 구엔나시스 경도 오시고, 게다가 학교의 학생들도 돌아왔잖아요! 이미 이반할 작정인데 일부러 그러는 의미를 모르겠어요."

이반할 생각으로 가득한 영주가 학생들을 일시적으로나마 왕도에, 나라의 중심지에 돌려보내는 것에 어떤 의미가 있을까…? 나라의 중심에 자기 영지의 자식들이 있는 동안은 내전을 벌일 수 없다. 아이들이 왕도에 있으면 인질 비슷한 것이 된다.

힘을 축적하기 위한 시간을 벌기 위해서일까. 이대로 학생들을 보내지 않으면 괜한 억측을 낳으니까 그걸 신경 쓴 걸까.

하지만 그것도 설득력이 좀 부족했다.

분명히 힘을 축적하는 것도 중요하다고 생각하지만, 나라도 아직 마물 재해에서 완전히 회복된 게 아니다. 게다가 구엔나시스 이외의 영지도 나라에 대한 불신감이 높아졌을 터.

이 기회를 틈타서 움직이는 편이 나을 것 같은데.

나라면 그렇게 하겠고, 구엔나시스의 영웅 알렉 두목도 분명 그렇게 생각할 터….

"아마 그건 당신 덕분에 주저한 탓도 있을 거라 생각해."

"예? 저 말인가요?"

"그래, 약속된 승리의 불씨… 아, 성냥이라고 하지. 구엔나시스에도 보내 주었지? 그것 덕분에 마물 피해를 억누를 수 있었던 것은 확실해. 그걸 나라에서 의뢰받아서 했다는 이야기도 있고, 영민들의 나라에 대한 반감이 그것 때문에 조금은 누그러졌어. 승리의 여신님의 이름은 구엔나시스령에도 상당히 알려졌어. 당신이 왕국 쪽에 있기 때문에 주저하는 사람도 꽤 있으리라 생각해. 그것도 있어서 그들도 당장은 움직일 수 없는 게 아닐까. 위로제가 개최되는데 당신이 그 중심에 있다고 들으면 구엔나시스 경도 가지 않을 수 없어."

"그렇습니까…!"

성냥을 뿌리길 잘 했다! 그래, 이제부터다. 이제부터….

상인 길드 필두십인의 힘을 늘려 나가면 상인들의 힘이 늘어난다.

더불어 나라가 감수한 순화버전 요르의 가르침이 이대로 순조롭게 나라 안에 퍼지면 비마법사의 입장도 서서히 변할 테고 나라도 변한다.

하지만 구엔나시스가 먼저 움직이면 분명히 나라는 혼란에 빠지고, 여태까지 순조로웠던 내 노력은 모두 물거품….

"게다가 실은 말이지, 구엔나시스 쪽도 완전히 단결한 건 아냐. 아까 말한 검성의 기사단의 영웅은 마법사가 영주로서 통치하는 제도를 폐지하고 비마법사를 정점으로 한 통치를 하자고 설파하기 시작했어.”

“비마법사가 통치…?!”

너무나도 충격적인 내용에 목소리가 떨렸다. 일단 숨을 좀 고른 뒤에 나는 다시금 입을 열었다.

“아무리 그래도 그 정도의 사상에 영민들이 따라올까요…? 게다가 그렇게 되면 구엔나시스 경도 가만히 있지 않겠고요.”

“그래, 그 점에 대해서는 각하도 납득하지 않을 거야. 현재 각하의 생각은 아마도 구엔나시스령을 독립국가로 만들든가, 왕위를 찬탈하여 마법사인 자신들이 통치하는 것이라고 생각해. 그러니까 검성의 기사단과 각하는 완벽하게 서로 손을 잡은 상황이 아냐. 카테리나가 학교에 돌아올 수 있도록 강력히 요구한 건 카테리나의 아버님, 구엔나시스 백작이야. 카테리나의 호위로 학교에 온 녀석들은 각하의 동향을 감시하기 위해서이기도 해.”

“과연. 구엔나시스 경이 카테리나 님에게 뭔가를 시키기 위해 돌려보냈다고 생각하는 게 타당하지요. 그 점에서 카테리나 님은 뭐라고 하셨습니까?”

카테리나 양이라면 의외로 살로메 양이 물으면 어떤 생각으로 왕도에 왔는지 쉽사리 말해 줄 것 같은 느낌도 든다.

내가 그렇게 생각하며 살로메 양에게 묻자, 살로메 양은 슬픈 듯이 눈썹을 찌푸렸다.

"엘바로사가 없을 때에 말이지, 실은 내가 몇 번 카테리나에게 뭔가 숨기는 거 없냐고 물었어. 내가 물으면 카테리나는 분명 뭐든지 말해 준다고 생각했어. 하지만 카테리나는 아무것도 아니라고 말하며 어떤 이야기도 해 주지 않았어. 하지만 그 얼굴은 분명 뭔가 숨기고 있어."

살로메 양이 물었는데도 카테리나 양이 밝히지 않았다니….

"카테리나 님도 고집스러운 데가 있으니까요."

"그래! 그 애는 이상한 데에서 고집을 부릴 때가 있어!"

뜻밖으로 살로메 양이 콧김 가쁘게 불만을 폭발시켰다.

자신에게 말해 주지 않는 카테리나 양이라니, 쇼크였겠지….

"카테리나 님이 말해 주지 않는다면 이쪽이 멋대로 찾을 수밖에 없겠고…."

나는 대답하면서 지금까지 카테리나 양이 한 행동을 생각했다.

카테리나 양의 지금까지의 움직임을 보면 역시 제일 의심스러운 것은 구세의 마전 관련이다. 몸을 해치면서까지 그 마전을 보려고 하는 카테리나 양의 움직임은 이상했다. 게다가 이전에 빅토리아 씨는 영주들이 반란을 일으키지 않는 이유 중 하나로 구세의 마전의 존재에 대해 말한 적이 있다.

"구세의 마전. 혹시 카테리나 님이 뭔가 지시를 들은 게 있다면 그쪽이 의심스럽네요."

"그래, 나도 그렇게 생각해. 료 양은 아까 마법사에게 있어 정신적인 지주라고 했지…. 그걸 빼앗으면 왕위조차도 찬탈할 수 있을 만한 걸까?"

"그런 가능성도 있을지 모릅니다만, 저도 비마법사라서 그런 쪽의 감각은 확실히 말할 수 없습니다. 여태까지의 역사에서도 그런 사례는 없고요. 그 점은 앨런이나 샤르 같은 마법사의 의견을 들을 필요가 있을지도 모릅니다. 게다가 구세의 마전이 보관된 방에 들어갈 수 있는 건 마법사뿐이니까, 그들의 힘을 빌려야 하지 않을까요."

"하지만 그러면 당신만이 아니라 다른 이들까지도 끌어들이… 음!"

서먹서먹한 소리를 하는 살로메 양의 입술을 손가락으로 가볍게 눌러서 막았다.

"그들도 저와 같은 마음입니다. 그런 소리를 하면 아까의 저처럼 그들도 화를 낼 거예요. 무엇보다 도움은 많은 편이 좋아요. 특히나 구엔나시스령의, 카테리나 양의 문제는 심각합니다. 저희만으로 어떻게 할 수 있는 문제가 아니에요. 카테리나 님을 지키고 싶다면 신뢰할 수 있는 동료의 힘을 빌려야 합니다."

내가 그렇게 말하며 손가락을 떼자, 살로메 양이 살짝 표정을 풀었다.

"…그래. 료 양의 말이 맞아. 고마워, 다른 이들에게 의논하는 것도 생각해 볼게."

살로메 양은 조용히, 신중하게 그렇게 대답했다.

뭐, 살로메 양이 신중해지는 마음도 이해하지만. 일이 워낙 크다. 구엔나시스에서 그런 움직임이 있다는 게 외부에 알려지면 구엔나시스 백작가는 멸문에 처해질 테고, 최악의 경우 백작가가 죄다 처형될 수도 있을 테니까.

하지만 그래도 역시 모두의 힘을 빌려야 한다고 생각한다.

"다들 살로메 양이나 카테리나 님을 위해서라면 기꺼이 힘을 빌려줄 겁니다, 틀림없이."

나는 그렇게 말하고 구엔나시스령의 수상쩍은 움직임을 안에서도 밖에서도 탐지할 수 있도록 공동전선을 펴기 위해 살로메 양과 굳은 악수를 나누었다.

그리고 나는 잠시 뜸을 들였다가 결심하고 입을 열었다.

"그렇긴 해도 살로메 양은 어째서 저와 알렉산더가 아는 사이라고 생각했습니까?"

설마 두목이 '그 녀석은 내가 아는 녀석이라서'라고 주절주절 떠들었을까. 아니, 그건 아니겠지. 그건가, 쿠와마루 형님인가. '그 녀석, 그 승리의 여신이라고 불리는 녀석 말이지, 내 여동생 같은 거야'라고 득의양양하게 말할 것 같다. 응, 수상쩍어.

"알렉산더와 루딜이라는 사람이 약속된 승리의 여신 이야기를 하는 것을 들었어. 승리의 여신은 당신이잖아? 그 이야기를 할 때의 알렉산더의 목소리가 다소 그리움을 띤 듯했으니까, 혹시나 싶어서."

그리움을 띤 목소리….

"그랬, 습니까…. 가르쳐 줘서 고맙습니다."

나는 다소 복잡한 마음이 되면서 간신히 동요를 감추고 그렇게 대답한 뒤, 둘이서 앞으로의 일에 대해 의논한 뒤 살로메 양과 헤어졌다.

살로메 양이 또 창문으로 나가는 것을 지켜본 뒤에, 하늘에 둥근달이 떠 있는 것을 깨달았다.

산에서 살 때는 곧잘 하늘을 바라보았다. 아주 개방적인 곳이었고… 그립다.

두목은 그리움을 띤 목소리로 내 이야기를 했나….

지금의 두목은 나나 코우 엄마를 어떻게 생각해 줄까.

어떤 식으로 당시의 일을 돌이켜 볼까.

나는 언제나 두목과 살던 산적생활을 돌이켜 보면 아주 따스한 마음이 된다.

나에게 그들과의 추억은 아주 마음 편안한 것이었으니까….

살로메 양에게 구엔나시스령에 대해서 들은 뒤로, 나와 살로메 양은 몰래 만나 정보를 교환하고 작전을 세우는 나날.

추측이지만, 카테리나 양은 구엔나시스의 영주인 아버님의 지시로 뭔가 위험한 행동을 하고 있을 가능성이 있다. 친구로서 카테리나 양이 위험한 짓을 하려 한다면 그것을 막고, 지키고 싶다.

그리고 나와 살로메 양은 의논 끝에 협력자를 추가로 모으고, 폭주할 듯한 카테리나 양을 지키기 위한 대책본부를 설립하기로 했다.

우리 둘만으로는 모을 수 있는 정보에도 한계가 있고, 카테리나 양이 폭주했을 때에 막을 수 있을지 불안했기 때문이다.

살로메 양과 의논한 끝에, 현재 대책본부 멤버는 나와 살로메 양, 그리고 앨런, 샤르, 리츠 군, 크리스 군. 이 넷이라면 신뢰할 수 있다고 보고 구엔나시스의 현황도 포함하여 정보를 공유했다. 사정이 사정이라서 정말로 신뢰할 수 있는 사람밖에 끌어들일 수 없으니 추리고 추린 결과가 이 멤버.

살로메 양에게서 사정을 듣고 네 사람 다 물론 돕겠다고 말하여 카테리나 대책본부에 쾌히 가입해 주었고, 오히려 말하는 게 너무 늦다고 살로메 양을 혼냈다.

그런고로 굳은 인연으로 맺어진 폭주 카테리나 대책본부가 설립되었다. 주로 하는 일이 무엇이냐면 카테리나 양 주변의 정보수집이다.

그리고 오늘은 정기적으로 열리는 폭주 카테리나 대책본부, 통칭 카대의 회의.

살로메 양은 그렇게 빈번하게 빠져나오기 어렵기에 자리에 없지만, 모두가 모여서 정보를 통합하고 대책을 짜는 중요한 시간이다.

"역시 매일 도서관에 다니는 것 이외에 수상한 건 없네."

크리스 군이 그렇게 말하자, "기본적으로는 학교 수업을 받고 도서관에 가는 것의 반복이니까요."라며 샤르도 고개를 끄덕였다.

카테리나 양의 동향을 우리도 추적하거나 시로카에게 감시시키고 있지만, 결국 카테리나 양의 수상하다고 할 만한 행동은 구세의 마전을 보러 가는 정도다.

역시 카테리나 양이 노리는 건 구세의 마전인가….

그보다 구엔나시스 경이 노리는 것이라고 하는 게 정확할지도. 카테리나 양은 구엔나시스 백작이 시키는 대로 구세의 마전을 탈취하려 할 가능성이 높을 것 같다.

폭주 카테리나 대책본부를 설립할 때, 앨런과 샤르도 마법사에게 있어 구세의 마전은 꽤나 특별한 것이라고 말했다. 구엔나시스령이 구세의 마전을 손에 넣으면 왕위를 찬탈하기에 충분한 대의명분이 될 수 있는 정도라고 한다.

각 영주나 귀족은 작위를 받을 때에 왕가에 충성을 맹세한다.
그것을 배신하고 반란을 일으킨다는 것은 어떤 이유가 있든지 불명예스러운 것. 불명예스러운 짓을 당당히 저지르는 구엔나시스령에게 주위 제후는 절대로 손을 빌려주지 않는다.

그리고 그것은 다시 말해 구엔나시스령의 반란 실패를 의미한다.

그러니까 근거가 필요하다. 자신이 왕위에 적합한 인간이라고 주장할 수 있는 근거가. 그리고 이 나라에서 그 대의명분이 될 수 있는 것이 구세의 마전.

확실히 이전 생의 세계라면 비슷한 경우 혈통 같은 것을 주장하리라고 생각한다. 왕족의 혈통인 자를 확보하고, 그자를 추대하여 반란을 일으킨다는 흐름으로.

하지만 마법이란 것이 중심인 이 나라에서 왕위를 찬탈하기 위해서는 혈통이 아니라 마법사란 것과 구세의 마전의 소유가 필요할지도 모른다.

그렇긴 해도 내게는 구세의 마전을 빼앗아서 반란을 일으킨다는 것은 역시 무모하게 여겨지고, 구세의 마전을 손에 넣었다고 해서 제후들의 협력을 얻을 수 있을지도 잘 모르겠다.

하지만 여태까지 카테리나 양의 행동에서 보면, 그녀의 목적이 구세의 마전이란 것은 명백하고….

“구세의 마전을 소유하는 것이 반란의 대의명분이 된다는 것은 알았습니다. 하지만… 만약 구엔나시스 경이 마전을 손에 넣으면 레인포레스트령을 비롯한 다른 영지 분들이 정말로 구엔나시스 경을 따를 거라 생각합니까?"

반란의 대의명분을 갖는 것과 제후들이 한편이 된다는 것은 다른 문제다.

만에 하나 구세의 마전이 구엔나시스 경의 손에 넘어간 경우를 생각하며 큰마음 먹고 다른 이들에게 물어보니, 앨런이 "…어렵겠지."라며 고개를 숙였다.

이어서 리츠 군도 "분명히 어려워."라고 신음하듯이 중얼거리며 팔짱을 꼈다.

"어렵습니까?"

내가 그렇게 다음 말을 재촉하자 앨런은 다시금 입을 열었다.

"마법사에게 있어 구세의 마전은 특별한 존재고 경의의 대상이야. 그걸 가진 자가 왕위에 어울린다고 생각하는 마음은 마법사라면 강해."

"그건 즉 구엔나시스 경이 구세의 마전을 손에 넣으면 마법사 여러분은 모두 구엔나시스 진영에 붙는다는 소리인가요…?"

"아니, 구세의 마전을 가졌다는 이유만으로 모든 마법사가 반드시 구엔나시스 경에게 붙는다고는 생각하기 어려워. 왜냐면 구세의 마전을 특별히 여기는 건 우리 마법사뿐이기 때문이야. 마법사와 그렇지 않은 이들 사이에 구세의 마전에 대한 감각은 큰 차이가 있고, 그게 이 문제를 어렵게 만드는 거야."

"감각에 커다란 차이입니까. 구세의 마전은 귀중하고 훌륭한 것이라고 생각합니다만… 분명히 제게는 그 정도뿐입니다. 나라를 배신하거나 내전을 벌일 만큼 특별한 거라고는 생각되지 않네요."

"그래, 료라면 그렇게 말하리라 생각해. 그리고 그런 말을 듣고 보니 나도 확실히 그럴지도 모르겠다는 생각이 드네."

앨런은 시선을 흐리면서 그렇게 말하더니, 망설이듯이 살짝 신음하고 "나도 뭐라고 말해야 좋을지 모르지만…."이라는 말로 이야기를 이어 나갔다.

"마법사의 숫자는 적어. 마법사 주위에는 보좌하는 비마법사의 존재가 있고, 어머니도 클로드 외삼촌에게 영지 경영 관련으로 의논하는 때가 있고, 뭐라고 할까, 즉 내가 료의 말을 듣고 구세의 마전은 그렇게 대단한 게 아닐지도 모른다고 생각한 것처럼 다른 마법사도 그렇지 않을까 싶어. …왠지 모르게, 지만. 왕도의, 아니, 이 나라에 사는 사람들의 의식이 변했다는 느낌이 들어. 저 왕가조차도 상인 길드를 내부에 받아들이고, 구세의 마전이나 마법이 이 나라의 전부라는 감각에서 멀어지는 것 같아. 그러니까 구세의 마전을 가진 자를 반드시 주위가 편든다고 장담할 순 없어."

앨런이 조심스럽게 말을 고르며 망설이는 눈치로 그렇게 말하자, 리츠 군도 끄덕였다.

"그래. 나도 앨런과 같은 의견. 다만 구엔나시스 경과 마찬가지로 지금 왕가에 불만이 있는 제후는 많을 거라고 봐. 폭우 재해 때의 대응은 별로 좋았다고 말하기 어렵고. 그 점을 생각하면 구세의 마전을 근거로 구엔나시스 경에게 붙으려는 귀족은 있을지도 몰라. 하지만 반대로 말하자면 그 정도의 감각이야."

"그래. 즉 구엔나시스 경이 구세의 마전을 입수했다고 해도 반드시 주위 귀족이 구엔나시스 쪽에 붙을 거냐 하면 그렇지는 않다는 소리야. 하지만 마법사의 영광의 시대를 오랫동안 살아온 구엔나시스 경은 그 점을 모르고 있을지도. 구세의 마전만 손에 넣으면 반드시 주위가 자신을 지지해 주리라고 믿고 있는 거라 생각해."

그렇구나….

나는 앨런의 말을 잘 음미했다.

분명히 그럴지도 모른다. 이 나라는 왕가의 체제도 포함해서 다소 변하였다. 그러니까 나는 요르교를 토대로 한 국책을 이용해 보려고 생각할 수 있었다.

"하지만 어찌 되었든 구세의 마전을 나라에게서 빼앗는다는 게 잘될 것 같지 않지만. 거기에는 강력한 결계가 쳐져 있고, 그걸 깨뜨리는 건 카테리나 양에게는 어려울 거야."

리츠 군의 그런 말에 도서관의 보안 환경을 떠올렸다.

마법사가 마전이 있는 방에 들어가려면 사전예약이 필요. 그렇게 해서 들어갈 때는 관리대장에 이름을 기입하고, 혼자서는 들어갈 수 없어서 반드시 도서관의 마법사와 함께 들어가기 때문에 감시가 붙는다.

그렇긴 하지만… 사람의 눈은 그것뿐. 거의 방치된 보물고라는 이미지다.

하지만 거기에는 강력한 결계가 쳐져 있어서 허가를 받지 못한 자나 비마법사는 가까이 갈 수 없고, 안에 들어간 사람이 구세의 마전을 밖으로 반출할 수도 없다나.

"그래. 나라도 무리고… 지금 살아 있는 마법사 중에 그 결계를 깨뜨릴 수 있는 건 헨리 전하 정도일까."

앨런이 씁쓸하게 대답했다.

"분명히 헨리 전하라면 학교에 나타난 대량의 마물을 거의 혼자서 제압했을 정도니까. 역시 대단한 분이야."

크리스 군의 밝은 목소리가 들려왔다.

분명히 그때 헨리 전하의 마법은 대단했다. 하지만 앨런도 그 마법을 쓸 수 있다고 들었는데….

"앨런도 어려운가요? 분명히 연극에서도 쓰는 그 마법, 앨런도 할 수 있다고 들었는데…."

"헨리 전하랑 나는 격이 완전히 달라. 나는… 헨리 전하가 만든 단검을 없앨 수 없었어."

"어…? 시험해 본 적이 있어?"

리츠 군이 눈을 동그랗게 떴다.

"그래, 카인 형님이 헨리 전하께 받은 단검을 가지고 돌아왔거든. 왠지 싫어서 없애 버리려고 했는데…."

아니, 앨런. 형이 받은 것을 멋대로 없애다니 무슨 생각이야…. 아니, 뭐, 쓰레리의 선물이라고 생각하면 없애고 싶은 마음도 이해 못 할 건 아니지만.

괜한 데에 정신을 빼앗기고 있는데, 앨런이 조금 침울한 얼굴을 하며 "해 봤는데 내 힘으로는 없앨 수 없었어."라고 중얼거렸다.

"앨런도 할 수 없었어?! 그렇구나. 헨리 전하는 역시 대단한 분이야."

"그렇게 대단한 건가요?"

감탄의 목소리를 흘리는 리츠 군에게 내가 그렇게 묻자, 리츠 군은 흥분한 듯이 끄덕였다.

"응, 해제의 마법은 꽤나 만능이야. 기본적으로 마법으로 만들어진 것을 만지고 주문을 외우면 없애 버릴 수 있는데, 다만 자기랑 역량에 차이가 있는 마법사가 만든 것은 없앨 수 없어."

과연…. 앨런은 학교에서 제일 우수하다고 들었다. 그런 앨런과 비교해도 쓰레리는 격이 다르게 강하다는 소리다.

"참고로 카테리나 양의 아버님, 구엔나시스 경의 힘은 어느 정도인가요?"

이들의 이야기대로 카테리나 양의 힘으로 구세의 마전을 손에 넣을 수 없다면, 구엔나시스 경이 직접 움직일 가능성도 있다.

"으음, 만나 본 적도 없으니까 실제로는 어떨지 모르지만, 영주님이니까 나름 힘은 있을 거야. 하지만 그 결계를 깨뜨리는 건 어렵지 않을까?"

그렇게 말하는 리츠 군에게 샤르도 고민스러운 소리를 내었다.

"저는 카테리나 양의 아버님과 만나 뵌 적이 있어요. 분명 대단히 박력 있는 분이었습니다. 하지만 실제로 마법을 행사하는 것까지는 본 적이 없어서."

구엔나시스 경의 힘은 미지수인 건가.

하지만 위로제에는 바로 그 구엔나시스 경이 왕도에 올라온다. 그렇다면 스스로 행동에 나설 가능성은 충분히 있다. 게다가 각지의 영주, 즉 백작가나 공작가 분들이 전원 모이는 위로제는 왕도의 최고 권력자들이 대집결하는 기회다.

구엔나시스 경이 나라에 반역을 일으킬 생각이라면, 다른 영주와 접촉할 가능성은 없을까….

"여러분에게 부탁이 있습니다만, 최대한 각지의 영주분들의 동향을 모아 주셨으면 합니다. 구엔나시스 경이 지방의 권력자들과 접촉할 가능성이 있습니다. 저도 제 영지의 백작인 배쉬 님에게서 최대한 정보를 캐내겠습니다. 구엔나시스와 인접한 영지는 루비포른뿐이니까, 접촉해 올 가능성이 높다고 생각합니다. 그리고 다음으로 가까운 건 레인포레스트령과 야마토령. 앨런도 그 점을 경계해 줄 수 있을까요? 야마토령은 유야 님에게 넌지시 확인해 보겠습니다."

내가 그렇게 말하자, 모두가 고개를 끄덕여 주었다.

일단은 정보수집. 무슨 일이 일어난다면 아마도 위로제. 그때까지 얼마나 정보를 모을 수 있을지가 열쇠가 된다.

전생
소녀의
이력서

전장(轉章) II 요르교의 신의 조각사

어느 날 루비포르른령의 영주인 배쉬 님이 타고사쿠 선생님을 시작으로 우리에게 휴가를 주셨다.

처음으로 그 이야기를 들었을 때에는 현기증이 일었다.

그분이 계신 지금 왜 이 저택을 떠나야만 하는 건가!

물론 우리는 저항할 생각이었지만, 그분의 말씀에 모든 울분이 정화되었다.

바로 그분께서 몸소 타고사쿠 선생님께 이렇게 말씀하셨다.

'타고사쿠 씨와 여러분은 많이 고생하셨으니까 조금 쉬시는 게 좋다고 생각해요. 여러분이 가실 예정인 장소에는 온천도 있다고 하고요.'

그런 대수롭지 않은 말 하나에도 헤아릴 수 없을 정도로 깊은 자비를 담아 그 순수하고 숭고한 눈동자를 지닌 존귀한 그분은 말씀하셨다.

너무나도 자비로운 말씀에 내 몸은 떨리고, 눈은 그치지 않을 기세의 눈물로 뒤덮였다.

존귀한 그분은! 신의 몸이면서! 우리 아랫것들의 심신을 신경 써 주시는 것이다!

너무나도 깊은 생각, 자비심, 뭐라 할 수 없는 신성함에 우리는 감동의 눈물을 멈출 수 없어서 몇 번이나 끄덕이며 그분의 말씀을 받아들였다.

그리고 우리는 타고사쿠 선생님과 함께 루비포른령의 변경지로 이동했다.

이 땅은 이전에 개척촌이라 불리던 곳이지만, 이미 사람은 살지 않는다.

아주 오래전에… 그분께서 이 세계에 강림하시기 전에 폐촌이 되었다고 들었다.

분명 그분이 그 신성한 모습으로 현현하시지 않았다면 루비포른령은 모두 이렇게 되었겠지.

이 마을에 살았던 선인들의 묘 앞에서 민들레꽃을 든 타고사쿠 선생님이 침통한 얼굴로 일어서셨다.

"그분의 석상을 이 땅에 만들고 싶다."

타고사쿠 선생님은 힘주어 그렇게 말씀하셨다. 스러진 루비포른의 영민을 위한, 신상(神像)을….

타고사쿠 선생님의 말씀에 반대할 사람이 있을 리 없어서,

우리는 망설임 없이 끄덕였다.

그렇게 비롯된 존귀한 분 석상 건립계획은, 파란으로 시작되었다.

석상의 재질이나 설치 장소, 크기, 조형 등에서 마을 사람들 사이에 의견이 갈린 것이다. 각자의 마음속에 여러 형태로 위대한 요르 님이 계시고, 모두가 최고의 요르 님을 형태로 빚고 싶다고 열망하였다. 그리고 거기에 타협 따윈 허락될 리가 없다.

모두가 자신의 의견을 굽히지 않고 평행선을 달리는 대화.

그런 와중에 여태까지 묵묵히 앉아 있던 타고사쿠 선생님이 바로 내게 석상 제작을 일임하셨다.

애초에 나는 나무 등을 깎아서 여러 도구를 만드는 것을 생업으로 삼고 있었다. 그 실력을 산 모양이지만, 나처럼 부족한 이에게는 황공한 일이다.

게다가 무엇보다, 분명 나무 조각은 해 본 적이 있지만 돌은 조각한 적이 없다.

나는 바로 타고사쿠 선생님께 그 사실을 전했지만, 타고사쿠 선생님은 내 어깨에 손을 올리고 이렇게 말씀하셨다.

"당신이 만든 목공 작품을 나는 본 적이 있습니다. 아주 훌륭한 것이었지요. 당신이 아니면 안 됩니다. 나는 그렇게 생각합니다. 그러니까 지금부터 당신은 이 나라에 유일한 '신의 조각사'입니다. 앞으로는 신의 조각사 그렌이라고 부르지요."

갑작스럽게 내린 신탁이라고도 할 수 있는 충격이 내게 내려왔다.

'신의 조각사'.

그런 황공한 역할을 내가…?

당혹스러우면서도 묘한 고양감에 휩싸였다.

나무를 조각할 수 있으니까 돌도 조각할 수 있다. 그런 자신감이 넘쳐 나고 신의 조각사가 되기 위해 여태까지 살아왔다는 느낌마저 들었다.

그래, 나는 어느 틈에 타고사쿠 선생님이 내리신 신의 조각사란 이름을 감사히 받았다.

그로부터 나의 생활은 일변했다.

밤낮으로 그저 돌을 깎는 나날.

조각했다가 깨뜨리고, 또 조각하고, 뭔가에 쫓기듯이, 발버둥 치듯이, 나는 그저 계속 돌을 조각했다.

그리고 신의 조각사란 임무를 받은 뒤로 시간이 흘러, 나는 만신창이의 몸으로 타고사쿠 선생님이 계신 장소에 갔다.

"타고사쿠 선생님, 꼭 봐 주셨으면 하는 게 있습니다."

그렇게 말하는 내 입술은 희미하게 떨리고 있었다.

간소한 책상 앞에 앉아 그분의 존귀한 말씀을 기록하던 그 신성한 타고사쿠 선생님의 손이 멈추었다.

천천히 이쪽으로 고개를 돌린 타고사쿠 선생님은 나와 눈이 마주치자 살짝 끄덕였다.

"드디어 완성되었군요."

타고사쿠 선생님의 그 말씀에 나는 떨리는 입술로 예, 라고 대답하였다.

그러자 타고사쿠 선생님은 가볍게 일어서셨다.

"그럼 가지요. 안내해 주시겠습니까?"

"물론입니다!"

나는 타고사쿠 선생님의 말씀에 몇 번이나 고개를 끄덕이고 안내를 맡았다.

앞서가는 마음과 황송함. 여러 감정을 끌어안고 나는 타고사쿠 선생님을 모시고 어느 작은 언덕에 도달했다.

거기에는 내가 목숨을 부어 넣어 만든 것이 천이 덮인 상태로 자리 잡고 있었다.

그리고 뭔가 느낀 듯한 마을 사람들이 이미 거기에 모여 있었다.

"이것이 그분의…."

그렇게 조그맣게 중얼거린 타고사쿠 씨의 얼굴에서 땀이 흘렀다.

나는 꿀꺽 소리 나게 침을 삼키고, 사람 크기 정도 되는 석상에 덮인 천 자락을 쥐었다.

"그럼 타고사쿠 선생님, 천을 벗기겠습니다. 괜찮겠습니까?"

"예, 물론입니다. 부탁드립니다."

타고사쿠 선생님의 말씀에 나는 석상에 덮인 천을 걷어 냈다.

햇살을 반사한 빛이 눈에 들어왔다.

무심코 눈을 가늘게 떴다.

이 자리에 모인 이들에게서 뭐라 표현할 수 없는 신음소리 같은 것이 들렸다.

그리고 타고사쿠 선생님의 입에서도 "오오…."라는 소리가 작게 새어 나왔다.

나와 타고사쿠 선생님의 눈앞에는 긴 머리의 소녀 석상이 조용히 이쪽을 내려다보고 있었다.

마치 모든 것을 포용하는 듯이 살짝 두 손을 펼친, 존귀한 그분의 석상.

자세에서부터 뭐라 할 수 없는 신성함이 느껴졌다. 그리고 그분의 자비심 깊은 시선이 온화한 햇살처럼 우리에게 향하고 있었다.

마치 뭔가에 씐 것처럼 지금까지 돌을 조각했는데, 이렇게 훌륭한 그 모습을 내 손으로 만들어낼 수 있다니… 지금도 믿을 수 없다.

이건 내가 아닌 뭔가에게, 아마도 신령에게 떠밀려서 만든 것. 그렇다고밖에 표현할 수 없는 것이었다.

"드디어 그분의 석상이…."

만족스럽게 중얼거린 타고사쿠 선생님은 내가 공들여 만든 석상에 천천히 시선을 주셨다.

그리고 지면에 무릎을 꿇었다.

"타고사쿠 선생님?! 왜 그러십니까?! 타고사쿠 선생님!"

나나 주위에 있던 이들이 갑자기 쓰러지신 타고사쿠 선생님에게 달려가자, 선생님은 고개를 천천히 들고 미소 지으셨다.

"문제없습니다. 당신이 만든 석상의 신성함에 무심코 무릎을 꿇고 말았습니다…."

"타코사쿠 선생님…!"

무사한 모습의 타고사쿠 선생님에게 일동은 안도의 목소리를 흘렸다.

그리고 타고사쿠 선생님은 두 손으로 눈앞을 가리고 기도의 말을 읊었다.

우리도 함께 그분의 석상을 향해 기도를 올렸다.

한동안 모두가 조용히 기도를 올리고 있자, 타고사쿠 선생님이 다시금 일어섰다.

"그러면 마무리로 들어가지요. 그분의 존안에 하얀 천을 덮지요. 그분은 루비포르의 어느 마을에서 사람의 고통을 치유하실 때, 하얀 천으로 얼굴을 숨기셨습니다."

그렇게 말하며 타고사쿠 선생님은 품에서 깨끗한 흰 천을 꺼내더니 받침대 위에 자리 잡은 그분의 석상의 존안에 하얀 천을 덮었다.

아아, 이럴 수가. 그리하니 한층 신성함이 늘어난 듯하였다.

차마 가늠할 수 없는 신성함에 다시금 우리는 기도를 올리기 위해 땅에 무릎을 꿇었다.

"타고사쿠 선생님, 존귀하신 그분이 왕도에서 그 자비심 깊고 위대한 힘을 행사하신다고 들었습니다만, 사실입니까?"

모두가 기도를 올린 뒤에 한 젊은이가 그렇게 물었다.

타고사쿠 선생님은 천천히 끄덕이더니 "사실입니다."라고 확실히 대답하셨다.

오오, 드디어, 드디어, 그런 목소리가 여기저기서 들려왔다.

나도 어느 틈에 눈에서 대량의 눈물이 넘쳐 나고 있었다.

그래. 드디어 루비포른만이 아니라 왕국 전체에, 그분이 그 신성한 힘을 행사하시는 것이다.

"저는 왕도에 갈까 합니다."

타고사쿠 선생님은 조용히 말씀하셨다.

"왕도에…? 그렇다면 그분이 계신 땅에 가시는 겁니까?"

"예, 그분이 새롭게 이 나라 전체에 그 신성한 힘을 행사하시는 순간, 저도 곁에 있고 싶습니다. 그분의 주위에 신성한 빛이 번쩍번쩍 빛나면 그 땅은 모든 더러움이 씻겨 나가 정화되겠지요. 그분이 강림하신 왕도에서 저는 그 순간의 정화를 느끼고 싶습니다."

"오오…."

그런가. 왕도에서는 그때 틀림없이 그분의 힘으로 대정화가 일어난다.

"타, 타고사쿠 선생님, 저도, 부디 저도 데려가 주십시오."

어느 틈에 나는 그렇게 말하고 있었다.

매달리듯이 무릎을 꿇고 타고사쿠 선생님을 올려다보았다.

그분 다음으로 존귀한 타고사쿠 선생님은 평소처럼 자비로운 미소를 보였다.

"따라가고 싶다고 한다면 저는 말리지 않습니다. 하지만 그 길은 가혹. 밤이고 낮이고 그분의 신성한 빛을 목표로 죽을 때까지 계속 걸을 각오는 있습니까?"

밤보다도 깊은 색인 타고사쿠 선생님의 눈이 어둡게 번쩍였다.

나는 꿀꺽 소리를 내어 침을 삼키고 고개를 끄덕였다.

전생
소녀의
이력서

제 3 7 장 위로제 준비 편(하) 루비포른에서 온 이들

내가 함께 저녁을 먹으러 코우 엄마네 가게에 갔을 때, 안에는 먼저 온 손님이 있었다.

버섯 머리의 그는 코우 엄마와 함께 소형 증류기를 열심히 들여다보고 있었다.

"아, 그레이 씨, 또 오셨나요?"

그렇다, 그는 그레이 씨. 상인 길드의 필두십인 중 한 명이면서 이색적인 치유작을 가진 괴짜다.

실버 씨의 아들이라고는 생각되지 않게 순수한 그는 치료사로 아주 우수한 코우 엄마에게 푹 빠져서 이렇게 빈번하게 코우 엄마의 가게에 얼굴을 비치며 둘이서 사랑의 연구에 매진… 이란 것은 나의 망상이고, 실제로는 코우 엄마의 가게를 보러 온 그레이 씨가 증류기를 발견하고, 그 증류기의 구조에 빠진 그가 코우 엄마와 함께 신약 연구를 하고 있는 것이다.

우리 상회의 기업비밀이! 라고 처음에는 당혹스러웠지만, 그레이 씨는 약의 개발비나 연구비, 나아가서 증류기와 기타 등등의 사용요금이라는 이름으로 막대한 금액을 떡 하니 내놓았다.

덕분에 흰 까마귀 상회의 이번 분기 매상 목표는 위로제 개최 전에 이미 달성되었습니다.

게다가 그레이 씨의 이야기를 듣기로 그가 손대는 분야는 약 관련이라고 하니까, 내가 손을 뻗고 있는 미용 관련과는 또 다른 부분이었기도 해서 그레이 씨에게는 증류기의 사용을 허가했다.

그런 식으로 이런저런 일이 있어서 코우 엄마와 그레이 씨는 말하자면 연구 동료다.

"료, 어서 와. 잠깐만 있어 봐, 지금 밥 준비할 테니까."

그렇게 말하며 코우 엄마는 돌아온 내게 반응해 주었지만, 그레이 씨는 일심불란하게 증류기에서 정제되는 액체를 바라보고 있어서 내가 온 줄도 몰랐다.

뭐, 항상 그렇지만.

그는 한번 집중하면 주위의 목소리에 반응하지 않게 되는 면이 있다.

다른 테이블에 식사를 준비해서 코우 엄마와 함께 식사를 즐기고 있자, 겨우 제정신으로 돌아온 그레이 씨가 놀란 얼굴로 나를 보았다.

“어라? 료 회장, 어느 틈에?”

“조금 전부터 여기에 있었어요.”

멍한 얼굴의 그레이 씨에게 그렇게 대답하자, 순수하게 놀란 얼굴로 “으음, 전혀 몰랐네요.”라는 말이 돌아왔다.

정신을 놓고 사는 사람이다. 나보다 열 살 이상 연상이지만, 그는 틀림없이 정신을 빼놓고 산다.

“그레이, 밥은 어쩔래?”

역시나 코우 엄마. 치유작을 가진 그레이 씨(28세)에게도 편하게 대한다.

그레이 씨도 그 호칭에 익숙한 것인지 신경 쓰는 기색도 없이 “같이 먹어도 되겠습니까?”라고 말하며 기쁜 듯이 한 테이블 앞에 앉았다.

천천히 식사를 즐기는 그레이 씨를 보면서 “연구 쪽은 어떤가요?”라고 화제를 던지자, 그레이 씨는 눈을 반짝반짝 빛냈다.

“으음, 정말 대단하군요. 증류기, 정말로 대단해. 애초에 진통제로 사용되었던 가가나리과의 나무 아십니까? 지금은 그걸 증류하고 있는데, 그러면 그 약효를 응축한 것이 나옵니다. 정말로 대단해요. 이건 획기적입니다. 더 효과가 강한 약을 만들 수 있어요. 다만 효과가 너무 강해서 독도 되지요. 지금은 아직 그대로 쓸 수 없으니까 어떻게든 그걸 안전하게 사용할 방법을 생각해야만 하지만, 잘만 하면 약의 역사가 변할 겁니다. 아니, 이 시점에서 이미 역사가 변했습니다. 여태까지 치료할 수 없다고 포기했던 병도 이 제조법으로 새로운 약을 만들면 불치병이 아니게 될지도 모르죠. 그리고…."

그레이 씨가 흥분한 기색으로 머신 건 토크를 시작했다.

그레이 씨의 기세는 대단하다. 약 이야기가 시작되면 말을 멈추지도 않고 속도도 빨라져서 대단하다. 약 오타쿠다.

그레이 씨는 한바탕 떠든 뒤에 갑자기 정신이 든 얼굴로 나와 코우 엄마를 보고 얼굴을 붉혔다.

"아, 미안합니다. 또 혼자서 주절주절 떠들고… 재미없지요? 곧잘 가족에게도 이야기를 듣습니다만, 정말 죄송합니다."

그렇게 풀 죽은 기색으로 사과하였다.

아니, 그 속 시꺼먼 너구리 영감의 유전자는 대체 어디로 갔을까.

너구리 영감과의 혈연관계를 의심할 수밖에 없다.

"아뇨, 좋은 말씀 들었습니다. 약 개발도 순조로운 모양이라서 다행이네요. 하지만 이렇게 여기에 있는 증류기를 굳이 쓰고 계신 걸 보면 아직 증류기는 만들지 않으신 건가요? 이전에 설계도는 넘겨 드렸다고 생각하는데…."

그레이 씨의 약에 대한 마음은 진짜라서, 분명히 앞으로 이 나라 사람들에게 도움이 된다.

자기 이익을 위해 증류기를 독점하는 것보다도 증류를 이용하며 만들어 낸 보다 좋은 물건이 더 많이 유통되는 편이 낫다는 마음에, 그레이 씨에게 증류기의 설계도를 넘겼다.

게다가 그레이 씨에게는 이미 충분한 돈을 받았고.

내 이익은 충분.

증류기가 보다 좋은 일을 위해 쓰이고 생활이 점점 편리해진다면 그게 제일이다.

"예, 만들려고 했습니다만 좀처럼 만들 수 있는 마술사님을 만나지 못해서…. 구리제에 복잡한 형태라서 마법으로 만드는 건 상당히 어려운 모양입니다. 료 회장은 어디서 이걸 만드셨습니까?"

아하, 과연. 그러고 보니 클로드 씨도 그런 말을 했던가.

아이린 씨는 무리일 것 같았지만, 앨런은 해냈다고.

그보다 앨런 대단하네. 왕도에 있는 마술사도 못 하는 걸 해냈다는 소리잖아.

"저는 친구에게 만들어 달라고 했습니다. 아, 그보다도 그레이 씨도 만난 적 있을까요? 앨런입니다."

내가 그렇게 말하자, 그레이 씨는 "앨런? 아, 그는 마술사님이었습니까?!"라며 드물게도 과장스러운 동작으로 놀랐다.

그레이 씨가 코우 엄마네 가게에 종종 왔기 때문에, 밥을 먹으러 빈번하게 여기에 오는 앨런과 마주치는 건 필연이다.

게다가 최근의 앨런은 내가 없는 곳에서 코우 엄마와 뭔가 하는 건지, 나보다도 코우 엄마 가게에 더 자주 드나들었다.

그러고 보니 이전에 둘이서 마주쳤을 때 가볍게 학교 친구라고 소개했는데, 마술사라는 건 말하지 않았을지도 모른다.

"죄송합니다, 앨런에 대해 소개가 부족했네요. 그는 레인포레스트 백작가의 마술사입니다."

"그, 그렇습니까, 그 화장한 애가…."

또 놀란 얼굴로 그레이 씨는 중얼거렸다.

그보다 화장한 애란 게 무슨 소리지…? 라고 의문스럽게 생각하는데, 그레이 씨는 몇 번인가 고개를 끄덕였다.

"앨런 님이 레인포레스트 백작가의 마술사였다는 것에는 놀랐습니다만, 그 백작가는 물과 흙 마법의 명문이지요. 분명히 만들 수 있을지도 모르겠군요. 다음에 만나게 되면 부탁해 볼까. 으음, 나는 앨런 님과 이따금 여기서 만나는 정도라서 그렇게 친한 사이도 아니고 한데 들어주시려나."

"앨런이라면 괜찮을 거라 생각하지만, 하지만 바로 필요하다면 구리가 아니라 유리로 된 증류기는 어떨까요? 루비포른에 둔 증류기는 유리로 된 것도 있습니다만, 문제없이 기능합니다. 제작 비용도 싸게 먹히고요."

"유리로! 과연! 그거라면 바로 의뢰하면 친한 마술사님이 만들어 주실지도 모르겠군요…! 얼른 부탁을 드려야!"

그렇게 기합을 넣는 그레이 씨의 옆에서 코우 엄마가 교태를 부렸다.

"어머나, 증류기를 만들면 그레이는 여기에 더 안 올 거야?"

그렇게 말하고 '어머나, 쓸쓸해라~'라는 시늉을 하는 암표범 같은 코우 엄마가 작렬했다.

뭐, 분명히 최근에는 그레이 씨가 빈번하게 왔으니, 안 오면 쓸쓸할지도.

그보다 그레이 씨는 아무래도 근육이 적고 학구파란 느낌인데, 코우 엄마는 그가 꽤나 마음이 든 기색인 게 신경 쓰여!

아니, 알렉 두목에 대한 교태와 비교하면 아직 별로지만. 알렉 두목의 앞에 있을 때 코우 엄마의 교태는 더 힘이 들어갔다.

그레이 씨는 코우 엄마의 유혹에 활짝 웃음을 띠었다.

"와아, 고맙습니다! 그렇게 말씀해 주시니 기쁘네요. 그리고 코우키 씨의 의견도 크게 참고가 되니 증류기를 만든 뒤에도 괜찮다면 들르게 해 주세요!"

화사하게 대답하는 그레이 씨에게 코우 엄마는 벙찐 얼굴을 하였다.

"…어머, 그런 반응은 처음이네."

그렇게 말하며 눈을 찡긋거렸다.

코우 엄마, 그는 말이죠, 순수해요. 속 시꺼먼 너구리 영감과 전혀 안 닮았어요.

"그레이가 상인 길드의 필두십인이라는 게 지금도 안 믿겨. 게다가 그 오건 치료상회의 회장이라니."

"하하하, 그 말 자주 듣지요. 게다가 실제로 상회 경영은 동생이 맡아서 하고 있습니다. 저는 이름뿐이고, 저 자신도 이렇게 연구나 하는 편을 좋아하니까요."

그렇게 말하는 그레이 씨, 스스로도 연구자 기질이라는 걸 자각하고 있는 모양이다.

"동생이라고 하셨는데, 제가 이전에 만난 네비 님 말인가요? 아, 아니면 에메르드 님인가요?"

"아, 아뇨. 네비보다도 한 살 아래에 오란지란 동생이 있습니다. 아주 똑 부러진 녀석입니다. 저는 항상 연구라는 이름으로 틀어박혀 있어서, 장사 쪽은 자기에게 다 떠맡긴다고 오란지는 자주 화를 내지요. 그것보다 료 회장은 에메르드와도 만난 적 있습니까?"

그레이 씨가 조금 놀란 얼굴로 그렇게 물었다.

"예, 루비포른령까지 일부러 오신 적이 있어서."

그리고 내 상회의 여성진에게 프러포즈를 해댔지. 참고로 나는 나이 문제로 절충이 되지 않아서 예선 탈락이었던 모양이지만.

"에엣?! 에메르드가 말입니까?! 그렇습니까. 에메르드는 강렬했지요? 저도 그런 화사함이 있으면 좋겠다고 좀 부럽게 생각할 때도 있지만요."

에메르드 씨는 화사하다고 할까 뭐라고 할까…. 그레이 씨는 그레이 씨인 채로 이대로 있어 주세요. 절실한 심정입니다.

그 뒤에도 약 이야기나 내가 증류기로 만든 향수 이야기를 나누던 중, 그레이 씨가 갑자기 일어섰다.

"아, 그러고 보니 오늘 아버님과 약속이 있었지! 아, 시간 지났다! 또 야단맞겠어!"

그렇게 소리치며 그레이 씨가 서둘러 돌아갈 준비를 하더니 "죄송합니다! 또 오겠습니다!"라고 말하고 황급히 돌아갔다.

항상 돌아갈 때는 저런 느낌이지. 덤벙꾼이다.

"료도 슬슬 기숙사로 돌아갈래? 바래다줄게."

그레이 씨를 지켜보고 있자니 코우 엄마가 그렇게 말했다.

그러네요. 나도 슬슬 기숙사로 돌아가야지. 하지만 사실은 조금 더 느긋하게 있고 싶고….

"그러네요. 슬슬 가겠습니다…."

라고 말하고 돌아갈 준비.

"그렇게 풀 죽은 얼굴 하지 마."

코우 엄마는 그렇게 말하며 웃었지만, 그치만 쓸쓸한걸….

풀이 죽은 채 준비를 마치고 코우 엄마와 함께 가게를 나섰다. 오는 길에는 아즐 씨가 호위해 주지만, 돌아가는 길에는 코우 엄마와 단둘이다.

나는 깊이 후드를 눌러쓰고 얼굴이 보이지 않도록 고개 숙여 걷는다. 안 그러면 '승리의 여신님이다!'라면서 퍼레이드가 시작될 때가 있으니까….

"그러고 보니 코우 엄마, 그레이 씨가 꽤 마음에 들었나 보네요?"

오늘도 허리를 굼실거렸고.

내가 도중에 그런 질문을 하자, 코우 엄마는 모호하게 끄덕였다.

"그래. 료가 전에 그레이 씨와의 결혼 권유가 있었다고 했잖아? 그래서 걱정이 되었는데 나쁜 사람은 아닌 것 같아."

아, 그러고 보니 그런 이야기를 코우 엄마에게 했던가.

"뭐, 설령 좋은 사람이라도 료가 결혼을 싫어한다면 나는 료 편이야. 분명히 나이 차이도 크고."

"저도 좋은 사람이라고 생각하지만, 결혼 같은 느낌은 아니고…."

그보다 나, 언젠가 결혼하고 싶은 사람과 만날 수는 있을지 불안하다.

뭐, 결혼하지 않는다면 않는 대로 코우 엄마가 같이 있어 줄 테니까 그건 그거대로 좋지만…. 하지만 언제까지고 코우 엄마를 붙잡고 있는 것은 좋지 않다는 느낌도 들긴 하고….

그런 불안한 마음이 얼굴에 드러났는지, 코우 엄마가 웃었다.

"괜찮아. 운명의 사람과 만나면 느낌이 딱 와! …그렇긴 해도 료도 이제 열네 살이네. 1년만 더 있으면 성인이 되고 조만간 결혼하고… 빠르구나."

코우 엄마가 절절한 심정으로 중얼거렸다.

그러고 보니, 내가 결혼하면 코우 엄마는 어떻게 할까.

전에는 내가 독립하면 사랑을 찾아 여행을 떠나는 것도 나쁘지 않다고 했다.

그건 즉 알렉 두목을 쫓아간다는 소리일까, 하는 생각을 했다.

하지만 알렉 두목은 신을 죽이는 검 같은 걸 만들거나 구엔나시스령에서도 암약하고 있어서, 그때의 두목과는 다르게 생각된다.

내가 지금 코우 엄마에게 알렉 두목은 구엔나시스령에 있다고 말하면 어떻게 될까.

구엔나시스령의 영웅이 알렉 두목이라는 건 확정되었지만, 나는 그 사실을 코우 엄마에게 전하지 않았다.

만약 그걸 말하게 되면 구엔나시스의 현황까지 전해야만 한다.

살로메 양에게는 카대 멤버 이외의 사람에게는 구엔나시스령에 대해 말하지 말아 달라는 부탁을 받았다. 다른 이들에게는 살로메 양도 신뢰할 수 있는 사이니까 말한 것이다.

나에게 코우 엄마는 신용할 수 있는 사람이지만, 살로메 양에게는 그렇지 않다. 그러니까 코우 엄마에게는 말할 수 없었다.

게다가 두목이 구엔나시스령에 있다고 말하면, 혹시… 혹시나 코우 엄마가 두목을 쫓아서 구엔나시스령에 가 버리면….

나는 쥐고 있던 손에 꾸욱 힘을 주었다.

"전 아직 결혼 같은 건 하고 싶지 않아요. 이렇게 코우 엄마랑 같이 있고 싶어요!"

내가 그렇게 말하자, 코우 엄마가 놀란 얼굴로 나를 내려다보았다.

"어머, 갑자기 왜 그래? 귀엽네. 상인 길드의 필두십인인 아이가 이렇게 어리광쟁이라도 괜찮을까. 정말로 귀여워, 료가 결혼할 때는 쓸쓸해지겠네."

그렇게 말하며 코우 엄마는 빙그레 웃어 주었다.

아아, 코우 엄마의 웃음에 위장이 아프다. 그 마법도 코우 엄마에겐 밝힐 수 있었는데…!

숨겨서 미안해요, 코우 엄마.

"그럼 아직은 구엔나시스령 사람들이 레인포레스트령 사람들에게 접촉하지 않았다는 소리네요?"

레인포레스트와 구엔나시스의 움직임에 대해 보고해 준 앨런에게 나는 손을 모으며 물었다.

"그래, 내가 모은 정보로는 구엔나시스령 쪽에서 어머니에게 연락을 취한 흔적은 없어. 그렇긴 해도 어머니가 위로제를 위해 왕도에 온 건 얼마 전이야. 이제부터 접촉할 우려는 있어."

앨런의 말에 나는 고개를 끄덕여 긍정했다.

"그러네요. 앨런은 계속해서 조사해 주세요."

혹시 구엔나시스 경이 반란 같은 것을 일으킨다면 적어도 다른 영주들에게 접촉할 가능성이 크다. 아무리 생각해도 구엔나시스령 혼자서만 일어나 봤자 이 나라를 어떻게 할 수 있을 것 같지 않은걸.

뭐, 구엔나시스 경이 구세의 마전만 있으면 어느 영주고 자기편을 들어줄 게 틀림없다고 믿는다면 이야기는 다르지만.

그렇긴 해도 앨런은 꽤나 우수한 정보원이다.

레인포레스트의 정보도 모을 수 있고, 앨런의 할아버님은 성에서 일하는 알베르 씨니까 성에서의 정보도 얻을 수 있다.

나도 알베르 씨와의 관계는 있지만, 나로서는 캐낼 수 없는 것을 손자인 앨런은 들을 수 있을지도 모른다.

"그래, 맡겨 줘. 기척을 죽이고 숨어들어서 자잘한 소문 하나도 놓치지 않고 모아 오지."

자신의 스토커 레벨에 절대적인 자신을 가진 앨런이 진지한 얼굴로 그렇게 대답했다.

아니, 앨런은 레인포레스트 백작가의 아들이니까 딱히 그런 스토커 같은 짓을 하면서 정보를 모으지 않아도 다른 방법이 있지 않을까… 라고 생각하지만, 그는 아주 신이 난 기색이고 결과도 나오고 있으니까 그대로 두기로 하자.

"리츠 님 쪽은 어떻습니까? 학교 학생들에게 뭔가 정보를 얻었습니까?"

"으음. 그렇게 대단한 정보는 없어. 다들 지금은 학원제 준비에 열심이고. 아, 하지만 북쪽에 영지를 둔 분들은 조금 움직임이 있었어. 며칠 내로 고르바텐들령, 코쿠리오령, 파밀리아령의 귀족들이 왕도에 도착하는 모양이야. 위로제를 위해서."

오오, 속속 지방 귀족분들이 왕도에 모이고 있어!

그렇긴 해도 '사람이 모이는 리츠'라는 별명은 괜히 있는 게 아니다.

그 인품 덕분에 친구가 많은 리츠 군은 학교 안의 학생들에게서 소문을 모으는 역할을 맡았다. 학교 학생들이 무슨 말을 할까 싶지만 전부 귀족의 자제분들, 거기서 모으는 정보는 제법 값지다.

"아, 저도, 이런 걸 입수했는데요."

그러면서 크리스 군이 종이 한 장을 내밀었다.

"카테리나 님의 호위 시간대."

크리스 군이 대수롭지 않게 말하며 건네준 종이를 받아 들었다.

"헤에, 카테리나 님의 호위… 아니, 왜 그런 걸 갖고 있나요?"

놀라서 손이 떨렸다. 건네받은 종이에는 살로메 양을 제외한 호위들의 근무 시간표 같은 게 있었다.

카테리나 양의 곁에는 항상 살로메 양이 붙어 있지만, 그런 두 사람을 감시하듯이 이전부터 호위로 곁에 있던 이들도 반드시 한 명은 붙어 있다. 대개 그 역할은 엘바로사지만, 이따금 다른 사람이 경호하는 것이다. 하지만 언제 누가 카테리나 양의 호위를 담당하는가 하는 시간대는 명목상 같은 기사단에 소속된 살로메 양조차 확실히 모르는 눈치였는데…. 어떻게 크리스 군이 그 정보를 파악할 수 있지….

"아니, 드레이시 씨에게 방긋 웃어 줬더니 주던데요."

"웃어 줬더니 주었다니… 애초에 드레이시 씨가 누구인가요?"

"가끔 카테리나 님의 호위를 하는 여기사지요. 검은 동그라미가 있는 시간이 휴식이니까 그때 밥이라도 같이 어떤가 하는 소리를 들어서. 그때는 밥을 막 먹은 참이라서 거절했지만요."

헌팅당했어! 무섭다, 미소년. 이게 미소년의 실력…!

귀여운 미소년의 힘에 전율하고 있자, 샤르가 손을 들었다.

"료 님, 저도 보고가 있습니다."

샤르는 구엔나시스령 쪽의 마법사니까 그 관련으로 구엔나시스령의 정보를 모아 올 수 있다.

"구엔나시스령에 무슨 움직임이?"

"예, 실은 구엔나시스령의 유력한 귀족분들이 위로제에 참가하기 위해, 얼마 전 왕도를 향해 출발한 모양입니다. 그중에는 구엔나시스 경도 계신다고."

"정말인가요?!"

"예, 틀림없습니다. 구엔나시스의 학생 일부가 그런 연락을 받았습니다."

오오, 드디어 소문의 구엔나시스 경까지 납신다.

"샤르, 고맙습니다. 계속해서 동향을 조사해 줄 수 있을까요? 어떤 규모로, 어떤 사람들이 구엔나시스령을 출발했는지, 어느 숙소에 머물 예정인지, 알 수 있으면 전부!"

"예! 힘써 보겠습니다!"

그렇게 말하며 샤르는 등을 쭉 펴고 맡아 주었다.

귀엽다, 귀여워, 샤르.

역시 슬슬 위로제가 시작되려는 단계라 각지에서 귀족들이 속속 모여들기 시작했다.

나는 어느 정도 생각을 정리하고 입을 열었다.

"예, 실은 저도 보고할 게 있습니다. 루비포른령의 귀족분들이 얼마 전에 왕도에 오셨습니다. 저도 조만간 인사를 겸해서 루비포른의 배쉬 님을 만나러 갈 예정이니까 상황 등을 들을 수 있겠죠."

그리고 구엔나시스의 일뿐만 아니라, 배쉬 씨에게서는 두목의 이야기도 듣지 않으면 안 된다.

나는 내심 그렇게 결심했다.

배쉬 씨는 애초부터 두목과 교류가 있었다. 두목과 어떻게든 접촉했을 가능성은 솔직히 아주 높다.

내가 두목을 생각하고 있는데, 앨런이 뭔가 말하고 싶은 기색으로 몸을 움직였다.

뭐지, 뭐지. 말하고 싶은 게 있거든 말해 보라는 마음으로 눈짓을 하자, 앨런이 뭔가 결의한 것처럼 입을 열었다.

"저, 저기, 루비포른 경에게는… 저기, 나도, 인사하러 가고 싶은데, 괜찮을까?"

어, 앨런도 같이 배쉬 씨를 만나러 가고 싶다고?

"딱히 상관은 없는데… 아, 하지만 위로제가 시작되면 연일 파티 같은 느낌인 모양이니 그때라도 소개할까요?"

일부러 수고스럽게 그러지 않아도… 라는 마음으로 물어보자, 앨런은 고개를 내저었다.

"아니, 최대한 빨리 인사하러 가고 싶어. 료의 보호자 되시는 분이잖아? 그럼 앞날을 생각하면 친해져 두는 편이 좋겠고…."

앞날?

뭐, 확실히 나중에 레인포레스트의 작위를 이을 앨런으로서는 이웃 영지의 백작가와 친교가 있는 편이 좋을지도 모른다.

그럼 다음에 갈 때 데려갈까.

하지만 일단 첫 방문일 때에 배쉬 씨에게는 두목에 대해 좀 물어 두고 싶다.

그러니까 앨런과 배쉬 씨를 만나게 하는 건 그 방문 이후가 좋을지도.

"알겠습니다. 그럼 제가 먼저 찾아가서 다음에 제 친구를 데려오겠습니다, 라고 전해 두지요. 그리고 두 번째 방문할 때 같이 가죠. 위로제 개최 전에는 인사할 수 있을 거라 생각합니다. 어떤가요?"

내가 그렇게 제안하자, 앨런은 기쁜 듯이 끄덕였다.

으음, 의외로 앨런은 앞날을 착실히 생각하고 있구나. 다른 영지 영주와의 관계를 쌓으려고 하다니.

"앨런은 의외로 외벽부터 허물고 가려고 하네."

리츠 군이 쓴웃음을 지으면서 말했다.

아니, 정말이야. 레인포레스트령만이 아니라 그 주위 영지와의 친교를 다지고서 자기 영지의 안정을 꾀하다니, 앨런은 제법 신중파다. 뭐, 지금은 구엔나시스 문제도 있고 정세도 불안정하니까. 친교를 다지는 건 좋은 일이겠지.

"외벽만이 아니라 본성을 공격하지 않으면 의미가 없다고 생각하지만요."

샤르가 빙그레 웃으며 앨런에게 말하자, 앨런은 얼굴을 찌푸렸다.

"나, 나도 그렇게 생각해! 생각은 하는데, 영 반응이…."

앨런은 의기소침해지고, 리츠 군이 "하하…."라며 메마른 웃음을 흘렸다.

설마 앨런이 이렇게 진지하게 영지 경영에 대해 생각하고 있는 줄은 꿈에도 몰랐다.

그런가. 하지만 그렇구나. 올해로 학교도 졸업이니 슬슬 그런 시기구나….

그 뒤에도 다섯 명이서 영지의 통치방법에 대해 의견을 말하거나 여태까지의 구엔나시스의 정보를 정리하면서 그날의 카대 회의는 끝났다.

연극 연습에 상회 경영, 알베르 씨와의 요르교 이야기, 거기에 폭주 카테리나 대책본부… 생각 외로 하드워크한 나날이다 보니 어느 틈에 위로제 개최기간이 다가왔다.

대책본부에서도 이야기했던 것처럼 머지않아 위로제가 시작되는 타이밍에 속속 지방의 유력 귀족분들이 왕도에 집결하였다.

그리고 그런 귀족 중 한 명인 배쉬 씨도 왕도에 도착했다는 연락을 받았기에, 인사를 위해 코우 엄마와 함께 배쉬 씨가 머무르는 숙소에 가 보기로 했다.

연락받은 숙소에 도착해 보니 꽤나 고급스러운 곳.

게다가 이렇게 고급스러운 숙소를 루비포른에서 온 고용인들도 머물 수 있도록 완전히 전세를 냈다나.

으음, 루비포른도 풍요로워졌습니다.

"배쉬도 대단한 신분이 되었네."

코우 엄마가 그렇게 말했기에 고개를 끄덕였다.

뭐, 애초부터 백작님이니까 대단한 신분이긴 했지만요.

하지만 가난하다는 느낌이 풀풀 났으니까….

"루비포른의 발전은 료 님 덕분입니다! 최근 루비포른령의 기세는 정말로 대단합니다!"

호위로 따라온 아즐 씨가 자랑스럽게 가슴을 폈다.

술의 생산지, 성냥의 제조지로 루비포른은 왕국 안에서도 최고로 발돋움할 정도로 풍요로운 영지가 되고 있다.

아니, 아마 지금은 경제적으로 제일 풍요로울 것 같다.

다만 지금은 좋을지 몰라도.

루비포른은 요르교라는 폭탄을 안고 있으니까….

그러고 보니 배쉬 씨와 함께 루비포른의 고용인들도 왔다는 소리는 왕도에 요르교도가 있다는 소리다…. 루비포른의 사람들 대부분은 요르교도. 조심해야지.

그런 생각을 하는데, 마침 그 배쉬 씨가 묵는 숙소의 외문에서 왕국기사의 갑옷을 입은 사람이 나왔다.

엇갈릴 때에 가볍게 인사를 하자 저쪽도 답례를 해 왔다.

뭐라고 말을 걸어야 하나 망설였지만, 그대로 엇갈렸다.

하지만 왜 왕국기사가…? 이 숙소는 루비포른 사람들이 전세를 냈을 텐데….

아! 서, 설마 벌써 요르교도가 뭔가 저질렀나?!

"료!"

내가 내심 겁을 먹고 있자니, 내 이름을 부르는 소리가 들려 그쪽으로 고개를 돌렸다.

배쉬 씨가 숙소 현관 앞에서 기운차게 손을 흔들고 있다. 옆에는 글로리아 씨도 있었다.

나는 외문을 지나 두 사람에게 달려갔다.

"오랜만입니다! 두 분 다 건강해 보여서 다행입니다."

으음, 항상 루비포른에만 있는 두 사람이 왕도에 있다는 게 신기한 느낌이다.

"하지만 료. 분명히 네가 온다고 했던 건 내일이 아니었나?"

배쉬 씨가 그렇게 말했기에 나는 과장스럽게 눈을 크게 뜨고 놀라움을 표현했다.

"예에?! 내일?! 아니, 오늘일 텐데… 아, 이런, 죄송합니다! 제가 날짜를 착각했는지도 모르겠네요."

그렇게 미안하다는 느낌으로 배쉬 씨를 슬쩍 올려다보자, 배쉬 씨가 평소처럼 온화한 미소를 보여 주었다.

"료가 날짜를 착각하다니 별일이 다 있군. 아니, 괜찮아, 괜찮아. 이다음에는 나도 시간이 비어 있고, 료는 이제 곧 왕도의 필두십인이 된다는 대상인이야. 바쁜 처지다 보니 가끔은 이럴 수도 있지."

"죄송합니다…."

그렇게 말하면서 다소곳이 머리를 숙이자, 배쉬 씨 옆에 있던 글로리아 마님이 미소 지었다.

"나도 료랑 이야기하고 싶었는데, 미안해. 난 지금부터 다른 사람과 만날 약속이 있어서 가 봐야만 하거든. 지금 막 나가려던 참이었어."

글로리아 마님은 그렇게 말씀하셨다.

응, 알고 있습니다. 지금부터 글로리아 마님은 오빠인 토마스 교장선생님을 만날 예정이지요.

내가 토마스 선생님께 여동생과 만날 거면 이날이 좋을 거라고 꼬드겼으니까 알고 있습니다.

그래, 모든 것은 나와 배쉬 씨가 단둘이서 이야기할 수 있게 하려는….

아니, 두목 이야기를 듣고 싶어서… 죄송합니다. 하지만 여기까지는 계획대로.

"죄송합니다. 제가 날을 잘못 잡은 탓에. 하지만 다음에 친구를 데리고 또 찾아올 예정이니까 그때는 꼭 이야기를 들려주세요.”

“어머, 료의 친구를? 그거 기대되네. 꼭 또 와 줘. 다음에는 맛있는 과자를 준비해 놓을게.”

글로리아 마님은 그렇게 말하고 웃어 주었다.

아아, 왠지 저 아름다운 미소가 가슴 아프다. 죄송합니다, 정말로!

그 뒤에 글로리아 씨는 외출 인사로 배쉬 씨의 뺨에 키스를 하고 고용인을 거느린 채 나갔다.

글로리아 마님을 전송한 뒤 나와 코우 엄마는 널찍한 방으로 안내를 받았다. 호위로 데려온 아즐 씨에게는 마차를 부탁하였다.

나와 코우 엄마가 안내받은 방에서 테이블 앞에 앉자, 하녀가 차와 과자를 가져다주었다.

그보다 이 차를 가져온 하녀, 분명히 루비포른의 흰 까마귀 상회에서 모녀가 함께 일하던 아리샤 씨다!

“아리샤 씨도 왕도에 오신 건가요?”

“예. 회장님, 오랜만입니다. 건강해 보여서 다행입니다.”

그렇게 말하며 흰 까마귀 상회 루비포른 지부의 아리샤 씨가 인사해 주었다.

흰 까마귀 상회 지부의 든든한 여성이며, 중증의 요르교도….

아니, 루비포른의 저택에서 일하는 고용인은 모두가 요르교도지만.

"아리샤 씨, 루비포른에 있는 흰 까마귀 상회는 어떻습니까? 무슨 문제 같은 건 없습니까?"

"역시 회장님이 계시지 않아서 좀처럼 안 풀리는 일도 있습니다만, 지금으로선 큰 문제도 일어나지 않고 잘 처리하고 있으니 안심하세요."

"다행이다. 그럼 나중에 또 이야기를 들려주세요."

그렇게 말하고 다음에 시간을 낼 약속을 한 뒤 아리샤 씨는 방에서 나갔다.

이렇게 되니 왕도에 있는 상회 사람과 만나게 하고 싶네. 먼 곳에 있으니까 여태까지 접점은 없지만, 같은 상회에서 일하는 사람들이니까.

그 뒤로는 배쉬 씨, 코우 엄마와 과자를 먹으면서 담소.

여기까지 오는 여행에 대해 듣거나 왕도에서 갈 만한 가게를 알려 주고, 루비포른의 현황 등 별것 없는 이야기가 오갔다.

그리고 잠시 뒤에 코우 엄마가 "어머나, 이런. 난 이다음에 약 관련 약속이 있어서 슬슬 가게로 돌아가야 해."라고 말했다.

"에엣?! 벌써 돌아가는 건가요?!"

나는 놀란 시늉을 했지만, 사실은 알고 있었습니다.

알고 있기 때문에 오늘이라는 날 배쉬 씨를 방문했습니다.

죄송해요, 코우 엄마. 이것도 모두 배쉬 씨와 단둘이 이야기하기 위해…!

"오래전부터 있던 약속이야. 료는 어쩔래? 같이 돌아갈까?"

코우 엄마가 그렇게 물었기에 나는 고개를 내저었다.

"모처럼 왔으니까 배쉬 님과 더 이야기를 나눌까 합니다. 상회 관련으로도 확인하고 싶은 게 있고요."

웃으면서 그렇게 대답하자, 코우 엄마가 나를 말없이 가만히 바라보았다.

저, 저 눈은… 완전히 의심하는 시선!

왠지 마음속을 읽히는 것 같아서 식은땀이 났다. 코우 엄마는 눈치가 빠르고….

그러니까 나와 배쉬 씨의 대화를 되도록 들려주고 싶지 않다.

내가 넌지시 두목의 화제나 구엔나시스 영지 이야기를 꺼내면 이것저것 눈치챌 것 같다.

그리고 그렇게 눈치 좋은 코우 엄마의 의혹의 시선이 지금 내게 향하고 있다!

"저, 저기, 코우 엄마. 왜, 왜 그러나요?"

"왠지 최근 료가 나한테 또 숨기는 게 있는 모양이네."

등골이 쭈뼛 서는 것을 애써 참았다.

안 돼, 동요하면 들켜. 여기서 들켜선 안 돼!

"아뇨, 제가 코우 엄마한테 비밀이 있을 리 없지 않나요."

eXtreme novel
『전생소녀의 이력서』 7권 수량 한정 특별부록
©Kazuki Karasawa ILLUSTRATION : Rein Kuwashima
NOT FOR SALE

코우 엄마와 눈을 마주…칠 수가 없었기에 코 근처를 바라보면서 그렇게 말했다.

잠시 침묵이 흐른 뒤에 코우 엄마가 입을 열었다.

"료도 슬슬 나한테 비밀을 가질 나이가 된 모양이네."

그렇게 말하며 쓸쓸하게 웃었다.

아, 코우 엄마에게 이런 얼굴을 하게 할 생각은 아니었는데!

그런 생각을 하고 있는데 코우 엄마가 "그래, 료도 슬슬 신경 쓰이는 남자가 생겼구나."라고 말을 이었다.

…엥? 신경 쓰이는, 남자…?

아, 아니, 분명히 신경 쓰이는 남자(알렉 두목)가 있기는 하지만.

"나도 그런 적이 있어. 그의 단련된 근육, 그리고 날카로운 시선을 받았을 때… 그날은 아무것도 손에 잡히지 않았어! 료가 드물게 일정을 착각한 것도, 료의 마음을 꿰뚫은 그 죄 많은 사람 때문이네. 아앙, 이해해. 나도 처음에 알렉이랑 만난 날은 부끄러워서 부모님한테도 이야기할 수 없었거든."

코우 엄마의 뜻하지 않은 방향으로 흘러간 이야기를 이해하기엔 다소 시간이 걸렸지만, 나는 간신히 웃음을 만들고 입을 열었다.

"아, 예. 실은, 그럴지도, 모르겠네요. 어, 어머나, 차, 창피해라. 역시 코우 엄마는, 다, 꿰뚫어 보네요!"

간신히 그렇게 대답하자, 코우 엄마는 "어머, 역시나!"라고 말하고 기쁜 기색을 보이더니 의자에서 일어섰다.

"그럼 난 이만 갈게. 배쉬는 연애 쪽으로 둔하니까 의논 상대로는 안 맞아."

코우 엄마는 그렇게 말한 뒤에 윙크를 하고 방에서 나갔다.

…….

조, 좋아, 이걸로 배쉬 씨와 단둘이 이야기할 수 있다. 그렇긴 한데 코우 엄마가 괜한 오해를 한 것 같은데… 뭐, 됐어.

내가 다시금 배쉬 씨 쪽을 돌아보자, 배쉬 씨는 왠지 곤혹스러운 기색으로 나를 보았다.

왜 그러나 싶어서 눈을 마주치자 배쉬 씨가 무겁게 입을 열었다.

"코우키의 말처럼 나는 연애 관련으로는 서툴다고 할까, 그런 의논은 처음이라서 자신이 없는데, 그래도 괜찮을까?"

불안을 숨기지 못하는 기색의 배쉬 씨였다.

왠지 이상한 걱정을 끼친 모양이라 죄송합니다, 배쉬 씨.

나는 불안한 얼굴을 하는 배쉬 씨를 향해 '연애 상담은 나중에 하겠습니다'라고 말하는 것으로 일단 화제를 흐린 뒤, 상회 활동 등의 이야기를 시작으로 적당히 분위기가 무르익었을 때를 보아서 얼른 본론 중 하나를 꺼내었다.

"실은 배쉬 씨에게 의논이라기보다는 보고가 있습니다. 사후 보고가 되어서 죄송합니다만, 문제의 요르교를 정식 영지 정책으로 대대적으로 퍼뜨리는 방안을 나라와 의논하고 있습니다."

내가 그렇게 말을 꺼내자, 배쉬 씨가 놀라서 눈을 껌뻑였다.

"정식 영지 정책이라니?"

"예. 요르교를 숨기는 것을 포기할까 하고요. 아예 나라에게 인정을 받으면 숨길 것도 없어서 안전하니까요. 요르라고 불리는 존재를 신성시하는 등의 지나친 부분은 물론 숨기면서 요르교 중에서 특히나 유익하다고 여겨지는 것을 모아서 이번 위로제 때에 국책으로 각 영주분들께 알릴 예정입니다."

"사, 사실인가?! 나라는 그 가르침을 인정해 준 건가? 그건 비마법사에게 지식을 과도하게 주는 경향이 있고, 요르라는 자를 신봉하는 구석 등… 나라가 인정해 주리라고는 도저히 생각할 수 없어. 아니, 틀림없이 무리야!"

배쉬 씨는 안색이 창백해져서 그렇게 말했다.

상상했던 것보다 놀란 기색이라 나도 조금 놀랐다.

솔직히 내가 '요르교는 위험합니다!'라고 몇 번을 말해도 별로 진지하게 들어 주지 않았기 때문에 배쉬 씨는 요르교에 대한 인식이 얕다고 생각하고 있었다.

하지만 배쉬 씨 나름대로 요르교의 가르침이 왕도의 귀족 등에게 알려지면 위험하다는 인식은 있었던 모양이다.

"안심하세요, 배쉬 님. 이미 왕성의 정무고관 분에게 확인을 받아 두었습니다. 흥미를 가져 주신 분이 있어서, 그분을 중심으로 이야기를 진행시켰습니다. 생각보다 성의 마법사님의 반응은 나쁘지 않습니다. …그 대재해로 마법사님들의 의식도 변하고 있는 모양입니다."

내가 그렇게 말하자, 배쉬 씨는 눈썹을 찌푸리며 생각하듯이 시선을 내렸다.

그리고 잠시 침묵한 뒤에 다시금 입을 열었다.

"…하지만 왕도의 귀족은 대부분이 오만한 생각을 가진 마법사. 나라의 정세가 진정되면 요르의 가르침 같은 정책, 비마법사에게 힘을 주려는 구조를 뒤집지나 않을까?"

역시나 배쉬 씨. 날카로운 곳을 찌른다.

나는 수긍했다.

"솔직히 그럴 가능성은 있습니다. 필요 없어지면 내치면 된다는 생각을 가진 분이 있을지도 모릅니다."

"그럼…!"

"하지만 그렇게 되지 않도록 저희가 힘을 모아 주면 됩니다. 저는 왕도의 상인 길드 필두십인 중 한 명이 되었습니다. 그리고 상인 길드는 점점 더 힘을 기르고 있지요. 생산 관련도 평민의 힘 없이는 굴러가지 않는 단계에 왔습니다. 나라에서도 그리 쉽사리 저희를 내치지 못할 겁니다. 나라의 일부 상층부가 어떻게 생각하든, 결국 이 나라는 마법에만 의존해서는 살아갈 수 없는 상황이 되었습니다. 힘을 합치지 않으면 나라로서 성립되지 않습니다."

"힘을, 합친다…? 우리 비마법사와, 나라의 마법사가, 말인가?"

배쉬 씨가 내심 놀란 얼굴로 내게 물었기에 크게 고개를 끄덕였다.

"그렇습니다. 어려울 건 하나도 없습니다. 같은 나라에 사는 이로서 한층 더 큰 풍요로움과 안녕을 바라는 마음은 같습니다. 그리고 실제로 마법사, 비마법사를 불문하고 그렇게 생각하며 움직이는 사람도 있습니다."

내가 그렇게 말해도 배쉬 씨는 믿기지 않는 건지, 초점이 맞지 않는 눈으로 시선을 내리고 몇 번이나 고개를 내저었다.

"하지만 믿기지 않는군. …애초에, 마법사가 사람의 도리 같은 걸 알 리가 없어."

그렇게 무심코 중얼거린 배쉬 씨의 말에 내가 놀랐다.

사람의 도리라니….

"배쉬 님, 마법사도 사람입니다. 저희와 같습니다. 그야 물론 사람이니까 각자 여러 생각을 가진 분은 있지만, 그래도 마법사 여러분이 모두 이해할 수 없다든가 하는 일은 없습니다. 그리고 실제로 왕도는 변하고 있습니다."

내가 놀라면서도 그렇게 전하자, 배쉬 씨가 눈을 크게 뜨고 나를 보았다.

배쉬 씨는 여태까지 마법사를 같은 '사람'이라고 생각하지 않았던 걸까.

하지만 아내인 글로리아 님은 마법사고, 루비포른을 위해 항상 애써 주는 세키 씨도 마법사고….

배쉬 씨는 세키 씨도 글로리아 씨도 소중히 여긴다고 생각했는데.

실제로는 여태까지 어떤 생각으로 그들을 대했던 걸까.

잠시 뒤에 배쉬 씨가 나에게 평소처럼 선량한 미소를 보여 주었다.

"그런가, 그렇군. 그렇게 솔직히 생각하는 료가 부러워. 네 말이 맞을지도 모르겠군. 그래, 우리는 같은 인간이겠지. …국책 문제, 놀랐지만 이해했다. 사실은 그걸 나라에 제안하기 전에 내게 말해 줬으면 좋았겠지만."

평소처럼 온화한 배쉬 씨의 어조다.

저도 사실은 배쉬 씨와 의논하고 싶었어요.

하지만 배쉬 씨가 나와 같은 마음이 아닐 것 같아서….

그리고 그건 아마 기분 탓이 아니다.

"죄송합니다. 하지만 이건 루비포른을 위한 일이라고 생각했습니다."

"그런가. 그래, 알고 있어. 료가 항상 루비포른령을 생각해 주는 것, 정말로 기쁘게 생각해."

배쉬 씨의 그 미소가 조금 씁쓸하게 보였다.

…두목에 대해 넌지시 물어도 솔직히 대답해 주지는 않겠지만. 그래도 뭔가 알고 있는 눈치긴 하지만 억지로 물을 필요는 없을지도 모르겠다.

아마도 배쉬 씨는 두목과 한통속일 것 같다.

그렇지 않더라도 근본적인 사고방식이 두목과 같다.

두목은 마법사라는 존재를 증오했다. 마법사 중 누군가를 미워하는 게 아니라, 마법사 그 자체를 증오했다. 그래, 기본적으로 두목은 마법사를 같은 '사람'으로 생각하지 않았다.

…두목이 어떤 행동을 일으켰을 때, 나라의 마법사를 믿을 수 없는 배쉬 씨는 분명 두목에게 붙는다.

그런 생각을 하는데 문을 두드리는 소리가 났다.

문 쪽으로 시선을 돌리자, "배쉬 님, 실례해도 되겠습니까?!"라는, 들어 본 적 있는 목소리가 들려왔다.

아니, 이 목소리. 이 목소리는….

내가 무심코 돌아보자, 초조한 듯이 일어선 배쉬 씨와 눈이 마주쳤다.

"배쉬 님, 이 목소리, 타고사쿠 씨지요?"

나의 천적인 타고사쿠 씨지요?!

배쉬 씨는 뻣뻣한 얼굴로 끄덕였다.

"데려올 생각은 없었는데, 어느 틈에 멋대로 따라왔어! 이 숙소에 도착한 뒤에 깨닫고서 영지로 돌아가 달라고 몇 번이나 말했는데!"

역시나! 들키지 않고 멋대로 따라왔다니, 타고사쿠 씨, 녀석은 대체 정체가 뭘까! 아니, 깨닫지 못한 배쉬 씨도 배쉬 씨 아닌가?! 아니, 타고사쿠 씨가 대단한 건가?! 타고사쿠 씨니까!!

이러저러하는 사이 타고사쿠 씨가 더 이상 못 참겠다는 듯이 문을 열었다.

그리고 나와 눈이 마주치자 활짝 얼굴을 펴고 황급히 오체투지를 시작했다.

"아아, 오랜만에 뵙습니다! 료 님!"

그리고 성대히 흐느껴 울기 시작했기에 나는 시선을 흐렸다.

설마 왕도에서도 그의 오체투지 흐느낌을 당하는 날이 오다니….

다시금 원한을 담아서 배쉬 씨를 노려보자, 창백하면서도 엄한 얼굴이 되어 있었다.

어, 어라? 생각보다 배쉬 씨의 반응이 험악한 것 같은데. 평소랑 다르다.

평소의 배쉬 씨라면 웃으면서 자기 실수였다고, 미안하다고 말해 줄 텐데.

아니, 하지만 아무리 그래도 왕도에 타고사쿠 씨가 있는 건 영지에 있을 때와 사정이 다른가….

"타고사쿠 선생님! 멋대로 이러시면 안 됩니다!! 루비포른령에 돌아가 달라고 말했을 겁니다!"

그렇게 말하며 배쉬 씨가 다급히 타고사쿠 씨에게 다가갔다.

"하지만 저는 료 님과 만나기 위해 여기까지 왔습니다! 한 번이라도 뵙지 않으면! 다른 이들도 료 님의 존안을 뵙기… 아니! 존안을 뵙다니, 황공한 일! 그렇습니다, 저희는 료 님의 후광으로 정화된 공기의 일부를 마시기 위해 멀고 힘든 여로를 왔습니다!"

눈물 어린 목소리로 그렇게 말한 타고사쿠 씨의 뒤에는 본 적 있는 고용인이 세 명 정도 타고사쿠 씨처럼 오체투지를 하고 있었다.

살짝 어깨가 떨리고 코를 훌쩍대는 소리가 들리는 걸 보면 아마 그들은 울고 있을 것이다. 아마도 오랜만에 나를 만나서 울고 있을 거다.

그들도 요르교도… 아니, 정확하게는 타고사쿠 교도인 고용인이다.

이전부터 루비포른의 저택을 떠받쳐 온 고용인이며, 나를 요르라고 생각하는 소수의 이들. 요르교 초기파인 타고사쿠 교도들이다.

배쉬 씨가 루비포른의 벽지로 쫓아냈다고 했는데… 그 벽지에서 배쉬 씨를 따라온 걸까. 정말로 그들의 집념은 대단하다.

배쉬 씨는 무거운 한숨을 내뱉더니, "타고사쿠 선생님의 마음은 알겠습니다. 료와 만났으니 성이 풀리셨습니까? 돌아가 주세요. 마차 준비도 되어 있습니다."라고 지친 목소리로 말했다.

"료 님이 조만간! 이 왕도에! 그 힘을 보이시려는 때! 이 타고사쿠! 들었습니다! 꼭 그 역사적이며 신성한 순간을 이 눈으로 직접 목도하겠습니다! 그때까지는 부디! 부디 이쪽에 체재하도록!"

엄청난 기세로 애원하는 타고사쿠 씨의 박력에 배쉬 씨가 뒷걸음질 쳤다.

그보다….

"힘을 보인다니, 무슨 소리입니까?"

내가 무심코 묻자, 타고사쿠 씨는 감격한 것처럼 평소의 타고사의 스마일을 보였다.

"상인 길드라는 단체의 정점에 군림하신 것 말입니다! 저희가 사는 루비포른 땅만이 아니라 왕국 전체에까지 그 힘을 행사하시다니, 역시 대단하십니다! 이 타고사쿠! 료 님의 무한하게 퍼지는 자비심과 신성함에 넘쳐 나는 눈물을 금할 수 없습니다!"

아니, 어째서 내가 상인 길드의 필두십인이 된 걸 알고 있지! 변경으로 쫓아냈을 텐데!

그렇게 생각하며 배쉬 씨를 다시금 보자, 내심 곤혹스럽다는 표정으로 타고사쿠 씨를 내려다보고 있었다.

배쉬 씨도 예상 밖인가. 그보다 역시 배쉬 씨의 반응이 평소와 좀 다른데… 여유가 없다고 할까, 뭐라고 할까.

"타고사쿠 선생님, 하지만 멋대로 따라오시면 곤란합니다. 방 준비도 할 수 없고, 게다가… 아무튼 돌아가 주세요."

그렇게 말하며 배쉬 씨는 기세 좋게 "위병!"이라며 다급한 목소리로 말했다.

배쉬 씨의 부름에 달려온 위병은 오체투지를 하고 있는 타고사쿠 일파를 보고 눈을 크게 떴다.

"타고사쿠 선생님을 루비포른까지 모시도록 준비를!"

배쉬 씨의 명령에 달려온 위병은 새파란 얼굴로 고개를 내저었다.

"하지만 배쉬 님, 저기, 이분은 타고사쿠 님입니다. 억지로 돌려보낸다니… 저희로서는…."

미안하다는 듯이 배쉬 씨의 위병이 말했다.

타고사쿠 대주교의 힘이 이 정도인가! 영주님인 배쉬 씨보다도 타고사쿠 대주교가 우선이야!! 무시무시한 타고사쿠 대주교….

그리고 배쉬 씨의 미간에서 주름이 깊어졌다….

배쉬 씨가 진짜로 초조해 하는 얼굴, 역시나 보기 힘든 것이다. 아니, 뭐, 초조한 마음도 이해돼. 영주인 자기보다도 우선시되고 있으니까. 하지만, 으음….

나는 조심조심 말을 꺼내 보기로 했다.

"배쉬 님, 괜찮다면 제가 타고사쿠 씨의 수송을 준비할까요? 마침 루비포른과 왕도를 오가는 상회의 짐마차가 이쪽으로 돌아와 있으니, 그걸로 타고사쿠 씨도 수송할 수 있을 겁니다."

내가 그렇게 제안하자, 배쉬 씨가 내 눈을 보았다.

조금 주저하듯이 침묵한 뒤 "루비포른까지 부탁할 수 있을까?"라고 말했다.

"예, 물론이죠. 루비포른까지. 저로서도 타고사쿠 씨가 곁에 있는 건…."

그렇게 말하며 쓴웃음을 짓자, 배쉬 씨도 마찬가지로 미소 지었다.

"그런가. 그럼 미안하지만 부탁하지."

"예, 맡겨 주세요."

타고사쿠 수송 업무를 떠맡고, 타고사쿠 씨의 오체투지를 멈추기 위해 일어서라고 재촉했다.

딱 좋은 타이밍이니 이대로 타고사쿠 씨도 데리고 배쉬 씨의 숙소를 나서자.

"하, 하지만, 료 님, 저희는 료 님의 영광의 일보(一歩)를 지켜보러…!"

"안 됩니다. 루비포른으로 돌아가세요. 정말로 항상 멋대로 행동하고! 전 화났으니까요! 자, 얼른 일어나세요!"

그렇게 말하며 내가 일으켜 세우자, 타고사쿠 교도들은 떨떠름하게 일어섰다.

타고사쿠 교도들은 배쉬 씨의 말은 듣지 않더라도, 내 말은 결국 거스르지 못한다. 타고사쿠 교도니까.

"배쉬 님, 그럼 이대로 돌아가겠습니다. 타고사쿠 씨를 돌려보내야 하겠고요. 다음에는 글로리아 마님도 계실 때에 친구를 데리고 찾아뵙겠습니다. 그럼 그때에."

그렇게 말하고 배쉬 씨가 머무르는 숙소에서 타고사쿠 씨를 데리고 떠나게 되었다.

돌아오는 길은 큼직한 마차를 빌릴 수 있었기에 타고사쿠 교도를 데리고 마차에 탔다.

그렇긴 해도 마차 안의 분위기가 안 좋다. 타고사쿠 교도가 의기소침해 있기 때문이겠지.

내가 이대로 돌아가라고 하며 영지행 마차에 태우면 그들은 틀림없이 루비포른으로 돌아간다.

타고사쿠 씨는 배쉬 씨로도 어떻게 할 수 없는 괴짜지만, 내게는 거스르지 못한다.

그런 사실을 생각하면서 맞은편 자리에 힘없이 앉은 타고사쿠 씨 일행을 보았다.

그러고 보면 이렇게 타고사쿠 씨와 천천히 이야기할 기회는 별로 없을지도.

이건 예상치 못한 일이지만, 좋은 기회가 아닐까.

나는 그렇게 생각하고 다시금 타고사쿠 씨를 향하여 말하였다.

"타고사쿠 씨, 사실 저는 예전부터 타고사쿠 씨가 요르의 이름을 써서 퍼뜨린 내용을, 국책으로 나라에 제시할 생각입니다. 그걸 어떻게 생각합니까?"

내가 갑작스럽게 말을 꺼내자, 타고사쿠 씨가 놀란 얼굴을 하면서 나를 바라보았다.

"나라에 제시라니, 무슨 의미입니까?"

"지금 루비포른에 널리 퍼진 농법이나 약의 지식, 짐승 대책, 생활의 지식, 그런 것이 나라의 법으로 온 나라 사람들이 알게 된다는 겁니다. 거기에 요르 이야기는 나오지 않습니다. 나라의 법, 국책으로 퍼뜨리는 겁니다."

여태까지 추진해 왔던 요르교 국책화 계획의 걱정거리 중 하나는 요르의 가르침이란 것을 나라가 국책으로 시행할 때의 요르교도의 반응이다.

여태까지 그들이 해 왔던 것을 나라가 추진한다는 사실을 어떻게 느낄까.

그렇게 생각하며 타고사쿠 씨에게 말을 붙이자, 타고사쿠 씨의 옆에 앉아 있던 타고사쿠 교도가 뭔가 할 말이 있는 것처럼 움찔움찔거렸다.

"저기, 하고 싶은 말이 있거든 편하게 하세요. 입이 문드러지지도 않고, 저를 봐도 눈이 멀지도 않아요."

내가 그렇게 말하자, 움찔거리던 사람이 번쩍 고개를 들었다.

체격 좋은 아저씨다. 원래는 루비포른에서 기사로 일했던 사람일까?

"저기! 혹시 그렇게 되면 가르침을 접할 때에 몰래 지하에 숨지 않아도 되는 겁니까! 당당히! 당당히 할 수 있는 겁니까?!"

한 가닥 희망에 매달리듯이 아저씨가 확인을 구해 왔다.

왠지 그렇게 필사적인 느낌으로 말하는 걸 보면, 여태까지 요르교가 퍼지지 않도록 억누르려 했던 내가 못된 짓을 한 것 같아서 왠지 마음이 편치 못한데 말이지….

아니, 딱히 탄압한 것은 아냐. 다만 나라에 알려지면 큰일이라고 생각했으니까, 당신들을 위한 일이야….

나는 가까스로 미소를 지으면서 비밀 요르교도에게 고개를 끄덕여 주었다.

"그렇습니다. 요르의 존재가 국책으로 어떻게 될지는 확실치 않지만, 기본적으로 여태까지보다는 당당히 할 수 있을 겁니다. 그저 나라가 시행하는 법을 지키는 것뿐이니까요."

내가 그렇게 대답하자, 다소 제한이 붙기는 해도 요르의 가르침을 접할 기회가 늘어나는 게 기쁜 건지 그는 환한 미소를 지으며 하늘을 우러러보았다.

하늘에 감사의 시를 읊고 있어….

잘 보니 다른 사람들도 기쁜 모양인지 감사의 시를 중얼거리고 있다….

그, 그렇게 괴로웠나.

으음, 최근에는 변경까지 쫓겨나기도 했고. 지금도 간신히 왕도까지 왔는데 도로 쫓겨나게 생겼으니까.

하지만 쫓아낸 건 내가 아냐, 배쉬 씨야.

나는 조용히 기쁨을 표현하는 비밀 요르교도에게 변명하면서 시선을 타고사쿠 씨에게 옮겼다.

타고사쿠 씨는 어쩐 일로 진지한 얼굴을 하고 있었다.

"타고사쿠 씨는 이전에 제가 요르의 가르침을 금지하고 싶다고 말했을 때, 앞으로는 무엇에 기대 살아가면 좋겠냐고 호소한 적이 있었지요. 타고사쿠 씨는 희망이 필요하다고 말했어요. 요르가 희망이라고. 그러니까 마법사를 의지할 수 없는 루비포른 사람들은 요르를 희망으로 삼고 마음을 기대 왔지요."

내가 그렇게 말을 꺼내자, 타고사쿠 씨는 진지한 얼굴로 끄덕였다.

“그렇습니다. 말씀이 옳습니다. 저희는 약합니다. …길잡이가 필요합니다. 료 님은, 아니, 요르 님은 저희의 길잡이였습니다.”

“여태까지 루비포른을 도와준 가르침을, 앞으로는 나라가 법으로 전해 줄 겁니다. 우리가 기대던 것이, 길잡이가, 법이 되는 겁니다. 나라 전체에 그 법이 퍼져 가죠. 앞으로 이 나라 사람들은 그 법에 기대어 살아갈 겁니다.”

내가 그렇게 말하는 동안 타고사쿠 씨는 눈을 감고 몇 번이나 고개를 끄덕였다.

그리고 내가 이야기를 마치자 눈을 뜨고 나와 시선을 맞추었다.

“그건 훌륭한 일입니다. 그 가르침이 보다 많은 사람들에게 알려지는 것이야말로 줄곧 저희가 바라 왔던 일입니다. 료 님이… 천상의 사자께서 전해 주신 것을 모든 이가 알고, 실행하고, 풍요로워진다. …제 바람의 전부입니다.”

그렇게 기도하듯이 타고사쿠 씨가 두 손으로 얼굴을 가렸다. 애랑 놀아 주는 것도 아니고 왜 갑자기…? 라고 생각했는데, 그러고 보니 이렇게 눈을 가리는 것이 요르교도의 기도 포즈였다.

어느 틈에 다른 비밀 요르교도도 같은 포즈를 하고 있었다.

타고사쿠 씨의 기행이야 이미 익숙했지만, 아주 신성한 느낌이 들었다.

마침 마차의 창 사이로 저녁노을이 들어와서 딱 타고사쿠 씨의 얼굴이 근엄히 빛나고… 아니아니! 나까지 타고사쿠교에 오염되어서 어쩔 건데!

저건 그냥 대머리가 빛을 낼 뿐이잖아! 진정해!

나는 어흠 하고 헛기침을 하며 마음을 다잡고, 눈에 힘을 넣어서 타고사쿠 씨를 바라보았다.

"정말로 이해했습니까? 여태까지와 같냐고 하면 그렇지 않습니다. 여러분이 믿는 요르라는 존재가, 타고사쿠 씨가 생각하는 존재가 아니게 될지도 모릅니다. 나라의 의향에 따라서는 존재 그 자체가 없어질지도 모르고, 마법사였다는 게 될지도 모릅니다. 그걸 받아들일 수 있겠습니까?"

"괜찮습니다. 그것이 많은 이에게 구원이 된다면. …게다가 무엇보다 저희는 료 님의 결정에 토를 달지 않습니다. 저희는 모두 료 님의 몸종이니까요."

아니, 몸종으로 삼은 기억은 없는데.

기본적으로 사고회로가 신자인 게 타고사쿠 씨의 무서운 점이다.

하지만 적어도 타고사쿠 씨는 요르의 가르침이 나라의 정책이 되더라도 반대할 생각이 없는 모양이라 안심했다.

뭐, 그 정책을 끌어가는 게 나라는 걸 알고 있는 탓도 있겠지만.

다만 타고사쿠 씨만 잘 제어할 수 있으면 다른 요르교도에게 대응하기도 쉬울 터.

뭐니 뭐니 해도 대주교 타고사쿠 님이니까. 지금도 저녁노을을 반사해서 정수리가 눈부실 정도로 빛나고 있고.

그렇긴 해도 빼빼 마을에서 조금 이야기한 게 루비포른 전체에 퍼지고, 나라 전체에 퍼질지도 모른다니… 일이 참 대단해졌다.

타고사쿠 씨는 모든 이가 풍요로워지는 게 바람이라고 말했다.

타고사쿠 씨의 폭주 때문에 이렇게 되었지만, 여태까지의 흐름이 전부 그의 책략이었다면 상당한 책사다.

"앞으로 왕도에서는 료 님의 위광을 퍼뜨리는 축제가 위로제라는 형태로 열리겠군요. 머나먼 루비포른 땅에서 저희는 료 님의 존귀함을 빌고 있겠습니다."

타고사쿠 씨가 다소 아쉬운 느낌을 내비치면서도 그렇게 중얼거렸다.

그래, 타고사쿠 씨는 이제부터 루비포른으로 돌아간다.

몰래 배쉬 씨의 뒤를 쫓아서 왕도에 왔으니까 쫓겨나는 요르교도. 아아, 이미 박해가….

어쩐다. 타고사쿠 씨는 괴짜니까 솔직히 왕도에 있으면 무슨 짓을 저지를지 모르는 면이 있기는 하다.

이제부터가 나에게도 중요한 국면이고, 루비포른으로 돌려보내는 편이 나을 것 같기도 하지만. 하지만… 그때 배쉬 씨의 반응이 마음에 자꾸만 걸리네. 평소의 배쉬 씨가 아니었다. 정말로 예상 밖의 국면에 초조해 하는 것처럼 보였고….

나는 잠시 생각한 뒤에 천천히 입을 열었다.

"여러분이 얌전히 있어 준다면 제 상회 건물의 지하에 있어도 좋습니다. 하지만 배쉬 씨에게 들키면 쫓겨날 테니까 정말로 얌전히 있어야 합니다."

"""""정말입니까?!"""""

타고사쿠 씨를 시작으로 요르교도들이 일제히 말했다.

상상 이상의 박력에 조금 당황하면서도 끄덕였다.

"모처럼 왕도까지 왔는데 이대로 돌려보내는 것도 그렇고요. 하지만 정말로 얌전히 있어 주세요. 기본적으로 자유는 없습니다."

"아아, 자비로운 료 님! 그래도 좋습니다! 꼭 료 님의 곁에 저희를! 료 님의 광채가 왕도에 사는 이들에게 알려지는 역사적 순간에 곁을 지키는 것이야말로 저희의 행복! 정화되어 가는 공기를 마시는 것만이 바람입니다! 아아, 저는 이 순간 들이마신 공기를 두 번 다시 내뱉지 않을 각오입니다!"

아니, 그랬다간 질식해서 죽어요, 타고사쿠 씨.

역시 발상이 이상하다. 왕도에 두려는 생각은 잘못일까.

왠지 불안한 기분이….

"저, 정말로 얌전히 있을 수 있나요?"

내가 다급히 그렇게 확인하자, 타고사쿠 씨의 옆에 있던 비밀 요르교도가 "맡겨 주십시오! 저희는 조용히 지내는 것에 익숙합니다!"라면서 활짝 웃었다.

조용히 지내는 것에 익숙하다니, 역시나 비밀주의인 요르교도다.

그 스킬을 구사하여 배쉬 씨의 뒤를 밟았겠지.

으음, 왕도에 타고사쿠 씨 일행이 있는 것은 역시나 불안한 기분이 들지만, 그래도, 그래도 왠지 모르게 그들은 이대로 왕도에 놔두는 편이 좋을 것도 같다.

어찌 되었든, 괴짜 타고사쿠 씨는 왕도에 있든 루비포른에 있든 변경에 있든 무슨 일을 저지를 것 같은 불안이 들고.

눈이 닿는 곳에 놔두는 편이 좋을 것도 같다.

그 이유는 솔직히 모르겠지만, 가끔은 내 감에 걸어 보자.

그렇게 생각하며 마차 창문으로 밖을 보았다.

귀족들이 속속 왕도로 모이고 있는지, 평소보다 밖이 시끌시끌한 것 같았다.

이제 곧 위로제가 시작된다.

전생
소녀의
이력서

전장(轉章) Ⅲ 리츠와 내버려 둘 수 없는 친구

오늘은 위로제의 개회식이 열렸다.

나라 안의 귀족이 다 모인 게 아닐까 싶을 정도로 성대한 식전으로, 왕족분들로 시작되는 참석자들의 면면이 무심코 몸이 떨릴 정도다.

멀찍이서 본 나조차도 그랬으니까, 가까이 있던 대귀족 여러분은 어떤 기분이었을까.

그렇게 생각하며 분명 나보다도 왕족과 가까운 자리에 있었을 게 틀림없는 앨런을 보았다.

"앨런, 오늘 위로제 개회식, 대단했지. 난 압도되었어."

"그래…? 그렇게 대단하진 않았다 싶은데…. 그보다 료를 찾아야…."

하지만 내 이야기에는 전혀 흥미를 보이지 않고, 멋진 옷을 입고 온 앨런은 주위를 두리번거렸다.

지금은 위로제 개최의 주체인 상인 길드 관련의 축하연에 왔다.

상인 길드 관계자가 위로제의 무사 개최를 조용히 축하한다는 모양이다. 솔직히 우리는 완전히 외부인이고, 비슷한 또래의 사람이 별로 없어서 꽤나 붕 떠 있다. 힘들다.

원래는 참가할 마음이 없었지만, 앨런이 여기에 료 양이 있을 테니 가자고 하면서 날 억지로 데려온 것이다….

"저기, 료 양이랑 어디서 만나기로 했어?"

"딱히 약속은 안 했어. 이제부터 찾아야지."

"이제부터…? 일단 확인하겠는데, 료 양은 우리가 여기에 오는 걸 알고 있지?"

"아니, 몰라. 딱히 말 안 했으니까."

어….

"아니, 그건 료 양에게 말도 않고 멋대로 우리끼리 왔다는 소리?"

우리는 완전히 외부인인데? 상인 길드랑 관계없는데?

내 당연한 의문에 앨런은 순진한 눈동자로 끄덕였다.

"그렇게 되네. 하지만 료가 여기에 와 있는 건 틀림없어. 연줄을 이용해서 조사했어."

연줄을 이용해서 조사했다는 게 무슨 의미?!

료 양과는 딱히 모르는 사이도 아니니까, 처음부터 료 양에게 확인하면 되지 않아?!

왠지 머리가 아파 왔다…. 힘이 쭉 빠진 나와 달리 앨런은 아주 기쁜 기색으로 주위를 살피며 료 양을 찾고 있다.

뭐, 됐어. 응. 앨런이 그런 느낌의 녀석이란 건 알고 있었고, 응.

내가 그렇게 내 마음을 다스리고 있자니, 근처에 우리와 비슷한 또래의 여자아이가 있는 게 눈에 들어왔다. 글라스를 한 손에 들고 불안한 듯 주위를 두리번거리고 있었다.

비슷한 또래의 아이는 보기 드문데. 가족이 상인 길드의 관계자일까. 불안하게 누군가를 찾는 기색이고, 어쩌면 동행과 떨어진 건지도 모른다.

그런 생각을 하고 있는데, 그 아이가 지나치던 남자의 어깨에 부딪혀서 균형을 잃고 비틀거렸다. "까아." 하고 작게 울리는 비명, 글라스의 내용물이 튀었다.

당장이라도 여자아이가 바닥에 쓰러지려는 타이밍에 앨런이 손을 뻗었다.

"괜찮아?!"

정말로 멋진 타이밍에 그녀를 부축한 앨런이 그렇게 말했다.

"가, 감사합니다. 저는, 괜찮습니다. …아! 죄, 죄송합니다! 음료가…!"

그렇게 말하며 소녀가 이번에는 창백한 얼굴을 하였다.

그녀가 들고 있던 음료가 앨런의 옷에 묻었다.

“아니, 나는 이 정도야 아무렇지도 않아. 당신 쪽이야말로 다친 데는?”

“저, 저는, 다친 데도 없이 괜찮습니다…! 저기, 부축해 주셔서…!”

“그럼 다행이네. …아, 아니, 예쁜 드레스에 조금 얼룩이 졌네.”

그녀의 드레스에 묻은 작은 얼룩을 발견한 앨런은, “실례.” 라고 말하고 그 얼룩 부분에 손을 뻗었다.

그리고 주문을 외우자 드레스의 얼룩이 수분을 머금었다. 그리고 얼룩이 젖어 들자, 앨런은 다시금 주문을 외워서 그 젖은 부분에서 수분을 제거했다.

그러자 소녀의 드레스에서 더러움이 사라졌다. 역시나 앨런, 이런 섬세한 마법 실력은 정말 대단하다.

“다행이다. 잘 지워졌네.”

더러움이 지워진 드레스를 확인한 앨런은 안도한 듯이 그녀에게 말을 걸었다.

왠지 평소보다 앨런이 멋진 느낌이다.

소녀도 갑작스러운 일에 새빨갛게 달아오른 얼굴을 하였다.

앨런 녀석, 꽤나 죄가 많군. 아니, 앨런은 형의 영향도 있어서 기본적으로 신사지. 이러니저러니 해도 남을 잘 돌보고, 학교에서도 하급생 사이에서 인기가 많다.

그 뒤에 사례를 하고 싶다며 소녀가 앨런의 이름을 들으려고 했지만, 앨런은 딱히 대단한 것도 아니라면서 그녀와 바로 헤어졌다.

나는 앨런의 옆에 서서 그 옆구리를 팔꿈치로 쿡쿡 찔렀다.

"앨런, 제법이네. 아까 걔, 앨런을 좋아하게 된 거 아냐?"

그렇게 웃어 주자, 앨런은 바보 취급하는 얼굴로 나를 보았다.

"무슨 소리야, 리츠. 얼룩 좀 지워 줬다고 좋아하게 될 리가 없잖아."

"아니, 얼룩을 지워 준 것만이 아니라 그 전체적인 흐름이라고 할까, 분위기라고 할까, 그런 느낌이…."

"옷의 얼룩 좀 지운 정도로 좋아해 준다면, 나는 이렇게 고생도 안 해."

묘하게 실감이 어린 목소리로 그렇게 말하는 앨런에게는 어딘가 애수가 떠돈다….

무심코 끄덕일 뻔했지만… 아니, 그건 아니니까.

그러니까 얼룩을 지운 행위가 아니라 그 전체의 스마트한 흐름이 중요한 거라고 다시금 설명할까 했지만, 앨런이 어느 장소를 보고 눈을 크게 떴다.

나도 앨런의 시선을 따라가 보니, 료 양이 있었다.

머리를 위로 모아 올리고, 군데군데 빛나는 보석을 넣은 흰색 드레스를 입은 료 양이 주위의 어른들에 섞여서 환담을 나누고 있었다.

우리와 동갑이라고는 생각되지 않는 차분한 모습…. 대단하네, 료 양은. 뭐라고 할까, 예쁘면서도, 그래, 박력이 있다고 할까, 어른들 사이에 섞여서 상인으로 이미 이름을 드날리는 점이 너무 대단해서 오히려 무섭다고 할까….

"료, 료다…."

얼떨떨하니 중얼거리는 목소리가 들렸기에, 무심코 앨런 쪽을 보았다.

앨런이 얼굴을 붉히고 료 양을 보고 있었다.

"저렇게 새하얗고 세련된 드레스도 어울리네. 하얀 송충이 같아."

송충이라니….

"앨런, 부탁이니까 본인 앞에서 송충이란 말은 하지 마…."

"어? 왜?"

"대개의 여자는 안 좋아할 테니까…."

"그런가. 그렇군."

차분히 고개를 끄덕인 앨런의 얼굴은 아주 진지했다.

내가 그런 앨런의 장래를 걱정하고 있자, 앨런이 반짝이는 눈으로 내 쪽을 보았다.

"주위의 어른들이 없어지면 료한테 가자."

그렇게 기쁜 듯이 말하는 앨런.

정말로 내 친구는 료 양을 좋아하는구나, 라고 다시금 생각했다.

솔직히 마술사에 언젠가 백작위를 이을 앨런과 마술사의 혈통이 아닌 료 양이 맺어지는 미래는 좀처럼 쉽지 않은 길이라고 생각한다.

앨런이 어떻게 생각하더라도….

앨런도 그걸 알고 있을 터인데, 그래도 포기하지 않고 계속 좋아하고 있다.

그런 앨런이 대단하다고 생각하고, 그런 점은 조금 부럽다.

"응? 왜 그래?"

앨런이 반응이 없는 나를 걱정하듯이 물어 왔다.

"아니…."

아무것도 아냐, 라고 대답할까 했지만, 내 안에는 자그만 심술이 싹텄다.

"앨런은 료 양의 어디가 좋아?"

내가 그렇게 묻자, 앨런이 눈을 크게 떴다.

"뭐?! 아니, 리츠, 이런 데서 무슨 소리야. 좋아한다니, 그건, 저기…."

그렇게 말한 앨런이, 마침 근처에 온 웨이터에게 음료를 받아 한 모금 마셨다.

그리고 결심한 것처럼 입을 열었다.

"…전부 좋아."

부끄러워하며 그렇게 말한 앨런에게 충격을 받았다.

풋풋해! 왠지 내가 부끄러워졌다! 예전에는 이런 화제를 던지면 료는 여동생 같은 거라며 벌컥 화를 내곤 했는데, 이렇게 솔직해지다니…. 어른이 되었구나, 앨런!

무심코 감동을 받고 있는 동안 료 양 주위에 있던 사람들이 흩어졌다.

아, 지금이라면 말을 걸 수 있겠다 싶었는데, 이미 앨런은 행동을 개시하고 있었다.

빠르게 료 양이 있는 장소로 향하고 있다.

역시나 앨런. 나도 얌전히 앨런의 뒤를 따라갔다.

"어머, 앨런. 그리고 리츠 님도 오셨습니까?"

앨런의 목소리에 반응한 료 양은 나와 앨런을 보고 놀란 듯이 눈을 크게 떴다. 아니, 어떻게 왔냐고 신기하게 여기는 얼굴을 하고 있네…. 뭐, 그렇겠지.

"하하, 앨런에게 끌려왔어…."

내가 그렇게 말하자, 료 양은 동정의 시선을 내게 던졌다.

"리츠 님, 죄송합니다. 또 앨런의 억지에 어울리게 된 모양이라서…."

료 양이 미안하다는 듯이 사과했다.

"하하하, 이미 익숙하고 나름 재미있어."

그렇게 대답하자, 료 양이 작은 목소리로 "대단하네요, 각하…."라고 중얼거리며 끄덕였다.

료 양은 이따금 각하라든가 선생님이라든가 부처라고 말하는데, 그녀의 안에서 나는 대체 어떤 위치에 있는 걸까….

"어, 어어, 료."

앨런이 조금 불안한 기색으로 료 양에게 말을 걸었다.

"왜 그러나요?"

"드레스에 얼룩 같은 거 없어?"

"예? 드레스에 얼룩?"

그렇게 말하며 료 양이 다급히 자기가 입은 옷을 살펴보았다. 스커트 부분이나 등 언저리를 보며 얼룩이 없는 것을 확인하더니, 비난하는 눈으로 앨런을 보았다.

"딱히 드레스가 더러워지진 않았다고 생각하는데…? 더럽나요?"

의아한 듯 료 양이 말하자, 앨런은 조금 기가 죽었다.

"아니, 없으면 됐어."

"그럼 왜 그런 걸 묻는 건가요? 차, 참고로 이 드레스, 오프화이트라고 해서 원래부터 조금 황색이 도는 하얀 드레스일 뿐이지, 딱히 더러워져서 노란색이 도는 건 아니니까요?!"

료 양이 필사적으로 그렇게 말하자, 앨런이 다급히 고개를 내저었다.

"아, 아니, 딱히 그런 생각으로 물은 게 아냐! 다만 료의 드레스에 얼룩이 있으면 내가 그걸 지워 주고 싶었을 뿐이지…."

"예? 얼룩을 말인가요?"

그렇게 물으면서 당혹스러워하는 료 양.

응, 그 마음 알아. 왜 갑자기 얼룩을 지워 주겠다고 하는 건지 의아스러운 거지. 애초에 말이지, 앨런, 아까 얼룩을 지워 준 정도로 좋아하게 될 리가 없다고 네 입으로 말했잖아!

그리고, 내가 말하고 싶었던 것은 얼룩을 지우는 행위 자체에 의미가 있는 게 아니라, 그때의 거기까지의 스마트한 흐름이 좋았다는 이야기인데!

기분 탓인지 나를 향해 원망 어린 시선을 하는 앨런에게 무심코 한숨이 나왔다.

뭐라고 할까, 앨런은 다른 여자에게는 제대로 대하면서, 료 양 앞에서는 좀 바보스러운 느낌이 되는 것 같아….

"아니, 정말로 아무것도 아냐. 료의, 그 오프화이트 드레스도 어울려. 하얀… 누에처럼!"

앨런이 당황한 기색으로 말했다.

누에라. 아까 앨런이 말했던 하얀 송충이를 다른 벌레 이름으로 바꾸었을 뿐이잖아….

"누에입니까…."

앨런의 드레스 칭찬에 왠지 미묘한 표정으로 되뇌는 료 양.

미안, 료 양. 내가 조금 더 제대로 말했더라면.

그 뒤에 셋이서 이런저런 잡담을 하고, 료 양이 다른 사람에게 불려 간 것도 있어서 헤어졌다.

헤어질 때 앨런의 적적한 얼굴을 표현하자면 버림받은 강아지 같은 모습이었다.

"어이, 리츠. 역시 드레스의 얼룩을 지워 준다고 좋아해 주는 건 아닌 모양이었어."

료 양과 헤어져서 벽 쪽으로 이동하자, 앨런은 그렇게 말했다.

"아니, 그러니까 얼룩을 지우는 게 중요한 게 아니라, 그때까지의 행동이라고 할까, 흐름이 좋다는 이야기야."

"흐름? 일단 드레스를 더럽히는 것부터 시작한다는 소리? 리츠, 너 참 대단한 생각을 한다?"

"일부러 더럽힐 생각은 안 해!"

뜬금없는 소리를 하는 앨런에게 나는 그렇게 말하고 한숨을 내쉬었다.

내 친구는 어딘가 얼빠진 구석이 있다니까.

뭐, 하지만 얼굴도 집안도 성격도 좋고, 마법사로서도 우수하고, 여성을 잘 대하기도 하고… 그렇게 완벽한 인간이었으면 이런 식으로 친구로 함께 있을 수 없었을지도 모른다.

조금 한심한 부분도 포함해서 앨런이고, 그게 없어지면 왠지 적적한 기분이 들 것 같다.

"어이, 리츠, 왜 내 얼굴을 보면서 히죽대는데?"
"아니, 왠지 앨런은 재미있구나 싶어서."
"남의 얼굴을 보고 재미있다니 실례잖아."
불만스럽게 대답한 앨런을 보며 또 웃음이 나왔다.

제 38 장 위로제 편(상) 나라의 힘을 보이는 축제

드디어 위로제가 시작되었다.

나라의 총력을 기울인 성대한 이 제전은 한 달 정도의 기간을 들여서 개최된다.

매일매일 다른 축하 행사나 구경거리가 예정되어 있다. 위로제 첫날인 어제는 성대한 개회식 같은 것이 열렸고, 이틀째인 오늘은 마물 재해에서 활약한 이들에게 작위나 보수를 수여하는 의식이 있었다.

행사장에 온 나는 얼른 내가 잘 아는 인물, 배쉬 씨나 글로리아 씨를 찾아서 인사를 나누었다.

“오늘은 료가 빛나는 날이네. 학생 신분으로 작위를 받다니 대단해. 그 드레스도 잘 어울려.”

글로리아 씨가 그렇게 말해 주었다.

오늘을 위해 준비한 남색 드레스를 칭찬받아서 무심코 얼굴이 풀어졌다.

그래요, 저도 이 식전에서 상작위(商爵位)를 받습니다! 사상 최연소라나. 아니, 딱히 사상 최연소라고 뭐가 있는 건 아니지만. 응, 하지만 사상 최연소라는 건 여태까지 상작을 받은 사람들 중에서 내가 제일 젊다는 소리고, 이 이상 뭐가 있는 것도 아니지만. 다만 사상 최연소라는 건….

하지만, 혹시 사상 최연소 미소녀 대상인의 탄생… 이란 식으로 후세에 남으면 어쩌지?! 부끄러워!

내가 그런 식으로 머릿속으로 신이 나 있는데, 국왕의 행차를 알리는 이가 큰 소리로 외쳤다.

아무래도 이 의식에는 국왕님이 오시는 모양이다.

행사장에 있던 귀족분들이 나란히, 비싼 천으로 가림막이 설치된 장소를 향해 무릎을 꿇었다. 물론 나도 그 뒤를 따랐다.

잠시 후에 국왕의 측근인 듯한 사람이 "고개를 드시오."라는 소리를 한 타이밍에, 나를 포함한 사람들이 일제히 고개를 들었다.

그러자 방금 전까지 있었을 터인 천 가림막이 제거되고, 옥좌 같은 곳에 한 남성이 앉아 있는 게 보였다.

혹시 저기 앉아 있는 게 국왕?

오오, 왠지 오늘 국왕님은 얼굴을 가리지 않았네! 처음 뵙는 국왕의 존안에 무심코 찬찬히 관찰.

쓰레리의 배다른 형이라고 하니 다소 닮았을까 생각했는데, 생각 이상으로 비슷하진 않았다.

장발을 늘어뜨린 점은 쓰레리와 같지만, 연한 금색인 쓰레리와 달리 머리는 갈색. 얼굴에는 짧은 수염을 길렀고, 나이는 서른 살 안팎으로 보이지만 마술사니까 실제 나이는 더 많겠지.

빛나는 미소년 스타일의 쓰레리와 달리 국왕은 솔직히 눈에 띄지 않는 느낌으로 보이기도 하지만, 쓰레리의 외모가 특별히 더 화려한 것뿐일까.

그런 국왕이 무표정하게 한 손을 들자, 무릎을 꿇고 있던 귀족분들이 기립했다. 아아, 그런 느낌이네, 싶어서 나도 일어났다.

거듭 주위의 얼굴들을 보자 아는 얼굴이 간간이. 아이린 마님이나 카인 님도 계신다.

사실은 카인 님도 마물 재해 때에 많은 마물을 토벌한 공적으로 기사작을 수여받기로 결정되어 있다.

이번 마물 재해에서 기사작을 수여받는 사람은 꽤 많다.

기사작이나 상작 등의 준귀족 작위는 이름뿐인 작위로 대단한 보상은 없으니까, 나라로서는 금전적인 부담이 별로 없다. 그래도 받으면 기쁠 거라는 마음에 나라가 점수벌이처럼 많은 귀족의 자제에게 작위를 내린다는 속셈이 있는 것 같다.

뭐, 하지만 카인 님의 경우는 카인 님의 실력이 있기 때문이라고 생각하지만! 초전사니까.

식전이 끝나면 카인 님에게 축하의 말을 하러 가자고 굳게 결의하면서도, 정형문 같은 인사가 국왕의 입에서 나오는 등 식전은 계속 진행되었다.

그것은 지위 높은 분들이 지켜보는 와중의 수여.

기본적으로 조용한 느낌이라 왠지 긴장하며 내 순서를 기다렸지만, 실제로는 순식간이라서 조금 긴장했던 것치고 맥없이 끝났다.

높은 곳의 옥좌에 앉은 국왕에게 정해진 인사를 하고, 국왕도 정해진 대답을 할 뿐인 의식이었다.

내 이름이 호명되었을 때, "약속된 승리의 불씨의?" "정말로 어린애네." 같은 소리가 간간이 들리긴 했지만, 최연소 미소녀 상인의 탄생이라는 말이 나오지 않을까… 싶어 귀를 기울여 보았으나 그런 말은 들려오지 않았다.

뭐, 의식이란 이런 건지도.

준귀족의 작위 수여식이 끝나니 이미 대낮. 휴식도 겸한 입식 파티가 시작되었다.

나는 다시금 배쉬 씨와 합류하고서 어떤 인물을 흘낏 훔쳐보았다.

은색 머리카락을 박력 넘치게 뱅글뱅글 만 헤어스타일… 예전 세계의 초상화에서 본 음악가 바흐 같은 머리 모양을 한 남성.

그래, 저 사람이 바로 구엔나시스 경. 카테리나 양의 아버님이다.

분명 얼굴이 카테리나 양과 닮았을지도. 특히나 머리가 말린 저 느낌이….

이렇게 왕국 주최의 행사에도 달려오고, 조금 전 식전에서는 국왕 앞에서 조용히 머리를 조아렸던 구엔나시스 경을 생각하니, 왠지 복잡한 마음이 들었다.

살로메 양의 말에 따르면 구엔나시스 경은 나라에 대한 충성심이 이미 없다는 모양이고.

내가 차가운 음료를 마시는 구엔나시스 경을 보고 있자. "료, 수여식은 어땠지?"라고 배쉬 씨가 기분 좋게 말을 걸어왔다.

배쉬 씨에게 시선을 주자, 이미 술을 하셨는지 얼굴이 살짝 상기되어 있었다.

그보다 오후는 영주에게 은상(恩賞)의 수여가 있는데 술을 마셔도 되는 걸까.

"뭐라고 할까요, 흐름이 정해져 있는 의식이라는 느낌이었습니다."

"뭐, 그렇겠지."

그렇게 말하며 끄덕인 배쉬 씨는 내 옷깃의 배지로 시선을 주었다. 금으로 된 코인을 본뜬 심플한 디자인으로, 그것이 상작의 징표다.

"아, 그건 상작의 표식이로군. 으음, 설마 재학 도중에 작위를 받을 줄은 생각 못 했어."

그렇게 말하며 즐겁게 웃었다.

즐거워 보이니 다행이지만, 술은 적당히 하세요!

그 뒤로 기분 좋은 배쉬 씨에게서 자기가 학생이던 시절의 이야기를 듣고 있는데, 시야 구석에 아는 사람이 들어왔다.

아이린 님과 카인 님이다!

아이린 님도 나를 발견하여 눈이 마주치자, 카딘 씨와 카인 님을 데리고 내 쪽으로 다가왔다.

"료, 축하해. 역시 대단하네."

간단한 인사 뒤, 아이린 씨는 그런 말로 축하해 주었다.

"감사합니다. 아이린 님도 이번 마물 재해에서의 대응을 나라로부터 평가받아 새로운 작위를 받으셨다고 들었습니다. 축하드립니다."

그래, 폭우의 고난을 극복한 영주들에게는 나라에서 명예 백작위가 수여되었다. 그 의식은 오늘 오후니까, 이제 곧 시작된다.

다만 명예란 말이 붙은 만큼 여태까지와 딱히 다름없는 대접이지만, 나름 은상을 받게 된다. 그래, 상인 길드가 이리저리 고생해서 만든 돈이다! 너무 많이 주면 지방 영주에게 힘을 주게 되고, 그렇다고 너무 적어도 문제라서 상인 길드 안에서의 협의를 거듭하여 도출한 절묘한 정도의 금액 설정이다.

"명예작이니까 별로 대단할 건 없어. 뭐, 다소 은상을 받겠지만, 그것뿐이야."

그렇게 말하며 불만스럽게 입을 삐죽거리자, 옆에서 에스코트하던 카딘 씨가 미소 지었다.

"아이린, 내 귀여운 요정. 당신의 귀여움은 화낸 얼굴도 멋지지만, 웃을 때가 잘 어울려."

카딘 씨의 그런 말에 아이린 씨는 얌전히 미소를 띠면서, "어머나, 딘도 참."이라고 부끄러워했다.

여전히 사이가 좋으신 모양이다.

당장이라도 러브러브를 시작할 두 사람에게서 무심코 시선을 돌리자, 카인 님과 눈이 마주쳤다.

오랜만이라는 인사를 나눈 뒤에, 카인 님이 언제나처럼 멋진 미소를 보여 주었다.

"료, 오늘의 밤하늘 색 드레스도 어른스러워서 잘 어울려. 료의 금발이 마치 밤하늘에 빛나는 유성 같군."

카, 카인 님! 카인 님이 시를 읊으면서 내게 미소 짓고 계셔!

오랜만의 카인 님과 시의 합체기라니, 두근거리네….

조금 부끄러워졌지만, 그런 모습을 너무 들키고 싶지 않기에 냉정을 가장하며 미소를 만들었다.

"카인 님, 기사작 수여 축하드립니다."

"고마워. 료야말로 상작이잖아. 축하해. 게다가 왕도의 필두십인에 이름을 올렸잖아? 역시 대단해."
"아뇨, 저는 그냥 타이밍이 겹쳤을 뿐입니다."
"할아버님께 들었어. 료가 이 나라를 위해 여러모로 애써 준다고."
어… 할아버님이라니, 카인 님의 할아버님이라면….
"알베르 님이, 말씀인가요?"
"그래. 직무상 할아버님과 이야기할 기회가 최근 많은데 곧잘 료 이야기를 들려주시지. 그다지 대놓고 남을 칭찬하지 않는 분인데, 료가 꽤 마음에 드신 모양이었어."
어! 그래?! 알베르 씨가 나를 칭찬해 주었다니!
그 멋진 신사가 나를 뒤에서 칭찬하는 모습을 상상하니, 무심코 얼굴이 풀어질 것 같다.
"아뇨, 저야말로 알베르 님에게 여러모로 신세지고 있고, 저 같은 건 아직 멀었습니다…."
부끄러워하면서도 그렇게 대답하자, 지금까지 배쉬 씨 부부와 대화를 즐기던 아이린 씨가 "그러고 보니 료도 슬슬 성인이네. 약혼자는 있니?"라고, 갑자기 잡담이라도 하는 기세로 사랑 이야기를 꺼냈다.
갑작스러운 사랑 이야기에 익숙하지 않은 나는 무심코 얼굴이 뜨거워졌다.
아니, 난 아직 열네 살이야!

사랑은 앞으로… 라고 말했다간 내년에 그대로 성인이 될 것 같아서 무섭다.

역시 이 나이에 약혼자가 없는 건 이상한 레벨인 건가?

"어어, 전, 저기…."

그렇게 주저하고 있자, 아이린 씨가 "우리 카인은 어떨까?" 라는 폭탄을 또다시 던져 왔다.

예? 우리카인은어떨까라니, 무슨 의미?

설마 싶지만, 내 약혼자로 카인 님은 어떨까 하는 말씀…?

그, 그럴 리가…. 카인 님은 멋진 귀공자고, 커버리스트고, 코우 엄마와 나의 아이돌 같은 존재고….

그렇게 생각하면서 뻣뻣한 움직임으로 아이린 님에게서 카인 님에게로 시선을 돌렸다.

카인 님도 놀란 얼굴로 아이린 씨를 보고 있었지만, 내 시선을 깨닫고 어색하게 이쪽으로 시선을 보내왔다.

무심코 서로 바라보고 있다가, 왠지 분위기가 어색해져서 나도 모르게 고개를 숙였다.

아니, 그만둬요. 갑자기 이런 화제를 던지는 건 그만둬요, 아이린 씨!

"어머님, 갑자기 그런 이야기는 좀…. 료도 당황하고 있고요, 저기…."

커버리스트 카인 님이 아이린 씨에게 그렇게 말하며 분위기를 바꾸려고 했지만, 본인도 아이린 씨의 갑작스러운 폭탄 발언에 초조해진 건지 말이 제대로 나오지 않았다.

그보다 난 무심코 고개를 돌렸는데, 이건 좀 느낌 안 좋은가?!

나는 용기를 쥐어 짜내어 고개를 들고 아이린 씨를 보았다.

"저, 저기! 저는 아시다시피 농촌 출신이고요! 결혼에는 별로일 겁니다!"

마법사 자식은 태어나지 않을걸요?! 그건 중요하죠?!

"분명히 마법사인 자식은 기대할 수 없지만, 그런 건 전혀 상관없을 정도로 나는 료가 마음에 들어."

"아, 아니, 하지만, 그런 건 마음이…."

나는 몰라도, 카인 님의 마음이!

뒤에서 카인 님을 흠모하는 미소녀가 줄줄이 있을 테고, 그렇게 되면 막장 드라마 급의 전개에 나도 참전해야만 하게 되고!

"어머, 우리 카인으로는 부족해?"

"아뇨, 그건 천만의 말씀이지만요! 제가 아니라 카인 님의 마음도…."

"어! 아니, 나는, 저기… 오히려… 하, 하지만… 앨…."

카인 님이 뭐라고 말하려는데, "어흠." 하고 성대한 헛기침 소리가 울렸다.

"으음, 죄송하군요. 실은 료에게는 루비포른에 이미 정해 둔 사람이 있습니다."

성대하게 헛기침을 한 배쉬 씨가 그렇게 말했다.

"어머, 그래?"

그렇게 말하며 놀라는 아이린 씨가 내 쪽을 보았지만, 나도 '어? 그래?'라는 기분이다.

정해 둔 사람 있어? 배쉬 씨, 그거 저도 처음 듣는 소립니다만?

"하지만 료는 우리에게도 딸 같은 존재인데, 어디의 누군지도 잘 모르는 사람에게 시집보내지는 않겠지요?"

아이린 씨의 날카로운 말에 배쉬 씨는 빙그레 웃었다.

"물론. 료는 우리 영지의 마법사인 류키 님에게 시집보낼 생각입니다."

어…. 분명 류키 씨는 갈라테아 언니의 약혼자였을 텐데? 배쉬 씨의 외동딸의 약혼자인데요? 아, 혹시 내가 당황하는 걸 보고 지원사격?

"어머, 마법사분과? 그래, 그럼 그 편이 료에게 좋을지도 모르겠네. 하지만 잘도 결심하셨네요. 마법사와 결혼이라니."

"하하하, 어차피 우리 영지에서는 마법사가 태어나지 않으니까요."

그렇게 말하며 웃는 배쉬 씨는 참으로 든든하다. 하지만 나중에 제대로 확인해야지. 류키 씨와의 약혼이란 말은 이 자리를 모면하기 위한 거죠? 혹시 진짜로 그렇게 생각한다면 단호히 거부해야지. 류키 씨는 타고사쿠 교도! 나는 신자와 결혼하지 않습니다.

"그렇구나, 료는 이미 약혼자가 있구나."

카인 님이 놀란 얼굴로 그렇게 말씀하셔서, 기분 탓인지 조금 기운이 없는 것처럼도 들렸다.

카인 님, 낙심한 건가…?

하지만 분명히 나도 형제처럼 생각하는 앨런이나 카인 님의 결혼이나 약혼 이야기를 들으면 조금 쇼크일지도 모르고…. 나는 마더 콤플렉스가 아니라 꽤나 브라더 콤플렉스인 건지도.

그렇게 생각하니 친오빠인 슈 오빠의 얼굴이 떠올랐다.

이상하다. 슈 오빠가 누구와 결혼하든 쇼크를 받거나 하지 않을 것 같아.

아니, 상대가 불쌍하게 느껴지고 어떤 의미로 쇼크일지도 모르지만. 뭐, 슈 오빠니까 어쩔 수 없나.

그렇게 납득하고 있을 때, 카인 님이 내 귓가로 얼굴을 가져왔다.

"약혼자 이야기는 앨런도 알고 있어?"

둘이서 대화 중인 아이린 씨와 배쉬 씨에게 들리지 않는 목소리로 그렇게 묻기에, 나도 카인 님의 귓가로 얼굴을 가져갔다.

"사실 저도 약혼 이야기를 처음 들었습니다. 아마 배쉬 씨의 거짓말일 거예요."

그렇게 대답하자, 놀란 얼굴을 한 카인 님은 미소 짓더니 "분명 료가 난처해 하는 걸 도와주신 걸 테지. 어머니가 그런 소리 해서 미안."이라고 작은 목소리로 답해 주었다.

"뭐, 앨런이 알았으면 분명…."

그렇게 중얼거린 카인 님이 뭔가 상상하듯이 쓴웃음을 지었기에 무심코 고개를 갸웃거렸다.

대체 앨런이 알면 어떻다는 소리지?

아, 그보다도 난 카인 님과 만나면 물어보고 싶은 게 있었어!

"그러고 보니 카인 님은 기사작을 취득하면 영지로 돌아갈 예정이라고 이전에 그러셨는데, 앞으로 레인포레스트에?"

애초에 기사작을 따면 레인포레스트에서 앨런을 돕는 게 꿈이라고 말했던 카인 님.

아마도 생각보다 이른 단계에서 기사작을 땄을 텐데, 아직 앨런은 백작위를 잇지 않았으니 어떻게 될까.

"그게… 조금 고민했지만, 성에 남아 있기로 했어. 조금 더 여기서 정진할까 해. 헨리 전하 문제도 있고."

"성에 남으시는 건가요? 헨리 전하의 호위를 계속하는 거군요?"

"그래."

조금 목소리를 낮춘 카인 님은 시선을 가볍게 던져 아이린 마님과 배쉬 씨가 어른들의 대화를 계속하는 걸 확인한 뒤, 그 쪽에 소리가 들리지 않도록 거리를 두고 "료, 기억해? 내가 폭우 재해 때 헨리 전하의 제안을 뿌리치고 레인포레스트령으로 돌아갔던 거."라고 말했다.

기억하지. 헨리 전하가 근위병으로 성에 있으라고 하는 걸 억지로 뿌리치고 귀향했다고 들었다.

왕도에 돌아갈 때는 괜찮을지 걱정했지만, 성에 와 봤더니 아무런 문제도 없이 원래 직무로 복귀한 모습이라서 괜찮았구나 하고 생각했는데….

"기억합니다. 왕도에 돌아가실 때 조금 걱정했지요."

"나도 그것 때문에 성에 돌아올 때 내쳐질 각오를 했는데, 헨리 전하는 아무 일도 없었던 것처럼 받아들여 주셨지. 여태까지와 마찬가지로 근위병으로 호위 임무에 임하게 허락해 주셨어."

"그렇습니까."

그렇게 말하면서도 카인 님의 분위기가 신경 쓰였다.

성에 돌아온 후 헨리 전하께 용서를 받았다고 말하는 것치고 그 얼굴은 밝지 않았다.

"하지만 카인 님, 왠지 기운이 없는 것 같은데요."

내가 그렇게 말하자 카인 님은 슬픈 듯이 미소 지었다.

"솔직히 말이지, 헨리 전하께서 아무 일도 없었던 것처럼 행동하실 때, 나는 안도했다기보다 오히려 슬프게 느껴졌어. 그때 영지에 돌아가는 것을 만류한 헨리 전하의 명을 어긴 건 사실인데, 전혀 개의치 않아. 나는 그의 친구로 있고 싶다고 생각하고, 적어도 다른 이와 비교하면 나는 거기에 가까운 존재라고 생각하기도 했어."

거기까지 말하고 카인 님치고 보기 드문 자조의 미소를 지었다.

"하지만 아니었어. 헨리 전하는 그런 생각이 전혀 없어. 전하에게 나는… 아니, 누구든지 결국 아무래도 좋은 존재라는 걸 깨달았어."

"카인 님…."

"미안, 힘 빠지는 소리를 했네. 헨리 전하 이야기를 할 수 있는 건 료뿐이니까…."

그렇게 말하고 한차례 말을 멈춘 카인 님은 평소처럼 상큼한 미소를 내게 보여 주었다.

"괜찮아, 헨리 전하를 보필하고 싶은 마음은 있어. 그러니까 영지에 돌아가는 건 보류하기로 했어. 하다못해 헨리 전하가 정말로 내게 '네가 떠나면 문제가 있다'라고 말할 정도의 존재가 되지 않으면 영지에 돌아갈 수 없어."

스스로에게 기합을 넣는 모습이 평소와 다름없는 카인 님이다.

하지만 쓰레리가 '네가 떠나면 문제가 있다'라고 말하며 발을 구르는 모습은 상상하기 힘들다.

그거 괜찮아? 평생 영지로 못 돌아가는 거 아냐?

"아, 지금 료는 그래 가지곤 평생 영지로 못 돌아가는 거 아닌지 생각했지?"

꺄아! 여, 역시 커버리스트 카인 님! 마음속까지 아시는 건가요?!

"아, 아뇨, 평생은 아니더라도 한동안은 어렵지 않을까 생각했을 뿐입니다. 평생은 아니에요!"

"하하, 료는 정직하네. 그러고서 상작으로 활약할 수 있을까 좀 불안해지는데. 나랑 가까운 상작은 클로드 외삼촌이니까…."

그렇게 말하며 카인 님은 시선을 흐렸다.

아아, 그는 아주 속이 시꺼멓지.

분명히 상인 길드는 말이죠, 클로드 씨 정도로 속이 시꺼먼 동물이 득시글거려요….

"저번에 클로드 외삼촌이…."

카인 님의 그런 말을 시작으로, 그 뒤로는 카인 님과 함께 클로드 씨의 속 시꺼먼 이야기를 주고받았다.

처음에는 작위 수여나 포상 수여 등의 딱딱한 자리가 며칠에 걸쳐 행해진 위로제.

그런 딱딱한 분위기의 이벤트가 대충 끝난 타이밍에, 드디어 우리 학생들이 준비한 이벤트가 시작되었다.

그래, 학생들이 선사하는 첫 연극!

배역 결정조차도 헨리 전하가 하네 마네로 난항을 빚었고, 연극 자체도 귀족 자녀분들에게는 첫 시도라 어려운 점도 있었지만, 모두의 열의로 간신히 이날을 맞을 수 있었다.

"료 님! 전 긴장되기 시작했어요…!"

연극에서 승리의 여신 역, 즉 내 역할을 연기하는 기사과 4학년 오르테가 그렇게 말하며 창백한 얼굴을 하였다.

무리도 아니지. 생각 외의 대성황이다.

관객은 학교 학생이나 그 보호자뿐일 거라고 편히 생각했는데, 아무리 봐도 그 이상의 숫자가 연극을 보러 학교 안에 설치된 특설회장에 모여들었다.

사람이 꾸역꾸역 들어와서 입석조차도 만원이다.

"괜찮아요. 오늘을 위해 많은 연습을 했으니까, 오르테 양이라면 문제없어요."

내가 그렇게 말해 주자, 오르테는 뻣뻣하게 끄덕였다.

"그, 그렇지요. 앨런 님도 계시고, 그리고 후반에는 헨리 전하도 오시고…!"

그렇게 말하며 오르테는 마음을 진정시키듯이 몇 번이나 심호흡을 시작했다.

귀엽다.

오르테는 원래 피구에서 같이 논 적이 있는 학생으로 전부터 알고는 있었지만, 이번 연극에서 이야기할 기회가 많아져서 왠지 여동생 같은 느낌이다.

“오르테, 그렇게 긴장하고서 괜찮아?”

걱정하듯이, 주역인 헨리 역을 결국 떠맡은 앨런이 오르테에게 말을 붙였다.

이미 의상으로 갈아입은 앨런은 왕족답게 화려한 복장을 하고 있다. 제법 어울린다.

“괘, 괜찮아요! 앨런 님이야말로 긴장하시지 않았습니까? 주역인 헨리 전하 역인데요?”

“별로. 주역이라고 해도 출연은 별로 없고. 제일 어려운 마법 장면은 헨리 전하 본인이 할 예정이니까.”

그렇게 말하며 재미없다는 듯이 하품을 했다.

연극에 출연하지 않는 나도 조금 긴장하는데, 이 차분한 모습이란. 앨런 녀석, 의외로 배짱이 있군.

오르테도 차분한 앨런을 보고 냉정함을 되찾았는지, 조금 편한 얼굴을 하였다.

좋아, 여태까지 이날을 위해 모두가 연습을 하고 무대도구를 만들고 의상을 만들고 회의를 하는 등 노력해 왔다.

상상 이상으로 많은 사람이 보러 와 주어서 확실히 긴장되지만, 그렇기에 보람도 있다.

우리 학생들은 원진을 짜고 오늘의 큰 무대를 향해 마음을 모았다.

대단해, 이거 왠지 청춘이란 느낌이 들어!

모두가 서로 도우면서 개연(開演)을 위해 준비하고, 문제없이 예정된 시각에 개막할 수 있었다.

개연 전에는 익숙지 않은 연극으로 긴장하여 얼굴이 창백해진 사람도 있었지만, 막상 연극이 시작되자 여태까지의 연습의 성과를 충분히 발휘하여 순조롭게 진행되었다.

마물의 습격을 받는 학교. 거기에 맞서는 학생들. 왕도 사람들을 마물에게서 지키는 헨리 역의 앨런.

연습하면서 몇 번이나 보았지만, 그때마다 학교에 마물이 쏟아져 들어오던 순간이 떠올랐다.

모두가 힘을 합쳐서 위기를 타파한다…. 그때는 그저 필사적이었지만, 지금 생각하면 그건 그거대로 즐거웠던 것도 같다. 뭐, 위기를 극복한 지금이니까 그렇게 생각할 수 있겠지만.

모두의 노력을 지켜보고 있자니 어느새 막이 내려갔다.

무대의 전반이 끝나고, 조금 휴식한 뒤에 후반에 들어간다.

나는 숨을 내뱉고 출연자나 무대 담당의 학생들을 격려하고 다니는데, "료 님, 큰일입니다!"라는 다급한 목소리에 그쪽을 돌아보았다. 의상 담당인 아이였다.

"헨리 전하가 아직 안 오셨어요!"

어, 진짜로…?! 원래 계획으로는 슬슬 이쪽으로 오지 않으면 곤란하다.

의상을 갈아입히거나 앞뒤를 맞춰 볼 시간을 확보하고 싶어서, 일찍 와 달라고 부탁했는데….

"…제가 찾아보고 올게요!"

그렇게 말하고 돌아서는데, 앨런과 시선이 맞았다.

"왜 그래?"

"헨리 전하가 아직 이쪽에 안 오셔서, 제가 지금부터 찾으러 가겠습니다. 앨런은 만일을 위해 헨리 전하가 쓸 예정인 마법을 쓸 수 있도록 준비해 주었으면 하는데 가능할까요?"

내가 그렇게 말하자, 앨런은 조금 고민하는 시늉을 하다가 "알았어. 아마 가능할 거야."라고 말하며 끄덕였다.

"고마워요! 부탁할게요! 후반에 출연하지 않는 사람도 같이 헨리 전하를 찾으러 가 줄 수 있을까요? 너무 소동이 일지 않게 최대한 조용히 찾았으면 합니다."

그렇게 부탁하여 학생들의 헨리 전하 대수색 작전이 시작되었다.

이 녀석, 정말로 대체 어디에….

일단 가게가 많이 자리 잡고 있는 학교의 교문 앞 광장으로 향했다.

여기에는 우리 상회 사람도 많이 있다. 나는 상회 사람에게 헨리 전하를 보거든 바로 알려 달라고 부탁했다.

하지만 다름 아닌 헨리 전하고 하니 이렇게 사람이 많은 장소에는 가지 않을 것 같다.

그 사람은 어디에 있는 경우가 많을까. 카인 님이라면 알려나? 나는 전혀 친하지도 않고, 그가 갈 만한 곳이 떠오르지 않는다. 설마 좋아하는 가축과 만나기 위해 왕도의 목장 같은 곳에 가는 건 아니겠지? 아무리 그래도 거기까지 가면 데리고 오기에 시간이 너무 걸린다. 아직 성에 있는 걸까? 아니, 성에 있으면 거기 사람들이 헨리 전하를 데려오든가, 이쪽에 연락을 보내 줄 것이다. 사람이 많은 광장은 우리 상회 사람들이 눈을 빛내 주겠고, 나는 별로 사람이 없고 조용한 곳을 찾아보자.

그러고 보니 전에 헨리 전하는 조용한 곳을 좋아한다는 소리를 했던 것도 같은데….

나는 잠시 생각한 뒤에 어느 곳으로 향했다.

학교 부지 구석에 폭포처럼 만들어진 장소가 있다. 폭포 너머에는 꽤나 넓은 동굴이 있다.

…내가 헨리의 본성을 처음 안 장소다.

촛대를 들고 그 동굴에 들어서자, 인기척이 있었다.

그리고 그 기척에 희미하게 웃는 소리가 섞였다.

"어라, 병아리, 이런 장소에 어쩐 일이지?"

그렇게 말하며 안쪽에 있는 누군가가 움직였다. 이 목소리, 틀림없다.

"이쪽이 할 말입니다! 헨리 님, 찾아다녔습니다! 슬슬 연극에 나가셔야 합니다!"

그렇게 말하며 나도 신중하게 안쪽으로 들어갔다.

근처까지 가 보니, 촛대의 불빛에 그 사람의 얼굴이 드러났다.

내가 찾던 헨리 전하가 평소처럼 수상쩍은 미소를 지으며 앉아 있었다.

"아, 그러고 보니 오늘이 연극날이었나. 어쩐지 주위가 시끄럽다 했지. 그런데 용케 내가 있는 곳을 알았군?"

그렇게 말하며 그는 일어서서 옷에 묻은 먼지를 털었다.

"그런 소리 하지 말고 어서 돌아가시지요!"

내가 재촉하자, 쓰레리는 어깨를 으쓱였다.

"병아리도 일단 좀 진정하지? 여기는 조용해서 마음이 차분해져. 추천하는 곳이야."

"헨리 전하가 제시간에 와 주시지 않으니까 서두르는 겁니다!"

무슨 한가한 소리를 하는 거야!

더 이상 실랑이하기도 싫어서 헨리 전하의 손을 잡아 끌어당기듯이 동굴 밖으로 데리고 나왔다.

밖이 밝아서 쓰레리가 눈을 가늘게 떴다.

"…눈부시군."

그렇게 말하며 짜증스럽다는 기색으로 눈살을 찌푸린 헨리의 손을 더 잡아끌어서 걷게 했다.

멈춰 서 있을 때가 아냐. 서두르지 않으면 모두가 기다려! …하지만 왠지 오늘 헨리 전하는 좀 이상한 느낌이다.

흘깃 뒤를 돌아보고 다시금 안색을 살피는데 그와 눈이 마주쳤다.

평소의 수상쩍은 미소가 돌아왔다.

여느 때와 같아, 라는 느낌도 들었지만.

"…왜 그런 곳에 계셨습니까? 불도 켜지 않고."

"조용한 곳에 있고 싶었어. 생각할 게 좀 많아서."

헤에, 생각. 쓰레리는 생각을 하기 위해 어두운 곳에 혼자 가는구나. 의외.

"헨리 전하도 혼자서 생각하고 싶으실 때가 있군요."

나는 일단 그렇게 말하면서 앞서 걸었다. 느긋하게 대화할 여유는 없다. 지금 서둘러 돌아가면 그래도 늦진 않는다.

"귀찮지만 왕족 정도 되면 여러 이야기를 듣게 되지. …예를 들어 혼담이라든가."

뒤에서 쓰레리가 그렇게 말했다.

어? 혼담? 쓰레리 전하에게 혼담? 우와, 혼담 상대가 불쌍해….

대체 그런 슬픈 운명을 짊어진 여성은 누구일까. 하필이면 쓰레리 씨가 상대라니. 나라면 그런 혼담이 오면 도망칠 거야.

쓰레리는 쓰레리지만 왕족이니까, 상대 여성은 상당한 기문 사람이겠지. 마법사의 혈통이 아니면 마법사가 태어나지 않는다.

이 나라에서는 수십 년 전부터 마법사끼리의 결혼은 추천되지 않지만, 왕족은 별개. 지금 국왕의 왕비님은 마법사고, 헨리 전하가 차기 국왕이 된다는 설은 유력하니까, 어쩌면 마법사 여성이 뽑힐지도 모른다.

"그렇습니까. 헨리 전하도 성인이 되셨군요."

나는 혼담 상대에게 동정하면서 그렇게 말한 뒤 개의치 않고 쭉쭉 나아갔다.

조금 이상하다 싶었더니, 혼담 때문에 매리지 블루였다니. 의외로 쓰레리치고 섬세한 마음을 갖고 있네.

뭐, 아무래도 좋지만.

"의외로 아무렇지도 않군, 병아리는."

"아뇨, 많이 놀랐습니다."

그렇게 말하면서도 걷는 속도는 늦추지 않았다.

후반의 막이 올라가면 헨리 전하의 차례가 금방 온다. 그때까지 가볍게 의견조율도 하고 싶고, 의상도 '헨리 님이 입으실 옷이니까요!'라면서 의상 담당인 학생이 기합을 넣고 만들었다.

"혼담 상대는 너인데."

"어머, 그렇습니까. 축하합니다."

그보다도 서둘러야 해. 헨리의 상대가 가엾다고 생각하지만 나랑은 관계없는 일이고. 아니, 차기 국왕으로 이름 높은 헨리의 마님이 된다는 소리는 장래의 왕비님이니까 전혀 무관계라고 할 수 없지만….

음?

어라, 조금 전 쓰레리에게서 뭔가 흘려들을 수 없는 말이 들린 듯한데….

나는 우뚝 멈춰 서서 뚜두두둑 소리가 날 듯한 기세로 천천히 뒤를 돌아보았다.

"헨리 전하, 방금, 뭐라고, 하셨나요?"

"아, 그러니까 내 혼담 상대는 너인데."

"너 님이라는 분이 혼담 상대입니까?"

"재미있는 소리를 하는군. 너라는 것은 즉 병아리가 혼담 상대라는 소리야."

…어?

"거, 거짓말이죠? 말도 안 됩니다! 저는 마법사 혈통이 아닙니다!"

"음? 물론 네가 순수한 가축이란 건 알고 있어."

순수한 가축이라니… 다른 식의 말도 있지 않을까!

아니, 그 전에, 이게 어떻게 된 일인가 싶어서 머리가 쫓아갈 수가 없는데.

“어, 어떻게 제가 헨리 전하의 혼담 상대가 될 수 있습니까? 농담이시죠? 저는 농민의 딸이고, 마법사의 혈통도 아닌데.”

아주 질 나쁜 농담이지요? 쓰레리언 조크죠?

마법사는 기본적으로 혈통에 의해 태어난다.

나처럼 마법사의 혈통이 아닌 농민과 결혼해서 자식이 태어난다고 해도, 그 자식이 마법사일 확률은 거의 없다.

그러니까 왕족의 결혼은… 아니, 왕족이 아니더라도 귀족의 결혼은 혈통이 중요시되고 있을 텐데!

농담이기를 기대하며 쓰레리 전하를 올려다보자, 그는 태연한 얼굴로 수상쩍은 미소를 지었다.

“너와 나 사이에서 태어나는 자식에게 왕국은 아무것도 기대하지 않아. 그저 너와 왕족이 결혼한다는 사실을 원할 뿐이야. 마물 재해로 왕국의 위광이 실추되고 있다는 모양이지. 대신 약속된 승리의 여신이라고 불리는 자가 지지를 얻기 시작했다. 나라의 위광을 회복하기 위해서 왕가에 약속된 승리의 여신을 맞아들이려는 거겠지. 그렇게 왕국에 대한 반감을 가라앉히고 나면 나한테 다른 혼담이 오지 않을까. 마법사 자식을 낳기 위해서 말이야. …하하, 가축의 기분을 맞추기 위해서 잘도 생각했어.”

남의 일처럼 말하는 헨리를 믿기지 않는다는 기분으로 바라보았다.

지, 진짜로? 진짜로 하는 말이야?!

"미, 믿기지 않습니다…."

"믿지 않아도 좋지만, 그런 이야기가 있는 건 사실이야."

"그럴 수가…."

어, 진짜로? 어딘가 현실감 없는 이야기에 내가 멍하니 있자, 쓰레리가 견딜 수 없다는 듯이 크게 소리 내어 웃었다.

"아아, 미안해. 너무나도 반응이 재미있어서 말이지, 후후. 역시 가축은 재미있어. 귀여운 존재야. 가축은 그래야 하지."

그렇게 쿡쿡 웃으면서 쓰레리가 말했다.

내가 갑자기 웃음을 터뜨린 쓰레리를 노려보자, 그는 갑자기 고개를 들었다.

"농담이야. 너와의 혼담 이야기가 있기는 하지만, 실현되지 않겠지."

"예? 그게, 무슨…."

내가 매달리듯이 확인하자, 수상쩍은 쓰레리는 수상쩍은 미소를 지으며 끄덕였다.

"그런 이야기는 분명히 있지만, 많이 있는 혼담 중 하나에 불과해. 성 안에는 다양한 생각을 가진 이들이 있지. 나와 가축이 혼인하는 것을 좋게 여기지 않는 이가 더 많아. 너와의 혼담이 실현될 가능성이란 건 아무래도 꽤나 적지 않을까."

그렇겠죠!! 성질 더러운 쓰레리언 조크를 해 온 거구만, 이 쓰레리!

"쓰레, 가 아니라 헨리 전하! 농담이 지나치십니다!"

"뭐, 나도 가축과의 혼인은 아니라고 생각하고, 내가 허락하지 않는 한 이 혼담은 진행되지 않겠지."

뭐, 그도 그런가. 그래, 잘 생각해 보니 쓰레리 씨는 쓰레기니까, 가축이라고 생각하는 존재와의 혼인은 분명히 싫겠지. 그리고 쓰레리가 싫다고 하면 대개의 이야기는 통과되지 않겠지. 차기 국왕으로 이름 높은 사람이고.

다행이다. 쓰레리가 쓰레기라서 살았다!

"하지만 혹시 네가 꼭 좀 부탁한다고 하면 혼인을 생각해도 좋아. 나는 귀여운 가축의 부탁에 약하지. 알고 있지?"

아뇨, 모르는데요.

"그런 일은 없을 테니까 괜찮습니다. 마음 편히 다른 멋진 영애 분과의 혼인을 진행해 주세요."

내가 그렇게 대답하자, 쓰레리는 한층 더 깊게 웃었다.

"그래, 너는 언제나 그렇지. 내가 재학 중이었을 때도 내가 내민 손에 매달리지 않았어. 하지만 그런 병아리라도 언젠가 반드시 내 힘이 필요해질 때가 오리라 생각해. 네가 가축인 이상."

어딘가 자신감 넘치는 쓰레리에게 나는 무심코 눈썹을 찌푸렸다.

그리고 조금 시선을 내려서 생각했다. 하지만 분명히 내가 쓰레리와 결혼하면….

나는 권력을 빠르게 손에 넣을 수 있다. 그렇게 되면 요르교 문제도, 구엔나시스 문제도, 어쩌면….

아니, 아니아니아니. 이렇게 기분 나쁜 일은 생각하지 말자! 그런 건… 아니, 혼인이란 건 결혼이잖아? 그건 특별한 일이야.

나도 여자고, 좋아하는 사람과 결혼을… 뭐, 지금은 좋아하는 사람이 없지만.

게다가 나라에서도 후보 중 하나일 뿐이라지만 무시무시한 생각을 다 하네.

자기들이 망가뜨린 신용을 회복하기 위해 나 같은 것을 이용하다니…. 그런 식으로 회복된다고 생각하지 마!

그렇게 말해 주고 싶지만, 위로제를 보면 꼭 그렇지도 않다.

내 역할이 준주역인 연극을 시작으로, 상인 길드에서도 말이 나왔듯이 이번 축제에는 약속된 승리의 여신을 내세운 상품이 대성황. 승리의 여신의 이름은 왕도 사람들의 마음을 휘어잡았다…. 학교에서 나는 인파를 가를 수 있는 모세 급이고….

딴생각에 잠깐 잠겨 있다가 떠올랐다.

그래, 지금은 시간이 없어! 연극 무대로 어서 가야 해!

일단 쓰레리와의 혼약 같은 건 일어날 리 없는 일이다.

이건 잊어버리자. 지금은 이런 데서 이야기나 하고 있을 때가 아냐.

"지금은 서두르죠. 시간이 없습니다."

나는 그렇게 말하고 연극 무대를 향해 걸어갔다.

연극 무대로 돌아오자, 후반의 막이 오르고 헨리 역의 앨런이 무대에 올라와 있었다.

마침 이제 곧 쓰레리가 나설 차례였다.

앨런은 우리가 도착한 것을 힐끗 확인하고 다소 안도한 얼굴을 하였다.

우리가 제시간에 오지 못했다면 되든 안 되든 앨런이 마법을 써야 했을 테니까, 우리가 도착해서 안심한 모양이다.

그대로 쓰레리를 대기실로 데려가서 의상을 갈아입혔다.

그리고 지금 눈앞에는 '그야말로 왕족!'이란 복장을 한 헨리 전하가 계신다.

이 의상, 무대용의 화려한 의상이지만, 쓰레리 씨가 입으면 자연스럽다. 타고난 오라라고 해야 할까.

앨런도 어울렸지만, 이 자연스러운 느낌은 역시 대단한 느낌이다. 쓰레기지만.

그리고 앨런이 일단 무대에서 내려오고, 준비가 끝난 헨리 전하가 무대에 오르자 관중에게서 대환성이 일었다.

대단해. 쓰레리 전하, 대인기잖아.

전하는 자기 몸만 챙긴 국왕과 달리, 마물의 결계가 풀어졌을 때에도 왕도의 구원, 게다가 위험해진 학교의 구원에 달려와 주었다.

그래, 대인기인 쓰레리 전하인 것이다. 딱히 나를 아내로 삼지 않더라도, 쓰레리 전하가 왕위에 오르면 민중이나 영주들의 반감은 해결될 것 같다.

아까의 기분 나빠지는 쓰레리언 조크를 떠올리며 그런 생각을 하는데, 쓰레리가 주문을 외웠다.

그러자 그가 있던 무대가 솟아올랐다. 그리고 쓰레리가 한층 높은 장소에서 손을 흔들고 뭔가를 하늘 높이 던지는 동작을 했다.

아마도 광석 가루다. 마법을 써서 바람에 실은 것일까, 아득히 상공에 그 광석이 날아올랐다. 주문으로 그걸 검으로 바꾸고 불꽃으로 감싼 것이 무대에 떨어지는 수순이다.

무대에는 마물의 그림이 걸려 있다. 그걸 마법으로 만든 검으로 꿰어 버리는 것으로 마물 퇴치는 끝을 맺는다.

하지만 뭔가 위화감이랄까, 안 좋은 느낌이 들었다.

내 옆에 있던 앨런도 뭔가 이상한 것을 느꼈는지 조그맣게 말했다.

"헨리 전하가 던진 돌이 너무 많아."

나는 눈부신 태양에 눈을 가늘게 뜨면서 상공을 보았다.

공중에서 조금 전에 바람을 타고 상공에 날아오른 광석이 검으로 모양을 바꾸었다.

헨리 전하가 마법으로 만든 검이 공중에서 퍼졌다. 명백히 숫자도 많고, 전개된 범위가 너무 넓다.

어? 이건 무대 위에 떨어지는 것만으로 안 끝나겠는데? 관객석에까지 떨어지는 거 아냐?

그런 식으로 생각하는 동안에도 불꽃을 휘감은 검이 상공에서 떨어졌다.

이 숫자, 틀림없이 관객석에도 떨어질 테고, 게다가 우리의 머리 위에도…!

화염검에게서 지키겠다는 듯이 앨런이 나를 품 안에 끌어안았다.

그리고 앨런이 재빨리 주문을 외우는 소리가 들렸다.

이 주문은 해제의 주문이다.

늦지 않았을까…?!

내가 앨런의 품 안에서 기도하고 있자, 강한 바람이 불었다.

조심조심 눈을 뜨고 상황을 확인했다.

아무래도 내가 두려워하던 일은 일어나지 않은 모양이었다.

헨리 전하가 마법으로 만든 검은 모두 사람이 없는 곳에 꽂혀 있었다. 관객석을 에워싸듯이 검이 꽂혔고, 사람이 있는 곳에 떨어질 만한 것은 모두 가루가 되어 흩어졌다.

그리고 바람이 불어서, 가루가 된 검의 잔해조차도 관객석에 닿지 않도록 흩어 버렸다.

순식간에 일어난 일이지만 크게 조마조마했던 터라, 그 시간이 길게 느껴진 나는 그 광경을 보고 천천히 숨을 내뱉었다.

노, 놀랐다. 아니, 그런 식으로 할 예정이 아니었는데. 무대 위에만, 마물의 형태를 본뜬 것에만 검이 꽂힐 예정이었다.

무대로 시선을 되돌리자 예정대로 많은 검이 꽂혀 있는 마물의 그림이 눈에 들어왔다. 그리고 마법으로 무대의 높이를 낮춘 헨리 전하가 내려섰다.

관객석에서 환성이 일었다.

조금 전 상황이 연출이라고 생각하는 모양인지, 헨리 전하의 화려한 마법을 목격하고 달아오른 모양이다.

관객석이 무사한 것에는 안도했지만, 쓰레리의 성대한 마법에 달아오른 관객처럼 나도 순수하게 전하는 대단하다고 기뻐할 수 없었다.

아니, 저런 건, 저런 마법은.

지금도 앨런에게 안겨 있는 상태였기에 나는 앨런의 가슴을 누르며 고개를 들었다.

앨런도 창백한 얼굴로 공연장의 상황을 멍하니 바라보았다.

"검 몇 개는 가루가 되었는데, 그건 앨런이…?"

내가 묻자, 앨런은 고개를 내저었다.

"아니, 내가 아냐. 나로서는 할 수 없었어…."

그렇다면 해제의 마법을 쓴 것도 물론 쓰레리.

이 정도의 연출은 분명 무슨 착오가 아니라, 애초에 그가 그럴 예정으로 움직였다는 소리다.

쓰레리는 대단한 마법사라고 들었고, 마물에게서 학교를 구할 때에도 분명히 대단하다고 생각했다. 하지만….

거듭 생각해 보니 지금 그건 우리 따윈 언제든지 죽일 수 있다고 말하는 것 아닐까?

그리고 실제로 그럴지도 모른다. 그는 우리를 간단히 죽일 수 있다.

그대로 손 놓고 있었으면 여기에 있는 사람들은 그 마법의 먹이가 되었다.

어쩌면 위로제에서 이 연극을 해 달라고 성에서 제안한 목적은 헨리 전하의 힘을 보여 주기 위해서가 아니었을까?

관객석 주위에 꽂힌 검이 이 공연장을 포위하고 있다.

마치 감옥처럼 보였다.

쓰레리 때문에 다소 안달복달하긴 했지만, 간신히 연극을 무사히 마쳤다.

그리고 학생들에 의한, 학생들을 위한 파티가 학교 강당에서 지금부터 열린다.

연극의 뒤풀이도 겸한, 거의 학생들끼리만 즐기는 파티다.

학생들의 연극은 대성공으로, 헨리 전하가 등장하지 않아도 좋으니 위로제 중에 또 공연해 달라는 의견도 간간이 있었다.

그런 앵콜까지 받은 연극의 대성공도 포함하여 오늘 밤은 신나게 축하하자!

수업에서 쓰는 강당이 지금은 마법의 힘으로 리뉴얼되어서 화려한 파티장으로 변했다.

파티장은 입식 형식으로, 학생들 모두 화기애애한 분위기.

게다가 오늘 파티는 교장인 토마스 선생님의 주선으로, 살로메 양처럼 여러 사정으로 학교를 그만둔 학생들도 참가하였다.

그건 즉! 오랜만에 그리운 멤버 전원 집합이다!

생각해 보면 모두가 협력하여 학교를 마물에게서 지킨 학교 방어전 뒤에는 경황이 없어서, 이렇게 성대하게 모두가 파티나 축하연 같은 걸 하지 못했다.

위로제는 뒤로 꿍꿍이가 있는 이벤트지만, 이제 곧 학교를 졸업하는 우리에게는 고마운 일이었을지도. 마지막으로 좋은 추억이 많이 생겼다.

학년도, 마법을 쓸 수 있는지 없는지도 관계없이, 모두가 즐겁게 연극 이야기나 1년 이상 전인 왕도의 마물 습격 사건을 이야기하고 서로를 칭송하는 학생들을 보며 감상에 젖어 있자, 옆에 있던 샤르가 후훗 하고 웃었다.

"료 님, 정말로 즐거워 보여요."

그렇게 말해 준 오늘의 샤르는 파티용의 멋지고 귀여운 드레스를 입고 있다.

"예. 왠지 다시금 다들 대단하다 싶어서. 마물이 학교를 덮쳤을 때도… 몇 번이나 틀렸다 싶었고, 나라 전체에 마물 피해가 있다고 들었을 때나 영지로 돌아가서 현황을 목격했을 때에도 꺾일 것만 같았죠. 다들 분명 그랬을 텐데 그걸 뛰어넘어서 이렇게 무사함을 축하하고 있어요. 전 정말로 대단한 사람들과 함께 학교생활을 보냈구나 싶어서, 다시금 그렇게 생각하니 왠지 마음이 북받쳐서…."

뭐라 할 수 없는 마음이 가슴에 가득해져서, 어떻게 표현해야 좋을지 모르겠다.

기쁨도 있고, 졸업해서 모두와 헤어지는 게 쓸쓸하기도 하지만, 이렇게 대단한 모두가 앞으로 학교를 떠나서 밖에서 활약한다고 생각하니 자랑스럽기도 했다.

그런 내게 또 샤르가 후후후, 하고 웃었다.

방울이 울리는 듯한 샤르의 웃음소리, 귀엽다.

마음의 졸업앨범에 샤르의 미소를 담는다.

"사실은 처음에 학교에 입학했을 때에는 모두와 이런 식으로 친해지고 즐거운 시간을 보낼 수 있을 거라곤 생각도 못 했어요. 다들 정말로 훌륭한 분이에요. 하지만 그렇게 만든 건 분명 료 님이지요. 저희는 료 님과 학교생활을 함께할 수 있어서 정말로 행운이었습니다."

그렇게 말하며 샤르가 행복한 듯이 웃는 모습을 무심코 빤히 바라보았다.

샤르 귀여워! 이것도 마음의 졸업앨범에 담아야지!

하지만 행운이라니, 무슨 소리! 때때로 샤르는 무심코 얼굴이 붉어질 만한 칭찬을 태연하게 말하니까 방심할 수 없다.

조금 부끄러움을 담으면서도 "저도 샤르와 함께 있을 수 있어서 행운이었어요."라고 대답했다.

뭐니 뭐니 해도 샤르는 내 동성 친구 제1호니까!

"어머! 후후, 고맙습니다. 하지만 저는 료 님이 생각하는 이상으로 료 님과 지낼 수 있어서 다행이라고 생각하니까요."

"아뇨, 저야말로 다행이었다고 생각해요."

"아뇨, 분명 제 마음이 더 커요."

"아뇨아뇨, 마음의 크기로 말하자면 단연 제 쪽이…."

그런 식으로 마치 커플이 할 만한 말을 늘어놓고 있는데, 파티장이 어두워졌다.

오, 드디어 미스 & 미스터 콘테스트 개최의 예감!

바쁜 나를 걱정하여 유야 선배가 이 콘테스트의 지휘를 맡아주었다.

그러니까 일찌감치 내 손을 떠난 이벤트라서, 신선한 느낌으로 이 콘테스트를 즐길 수 있다.

일단 실행위원장인 유야 선배가 콘테스트의 개최를 선언하자, 기다렸다는 듯이 학생들에게서 환성이 일었다.

콘테스트의 사회자로 내 안에서는 왕도의 타고사쿠로 확고하게 자리매김한 롤랑 군이 단상에 올랐다. 이 콘테스트에서도 해설을 맡아 주는 모양이다. 역시나 해설 군!

"오래 기다리셨습니다! 제1회 '약속된 영광의 아름다운 학생 선수권!'을 지금부터 시작하겠습니다! 승리의 여신이 미소 지어 주는 것은 대체 누구일까?! 미소를 추구하여 역전의 용사들이 지금 갈고닦은 지성과 육체와 미모를 가지고 모습을 드러낸다!"

어, 뭐야, 롤랑 군이 평소의 분위기랑 다르다. 롤랑 군의 분위기에 놀란 건 나뿐인지, 다른 학생들에게서는 "우오오오오오!" 같은 대환성이 일었다. 다들 신났네.

그런 식으로 뜨거운 열기로 '약속된 영광의 아름다운 학생 선수권'인가 하는 것이 시작되었다.

콘테스트의 이름이 너무 긴 것도 같지만, 주위의 열기에 나도 휩쓸려서 조금 즐거워졌다. 설명을 듣기론 후보자가 스테이지에 올라가서 무슨 재주를 선보이는 모양이다. 대체 어떤 참가자들이 나올까.

"그럼 바로 시작하죠! 첫 후보자는, 오오, 대단하다! 처음부터 상당한 거물이다! 피구를 하고 싶어도 머릿수가 맞지 않아서 할 수 없는… 그런 안타까운 때의 듬직한 아군 '사람이 모이는 리츠 님'의 등장이다!"

롤랑이 그렇게 소리치자, 리츠 군이 뭔가 멋쩍은 기색으로 스테이지 정중앙으로 뛰쳐나왔다.

리츠 군, 얼굴이 붉다. 분명 이런 흐름으로 진행될 줄은 몰랐던 거겠지….

대체 저 리츠 각하가 어떤 재주를 선보일까 싶어서 두근두근하는 마음으로 지켜보고 있자, 리츠 군은 불 마법을 써서 불을 밝히고 손으로 개 모양을 만들어 그림자를 비추는 등 그림자 곡예를 선보였다.

왠지 리츠 군다운 소박한 어필이라 푸근해지는 심정.

그리고 그 뒤에도 묘하게 텐션이 높은 해설 군의 해설을 들으면서 선수권은 진행되었다.

스테이지에 오른 후보자는 각자 자신의 특기를 선보였다.

춤이라든가 검술이라든가 악기 연주까지는 좋았는데, 불고리 통과나 음식 빨리 먹기, 열탕에서 오래 버티기 같은 건… 저것도 어필 포인트라고 할 수 있나? 싶은 것까지 튀어나와서 콘테스트장은 웃음의 도가니에 휩싸였다.

아니, 다들 귀족, 준귀족의 자제들인데 이런 분위기로도 괜찮을지 걱정이 되기 시작했다.

여기에 보호자 여러분이 안 계셔서 정말 다행이다.

아니, 하지만 이런 분위기로 학생들이 학교 졸업 후에 본가로 돌아가면…? 대체 학교에서 무슨 교육을 시킨 겁니까! 라는 클레임이 들어오지나 않을까….

조금 전까지 자랑스럽게 생각했던 학생들에게 일말의 불안이….

내가 그렇게 약간의 불안을 품고 있는 도중에 바로 저 크리스 군이 튀어나왔다. 스테이지 앞에서는 "크리스! 크리스! 우리의 크리스!" 같은 남학생들의 굵직한 성원이 들려왔다. 체격으로 보자면 기사과의 학생들이다.

"오오, 여기서 우승 후보 중 하나 '귀여운 미소' 크리스 선수의 등장이다! 자, 다들! 준비는 됐나?! 저 귀여운 미소에 심장이 꿰뚫리지 않도록 마음의 준비는 필수다! 귀여운 미소가 폭발하기까지 5초 전! 4, 3, 2, 1…."

해설자가 흥분한 기색으로 그렇게 말하자, 스테이지 위에 오른 크리스 군이 빙그레 웃었다.

그것뿐이다. 그것뿐인데 콘테스트장이 '우오오오' 하는 환성의 도가니에 휩싸였다. 특히나 기사과 학생들의 목소리가 잘 울린다.

크리스 군은 아무래도 기사과의 아이돌 같은 존재인 모양이다. 그리고 크리스 군은 태연한 얼굴로 그대로 단상에서 내려갔다.

크리스 군, 제법이네….

그런 크리스 군을 마지막으로 아무래도 남학생 부문은 끝난 모양인지, 이제부터 여성진의 어필 타임이 시작된다는 안내가 흘러나왔다.

어라? 앨런, 안 나오나?

조금 전까지 내 옆에 바짝 붙어 있던 앨런이 없으니까, 분명 선수권에 출장하기 위해 준비하는 줄 알았는데.

앨런, 어디로 간 거지?

그렇게 생각하는데, 벌써부터 여성 후보자가 무대에 올랐다.

남학생과 마찬가지로 다들 곡예 같은 것을 선보였지만, 여성진은 노래를 부르든가 꽃꽂이를 하든가 춤을 추는 등 화사한 것이 많았다. 남학생들은 어느 쪽인가 하면 웃음을 유발하려는 계열이 많았으니까.

그런 생각을 하는데, 살로메 양과 은발 미녀가 스테이지에 올랐다.

아니, 저 은발의 학생… 저, 저거 카테리나 양이다!

머리가 평소처럼 드릴이 아니었기 때문에 바로는 알 수 없었다.

분명히 두 사람도 근처에서 안 보였기에 혹시나 싶었는데, 역시나 참가하려고 준비하고 있었나!

카테리나 양이 대체 어떤 재주를 보여 줄 건가 싶어서 샤르와 함께 스테이지를 주목했다.

그보다 왜 카테리나 양은 오늘 드릴 머리가 아니지?

혹시나… 싶었는데, 살로메 양이 머리를 세팅하는 도구를 좌악 펼치더니 카테리나 양의 머리를 이리저리 만지기 시작했다.

역시나! 이건 살로메 양과 카테리나 양의 드릴 머리 작성 현장의 생방송이다!

음악에 맞춰 가벼운 손놀림으로 카테리나 양의 머리를 세팅하더니, 순식간에 은발 드릴 머리가 완성되었다.

빨라! 그리고 카테리나 양이 자신만만하게 고개를 흔들어서, 어떻게 움직여도 드릴이 풀리지 않는 것을 어필한 뒤에 스테이지를 내려갔다.

학생들은 멋진 드릴 머리에 아낌없는 박수를 보내고 있지만.

아니, 그 재주는 살로메 양의 기술이잖아?!

참석자의 증거인 번호표는 카테리나 양이 달고 있지만, 그녀는 그냥 앉아 있었을 뿐인데?!

으, 으음, 그건 그래도 재미있었지만.

학생들도 카테리나 양의 드릴의 비밀이 밝혀져서 대흥분한 기색이었다.

그 밖에도 연극에서 승리의 여신 역할을 맡은 오르테가 검술을 선보이기도 해서 콘테스트장은 대흥분.

이런 느낌이면 카테리나 양과 오르테 중 누군가려나?

그렇게 생각하는데, 마지막에 엄청난 미소녀가 나왔다.

“오오…? 마지막 분은 익명 희망…? 인 수수께끼의 미소녀 등장, 입니다!”

계속 텐션 높게 사회를 보던 해설 군이 갑작스러운 미소녀의 등장에 당혹스러운 듯이 말했다. 도중 참가인가? 그렇긴 해도 예쁜 애네.

긴 속눈썹에 녹색의 기미가 짙은 황록색 눈동자. 광택이 날 정도로 잘 손질되어 아름답고 긴 흑발.

왠지 본 적 있는 얼굴인 것도 같은데, 라는 생각과 함께 그녀의 황록색 눈동자를 보며 아이린 씨를 떠올렸다. 흑발에 황록색 눈동자의 미녀라고 하면, 아이린 님이다.

하지만 눈꼬리가 곤두선 느낌의 아이린 씨와 달리 저 미소녀의 눈은 부드러운 인상이라서 별로 닮은 느낌이 없다.

장미처럼 발그레한 피부에 살짝 부푼 입술은 실로 여성스럽고 부드러운 인상이었다.

하지만 귀여운 얼굴과 대조적으로, 키는 여성치고 크다. 팔다리도 길어서 모델 같은 체형이다.

흰색에 가까운 연한 황록색의 청초한 디자인의 드레스는 허리춤이 잘록하니 들어갔고, 그 아래는 천을 몇 겹이나 겹쳐서 크게 부풀린 화사한 스커트를 입고 있었다.

저 드레스, 천을 꽤 많이 썼고, 사용한 천도 꽤나 고급이다.

진심이다. 저 미소녀는 진심으로 이 선수권에 도전하고 있어!

그리고 조금 전까지 편하게 콘테스트를 즐기던 학생들은 떠올렸다.

이건 어느 재주가 뛰어난가를 정하는 콘테스트가 아니라, 아름다운 이를 정하는 콘테스트였다는 것을.

그 빼어난 미소녀가 진심으로 콘테스트에 임하려 스테이지에 등장하자, 다들 조용해졌다.

그런 모습에 미소녀가 조금 당혹스러운 표정을 보였지만, 그조차도 아름답다.

하지만 저런 학생이 학교에 있었나? 저만한 인재라면 더 눈에 띌 텐데.

저 미소녀는 대체 어떤 재주를 보여 줄까 하고 마른침을 삼키며 모두가 지켜보고 있는데, 그녀가 문득 나와 눈을 마주쳤다.

그러더니 바로 눈을 돌리고 부끄러운 듯이 얼굴을 붉혔다.

이, 이럴 수가! 엄청 귀엽다!

다른 학생들도 호오 하는 한숨 같은 소리를 흘렸다.

두근거리는 마음으로 그녀의 다음 행동을 기다리고 있는데, "왜 온 거야!"라며 저 리츠 군이 당황한 것처럼 스테이지 위로 달려와서 미소녀의 손을 잡았다.

"그만두라고 내가 그렇게 말했잖아?! 지금이라면 안 늦어! 돌아가자!"

그러면서 어쩐 일로 리츠 군이 미소녀의 손을 세게 붙잡고 스테이지 뒤로 데려가려고 했다.

하지만 문제의 미소녀는 불만스럽게 리츠 군에게 붙잡힌 손을 뿌리쳤다.

오오, 뭐라고 할까, 이건 사랑싸움?!

갑작스러운 전개에 주위의 시선이 모였다.

손을 뿌리쳐도 굽히지 않고 리츠 군이 다시금 미소녀의 손을 잡고 근처 벽으로 밀어붙였다.

그리고 리츠 군은 쾅! 하고 미소녀를 가두듯이 벽에 손을 짚었다.

서, 설마 저건!! 벽쾅! 벽쾅이야!

남자다운 리츠 군의 모습에 모두가 경탄하는 소리를 내었지만, 스테이지 위의 두 사람은 그런 주위의 소리가 들리지 않는지 작은 목소리로 뭐라고 언쟁을 벌였다.

조금 전 소박한 그림자 연극으로 무대를 푸근하게 만들던 리츠 군이라고 생각할 수 없는, 남자다운 모습!

아니, 복장이나 조명도 있어서 몰랐는데, 저 미소녀 생각보다 체격이 좋다. 리츠 군과 키도 거의 비슷하고.

그리고 결국 미소녀가 언쟁에 진 것처럼 재빨리 스테이지 뒤로 물러났다.

두 사람이 스테이지에서 사라지자 대갈채가 일었다.

뭐가 뭔지 나로서는 모르겠지만, 꽤나 흥분했다. 무슨 연애 연극을 하나 본 듯한 기분이었다.

그리고 결국 이 선수권은 수수께끼의 미소녀와 남자답게 그 미소녀를 데려간 리츠 군이 우승했지만, 우승자를 발표할 때에 그 수수께끼의 미소녀는 회장에서 사라져 있었다.

그리고 리츠 군도 완강히 그녀의 정체에 대해 함구한 것도 있어서, 수수께끼가 수수께끼를 부르는 미스터리어스 미소녀에게 모두가 흥분한 채로 기념해야 할 제1회 '약속된 영광의 아름다운 학생 선수권'은 끝을 맺었다.

오늘은 위로제 일이나 상회의 일도 모두 쉬는 자유일.

그게 사실 오늘은 아름다운 학생 선수권 여성 우승자와의 데이트를 위해 예정을 비워 두었다.

하지만 멋지게 우승을 차지한 수수께끼의 미소녀는 모습을 감추었고 이름도 알 수 없어서 데이트는 중지.

수수께끼의 미소녀의 정체가 궁금하지만, 모처럼의 자유로운 휴일이라서 코우 엄마네 집에 놀러 가기로 했다.

"그래서 말이죠, 마지막에 엄청난 미소녀가 나왔어요! 이름도 모르고, 리츠 군도 완강히 가르쳐 주지 않고, 누구인지 전혀 모르지만요! 정말로 예쁜 아이였어요."

코우 엄마와 점심을 먹으면서 얼마 전에 있었던 선수권 이야기를 하자, 코우 엄마는 아주 기쁜 기색으로 맞장구를 쳐 주었다.

"어머나, 그렇게 예쁜 애가 나왔어?"

"엄청 예뻤다고요! 아름답고 긴 흑발로 아련하니! 동성인 저도 두근거렸어요. 그렇게 예쁜 아이에게 우리 상회의 신상품인 향수를 쓰게 하면 좋은 선전이 되었을 텐데. 하지만 미스 콘테스트 이후로 보이지 않아서… 정말로 우리 학교 학생이었으려나."

얼마 전의 미스 콘테스트에 유성처럼 나타났던 수수께끼의 미소녀를 생각하면서 그렇게 중얼거렸다.

그녀, 정말로 누구였을까.

리츠 군은 완강히 입을 다물고 있고, 혹시 학교 밖의 사람이 섞여 든 걸까.

"그래…. 아무래도 나는 무시무시하게 죄 많은 아이를 세상에 풀어놓은 건지도 모르겠네."

"예? 죄 많은?"

"아니, 아무것도 아냐. 이쪽 이야기."

이쪽 이야기란 게 어느 쪽 이야기일까.

그 뒤에도 꽤나 흥미진진한 기색으로 선수권 이야기를 듣는 코우 엄마랑 이야기를 하고 있는데 손님이 찾아왔다.

그 손님은 익숙한 기색으로 문을 열더니, 가볍게 코우 엄마에게 인사를 하고 마치 자기 집인 것마냥 우리가 있는 거실로 들어왔다.

그리고 나와 눈이 마주치자 "어, 료도 있었네."라고 말했다.

그래, 손님이란 바로 앨런이다.

아니, 자기 집이라는 듯한 앨런의 이 태도는 대체 뭐지!

"앨런, 아직도 코우 엄마네 집에 드나드는 건가요?"

내가 무심코 목소리를 키워 그렇게 말하자, 앨런은 미안한 기색도 없이 끄덕였다.

"음, 잠깐 코우키 씨에게 의논하고 싶은 게 있어서."

어, 의논?! 왜 나한테 비밀로 코우 엄마에게 의논을?!

"의, 의논이라니? 무슨 고민이 있다면 제가 이야기를 듣겠는데요."

내가 조심조심 그렇게 물어보자, 앨런은 고개를 내저었다.

"…아니, 미안하지만 료에게는 말할 수 없어."

나한테는 말할 수 없는데, 코우 엄마한테는 의논한다고?!

이럴 수가… 라는 마음에 원망스럽게 부하를 바라보자, "료, 남자한테는 말이지, 여자한테 말할 수 없는 고민이 있는 법이야."라며 앨런 몫의 식사를 가져온 코우 엄마가 말했다.

여자한테는 말할 수 없는 남자의 고민?

뭘까…. 아니, 하지만 그런 것도 있을지 모른다. 앨런도 나이가 차고 있고.

그렇게 생각하니 왠지 부끄러운 기분이 들어서 나는 "그렇습니까."라고 대답하고 순순히 물러났다.

으음, 하지만 궁금하네. 의논이란 게 뭘까….

나는 답답한 심정으로 앨런도 참여한 점심 식사를 재개했다.

하지만 조금 전 이야기가 정말 궁금하다.

분명히 앨런, 최근 기운이 없지. 의논이라고 했으니 앨런은 뭔가 고민이 있는 걸까… 아니, 앨런이 일부러 의논하려고 코우 엄마에게 왔는데, 내가 있어서 말할 수 없는 거 아냐? 그건 그거대로 미안하다.

좋아….

점심을 다 먹은 나는 앨런 쪽으로 고개를 돌렸다.

"앨런, 전 잠깐 가게 쪽에 나가 볼게요."

그러니까 그동안에 코우 엄마랑 의논하고 싶은 게 있거든 의논해~ 라는 분위기를 띠면서, 한없이 눈치 빠른 나는 그렇게 말하며 자리를 떴다.

그리고 코우 엄마한테는 잠깐 가게를 보겠다고 말하고, 코우 엄마의 카운터 쪽으로 이동했다.

가게의 카운터는 벽 하나를 사이에 둔 옆방.

이걸로 앨런도 마음 편히 의논할 수 있을 게 틀림없다.

그리고 나는 슬쩍 귀를 기울였다.

벽 하나 사이에 둔 옆방이라고 해도, 천을 좀 늘어뜨려서 칸막이를 쳤을 뿐이다.

귀를 기울이면 옆방의 이야기 내용을 들을 수 있지….

두 사람의 이야기를 멋대로 훔쳐 듣다니, 잘못이라고 생각하지만… 그래도 궁금해!

이건 딱히 훔쳐 들으려는 게 아니라, 응, 우연히 귀에 이야기가 들어온 것뿐이라고 할까….

그런 식으로 내 행동을 정당화하고 있자니, 기운 없는 앨런의 목소리가 들려왔다.

"코우키 씨, 난 틀렸어요. 죄송합니다, 도움을 많이 받았는데…."

"어머, 나는 딱히 괜찮아. 즐거웠고."

"리츠가 가로막았어요. 내 명예를 위한 거라면서…."

"친구를 생각하는 애구나."

"예, 아주 좋은 녀석이죠. 하지만 나는 그런 걸로 내 명예는 상하지 않는다고 말했죠. 하지만 리츠는 그래도 언젠가 반드시 후회할 거라고 하고…. 난 아무것도 하지 않았을 때 분명히 후회할 거라면서 전력을 내고 싶다고 리츠에게 말했지만, 그래도 리츠가 가로막으니까…. 그렇게 필사적인 리츠는 처음이라서, 그래서 이번에는 리츠의 의사를 존중하기로 했어요."

앨런이 분한 듯이 그렇게 말하는 것을 나는 고개를 갸웃거리며 귀 기울여 들었다.

대체 코우 엄마랑 앨런은 무슨 이야기를 하고 있지…? 앨런, 리츠 군과 무슨 일이 있었던 걸까. 그러고 보면 앨런과 리츠 군, 최근 왠지 미묘한 분위기였던 것 같은 느낌이 들기도 하는데. 그래, 리츠 군과도 나는 친구고, 그래서 앨런은 내게 의논할 수 없었을지도…. 두 사람은 싸운 걸까.

하지만 기운이 없는 앨런은 앨런답지 않다고 할까.

앨런과 리츠 군 사이에 무슨 일이 있었는지는 모르고 의논 상대가 못 될지도 모르지만, 스트레스 해소 정도라면 내가 해줄 수 있는데.

그 뒤에도 앨런은 코우 엄마에게 도움을 받았는데 미안하다는 말을 거듭하면서 기운 없는 모습.

이럭저럭 하는 사이에 의논이 끝난 앨런이, 내가 있는 카운터 쪽으로 얼굴을 내밀었다.

"료, 난 이만 돌아갈게. …료는 또 상회에 갈 거야?"

"아뇨, 오늘은 딱히…."

그렇게 대답하면서도 왠지 기운 없는 느낌의 앨런이 걱정되었다.

스트레스 해소라….

"저기, 앨런, 오늘 시간 좀 비어 있나요?"

내가 갑자기 그렇게 말을 걸자, 앨런은 놀란 얼굴을 하면서도 끄덕였다.

"음, 시간이라면 있는데."

"괜찮으면 왕도 구경 같이 안 할래요? 위로제 도중에는 가게도 많고, 놀 수 있는 곳도 있고… 재미있을 것 같은데 어떤가요?"

내가 그렇게 제안하자, 앨런이 믿기지 않는 소리를 들었다는 듯이 눈을 크게 떴다.

"어?! 괜찮아?! 정말로?! 료는 항상 바쁜데!"

"오늘은 하루 종일 비어 있어요."

아름다운 학생 선수권의 우승자를 위한 휴가. 그게 중지되어 코우 엄마와 느긋하게 시간을 보내면 좋겠다고 생각했지만, 부하를 위해 팔을 걷어붙여야지.

"어머, 잘됐네, 앨런 군. 료랑 둘이서 다녀오렴."

그렇게 말하며 코우 엄마가 기쁜 듯이 윙크했다.

그러자 앨런은 간신히 상황을 받아들인 듯이 내 쪽을 보고 몇 번이나 끄덕였다.

좋아, 오늘은 마음껏 앨런의 스트레스 해소에 어울려 주자.

그 뒤에 둘이서 왕도의 중심가에 나가서 노점의 음식을 먹거나 옷이나 장신구를 보고 다니는 등, 쇼핑을 중심으로 즐겼다.

의외였던 것은, 앨런이 어째서인지 여성복의 유행을 숙지하고 있던 점이다.

앨런 녀석, 인기 끌려고 공부 좀 했던 걸까. 앨런 주제에.

어째서인지 여성복이나 장신구에 밝은 앨런의 권유로 귀여운 머리장식과 천을 구입하자, 앨런의 스트레스 해소에 어울려줄 생각이었던 나도 기분 탓인지 즐거워졌다.

기숙사 폐문 시간이 가까워져 둘이서 저녁을 먹는 것으로 스트레스 해소용 외출은 끝났지만, 앨런은 계속 웃고 있었고 즐거운 시간이었던 모양이라 다행이다.

콧노래라도 부를 기분으로 기숙사의 방으로 돌아가려는데, 문 앞에서 낯익은 드릴 머리의 영애가 기다리고 있는 걸 깨달았다.

카테리나 양이다. 그리고 카테리나 양의 뒤를 보니 호위가 있다. 오늘 호위는 엘바로사가 아니라 드레이시라는 사람. 드레이시 씨는 크리스 군에게 데이트 신청을 하고 근무시간표를 넘겨주는 등, 경계심이 약한 느낌의 사람이다.

"카테리나 님, 이렇게 늦은 시간에 제 방 앞에서 뭐 하시는 건가요?"

내가 그렇게 말을 걸자, 어째선지 조금 긴장한 듯이 카테리나 양이 내 쪽으로 몸을 돌렸다.

"조금 이야기하고 싶은 게 있어. 방에 들여보내 줄 수 있을까?"

카테리나 양이 어두운 목소리로 그렇게 말했기에 나는 끄덕이고 방문을 열었다.

감시 겸 호위인 드레이시 씨는 내 방 앞에서 대기하려는지 안에는 들어오지 않았다.

다행이다. 아무래도 잘 모르는 사람은 방에 들이고 싶지 않고.

"저기, 료 양. 조금 준비해 줬으면 하는 게 있는데 괜찮을까?"

카테리나 양이 내 방에 들어온 뒤 인사도 대충 하고 초조한 기색으로 그렇게 말했다.

"제가 준비할 수 있는 거라면."

"일시적으로 잠드는 약 같은 게 있을까? 즉효성이라면 좋겠는데."

카테리나 양이 내 귓가에 대고 작은 목소리로 그렇게 말했다.

나도 카테리나 양을 따라서 작은 목소리로 되물었다.

"…수면제 같은 거 말인가요? 그거라면 지금 방에 있지만… 뭐에 쓸 건가요?"

"따, 딱히, 그저… 그래, 최근 잠이 잘 안 와서, 내가 쓰려고…."

그렇게 말하며 시선을 돌리는 카테리나 양.

완전히 거짓말이죠? 카테리나 양은 거짓말이 너무 서툴지 않아?

"직접 쓸 수면제지요? 정말로 그런 거면 되나요?"

당부하듯이 확인하자, 카테리나 양은 눈에 띄게 당황한 기색으로 시선을 이리저리 돌렸다.

"무, 무, 무, 물론이야. 그 외에 어디 쓴다고?!"

그렇습니까….

딱 보기에도 거짓말 같지만, 여기선 일단 카테리나 양의 말을 믿는 척하자.

나는 고개를 끄덕이고, 약 같은 것을 보관하는 선반으로 손을 뻗었다.

"수면제 말이죠. 좋은 게 있습니다. 최근 약 관련으로는 든든한 연구 동료를 찾았거든요. 이것저것 개발했습니다. 이것도 그중 하나로…."

그리고 나는 좋은 향기가 나는 꽃을 기반으로 그레이 씨가 최근 만든 가루약이 든 병을 카테리나 양에게 내밀었다.

"한 스푼 정도 음료에 섞어서 드세요. 금방 눈꺼풀이 무거워지고 잠이 듭니다. 아, 용량은 지켜 주세요. 위험하니까요. 진짜 한 스푼만이에요."

"한 스푼만… 고마워. 이건 답례야. 받아 줘."

그렇게 말하고 카테리나 양은 내게 금화를 내밀었다.

대가치고 너무 많아서 되돌려주려고 했지만, 카테리나 양은 강한 눈빛으로 그걸 제지했다.

"됐어. 받아 줘. 대신 이 사실은 아무에게도 말하지 말아 줘. 정말로 고마워."

그렇게 말하고 카테리나 양은 수면제를 위험한 눈으로 바라본 뒤에 소중히 주머니에 넣었다.

카테리나 양, 행동이 너무 수상해.

그리고 서둘러 내 방에서 나가려는 카테리나 양. 너무나도 수상쩍은 움직임이라 걱정.

그렇게 생각하는데 역시나 너무 의심스러운 행동이었는지, 기다리던 호위 드레이시 씨가 뭐라고 이야기하는 게 들렸다.

완전히 찍힌 느낌이다.

카테리나 양은 "별거 아냐. 아무래도 상관없잖아!"라고 말하지만, 드레이시 씨의 눈길은 누그러지지 않았다. 이대로 가다간 카테리나 양이 소지품 검사라도 받을 것 같아서 도와주기로 했다.

"죄송합니다, 정말 대단한 건 아닙니다. 우리 상회의 신상품을 카테리나 님에게 드리고 사용 소감을 듣고 싶었을 뿐이에요. 아직 발매 전의 미용액이니까 가능하면 다른 사람에게 알리고 싶지 않아서 카테리나 님에게는 비밀로 해 달라고 했습니다만, 괜찮다면 호위분도 어떨까요? 그걸로 오늘 일은 비밀로 해 주시면 고맙겠습니다."

나는 그렇게 말하고 연보라색 액체가 든 예쁜 병을 호위에게 내밀었다.
"흰 까마귀 상회의 미용액…?"
호위는 그렇게 말하고 조심조심 내게서 병을 받았다.
그녀의 목소리가 조금 상기된 것으로 들린 것은 분명 놀랐기 때문이겠지.
최근 절찬리에 판매 중인 코우 엄마 감수의 미용액은 흰 까마귀 상회의 주력 상품 중 하나. 여성이라면 누구든 알고 동경하는 물건으로, 물론 효과도 뛰어나서 왕도의 여성들은 우리 상회의 미용액을 입수할 수 있다면 돈을 아끼지 않을 기세다.
그게 지금 눈앞에 있으니 이 여성의 마음도 흔들릴 터….
드레이시 씨는 마른침을 삼키는 기세로 작은 병을 받더니 그걸 뚫어져라 바라보았다.
속을 알 수 없는 엘바로사라면 통하지 않겠지만, 드레이시 씨라면 통할 것 같다.
"여태까지 발매된 미용액보다 유효성분을 대량으로 투입한 상품입니다. 향기가 좋고 사용 느낌도 최고지요. 이걸로 피부 고민은 모두 해결입니다."
내가 그렇게 말하자, 드레이시 씨는 '피부 고민이 모두 해결'이라고 중얼거리며 굳었다.
조금만 더.
"제 친구에게도 호평이라서. 크리스 군이라고 하는데요, 남성분에게도 향기가 좋다는 평판입니다."

그게 결정타였는지, 감시를 맡은 드레이시 씨는 주섬주섬 품에 병을 넣었다. 크리스 군의 매료 효과 대단해.

"…그런 사정이라면 알겠습니다. 그, 그럼, 카테리나 님, 방으로 돌아가시죠."

그렇게 말하며 호위는 카테리나 양을 데리고 떠나갔다.

카테리나 양이 호위의 추궁에서 벗어나서 안도한 것처럼 숨을 내뱉더니 나를 보고 입만 움직여서 '고마워'라는 모양을 했다.

빚이에요, 카테리나 양.

이 빚은 조만간 반드시 돌려받을 테니까요.

전생
소녀의
이력서

전장(轉章) Ⅳ 고트프리 구엔나시스의 갈등

"내가 하려고 하는 건 잘못된 일일까."

작게 중얼거린 말에 옆에 있던 노령의 기사들이 당혹스러운 듯이 고개를 들었다.

내 밑에 남아 준 몇 안 되는 이들이다. 젊은 기사 중 대부분은 녀석에게 빼앗겼다.

"각하, 무슨 말씀입니까?"

수중에 남은 기사 중에서 오랫동안 나를 도와준 남자가 믿기지 않는다는 얼굴로 되물었다.

그 목소리에서도 당혹스러움이 절절히 묻어 났다. 그런 것도 무리는 아니다.

나는 여태까지 영지의 사람들, 특히나 비마법사 앞에서 이런 약한 말을 한 적이 없었다.

비마법사는 약하고 힘이 부족하다. 그러니까 그들을 이끄는 우리 마법사는 절대적이다. 강해야만 한다. 잘못 따윈 있어선 안 된다. 모두 옳아야 한다. 망설임 따윈 허락되지 않는다.

따라서 아까처럼 망설임이 엿보이는 말은 해서는 안 된다. 알고 있다. 알고 있었지만, 왜 그런 말이 입에서 흘러나온 걸까….

약한 비마법사에게 내 갈등을 토로해서 어쩌자는 건가. 나약함을 내비쳐서 어쩌자는 건가. 그들은 내 아래에 있는 이들이다. 약한 이들이다….

거듭 그렇게 되뇌고 알렉산더의 그 짜증 나는 얼굴을 떠올렸다.

비마법사가 모두 약한 존재라면 알렉산더를 위협으로 느끼는 지금의 나는 대체 무엇일까.

비마법사인 승리의 여신이라 불리는 소녀에게 도움을 받았다고 느낀 나는 무엇일까.

여태까지 쌓아 올린 것이 와르르 소리를 내며 무너지는 감각이 들었다.

말로 할 수 없는 묘한 초조함이 가슴에 치달았다.

서둘러야만 한다. 그래, 서둘러야 한다.

망설일 시간은 이미 없다. 망설이는 동안에 알렉산더라는 이름의 사신은 움직이겠지.

나는 주위 기사들의 시선을 느끼면서 '아무것도 아니다'라고 대답해 주고, 무심코 내뱉었던 갈등을 떨쳐내듯이 눈을 감았다.

그래, 망설일 순 없다. 나는 절대적인 존재다. 올바른 일을 망설임 없이 행해야 하는 자다.

그걸 위해 필요하다면 구세의 마전도 손에 넣고 말겠다.

내게 있어선 안 되는 약함도, 갈등도, 모두 구세의 마전만 손에 넣으면 사라지겠지.

그래, 구세의 마전만 있으면….

그렇게 생각하는데, 왜 마음은 맑아지지 않는 걸까.

나는 뭔가 큰 것을 놓치고 있는 게 아닐까.

나는….

전생
소녀의
이력서

제 3 9 장 위로제 편(하) 구엔나시스의 결의

성대한 개회식으로 시작된 위로제도 드디어 반환지점.

위로제 기간 중에도 정기적으로 개최되는 상인 길드 필두십인의 회합에서 이 위로제가 가져오는 경제효과에 대해 여러 보고를 받았지만, 아주 느낌이 좋다.

학원제의 연극도 최초 공연에서 아주 평판이 좋았기에, 위로제 중에 몇 번이나 했다.

다만 헨리 전하만큼은 첫 공연밖에 참가하지 않았지만.

그런고로 아직 축제의 기세가 식지 않은 위로제는 후반에 들어서도 이벤트가 줄줄이 이어졌다.

오늘은 귀족분들이 모이는 왕국 주최의 대만찬회 & 대무도회.

뭐, 거의 매일 뭔가 핑계를 대고 파티를 벌이지만, 오늘은 위로제 기간의 거의 중간지점인 것도 있어서 평소보다 성대하다.

왕국의 앞으로의 영광을 칭송하는 큰 자리다.

성내에 이 이상 사람이 넘쳐 나는 일도 없겠지.

상인 길드의 필두십인도 왔기에 장사 이야기를 하거나, 배쉬 씨와 함께 지인들에게 인사를 하고 다니거나, 스리슬쩍 우리 상회의 물건을 선보이며 선전을 하는 등, 맛있는 요리는 많이 있는데 거의 손을 못 댈 정도로 바빴다.

그렇긴 해도 배쉬 씨는 엄청 인기가 많다.

최근 루비포른의 눈 돌아갈 정도의 활약을 칭송하러 많은 귀족들이 인사를 왔다. 배쉬 씨와 함께 있는 나도 필연적으로 인사가 끊이지 않았다.

그렇게 많은 사람에게 인사를 하다가, 아이린 씨와 앨런을 발견했다.

두 사람은 내가 모르는 여자아이와 함께 있었다.

밤색 머리카락을 예쁘게 모은 모습에 아주 귀여운 느낌의 여자아이로, 나이는 비슷해 보이지만 학교에서 본 적이 없으니 학교 학생은 아닐 것이다. 오늘 위로제에 부모와 함께 상경해 온 귀족의 자녀인지도 모른다.

그 여자아이는 얼굴을 붉히면서 촉촉한 눈동자로 앨런을 바라보고 있었다.

황홀한 표정으로 앨런을 바라보는 소녀의 모습에 나는 왠지 모르게 컬쳐 쇼크를 받았다.

이건 완전히 사랑하는 소녀. 게다가 사랑의 상대는 바로 앨런.
그렇게 사랑하는 소녀 앞에서 아이린 씨는 웃으며 뭐라고 말하고 가끔 앨런에게 말을 걸기도 했지만, 문제의 앨런은 재미없다는 얼굴로 대충 맞장구를 치는 느낌이었다.
어머, 우리 부하는 사랑하는 소녀를 전혀 몰라 주는 모양이다.
저렇게 귀여운 아이가 좋아해 주는데 모르다니, 참 아까운 부하다.
뭐, 아직 앨런도 애라는 소리네. 사랑 따윈 아직 일러.
그렇게 생각하며 둔감한 앨런을 보고 후훗 웃고 있는데, 앨런이 나를 발견했다.
대장을 발견한 앨런은 단숨에 웃는 낯을 하며 이쪽으로 오려고 했다.
갑자기 무시당한 꼴이 된 소녀는 놀란 얼굴로 눈을 껌뻑거리더니, 굳은 얼굴로 앨런의 시선 앞에 있는 내 얼굴을 보았다.
그렇게 눈이 마주치자 무시무시한 얼굴을 하고 나를 노려보았다….
애, 앨런, 친구를 발견해 기쁜 마음은 알겠지만, 이쪽으로 올 거면 그 소녀에게 한마디 말이라도 한 뒤로 하자…!
지금 그 여자애가 나를 무시무시하게 노려보고 있으니까!
앨런 때문에 엄청 나를 째려보고 있으니까!

내가 겁먹은 줄도 모르고, 둔감 앨런은 그대로 내 근처까지 오더니 "료!"라면서 손을 들었다.

"앨런…."

둔감한 부하에게 나도 한숨 섞어서 이름을 불렀지만 그런 내 눈치를 전혀 몰라 주고, 평소처럼 신이 난 기색으로 "오늘 드레스는 그거네. 군고구마 색이야. 어울려!"라고 하면서 내 드레스를 군고구마 취급했다.

어, 그건 혹시 칭찬하려는 거야…? 군고구마라고 할 거면 차라리 그냥 보라색으로 해 주는 쪽이 그나마 나은데…. 괜히 되지도 않은 비유를 하려다가 고구마 소리가 나오는 바람에 점수가 깎이는 정도가 아니라 악담으로 들린다.

아니면 은근히 내 몸매가 고구마라고 욕하고 싶은 걸까…?

여전히 여성을 칭찬하는 센스가 없는 둔감 부하는 내 반응을 기쁘게 기다리고 있기에 "고맙습니다. 앨런도 멋지네요."라고 무난하게 대답했다.

잘 들어, 앨런. 무리해서 카인 님처럼 이것저것에 비유하는 포엠 스타일 칭찬까진 하지 않아도 돼. 심플하게 하면 돼. 오히려 그건 카인 님이니까 허락되는 기술이야.

그런 의미를 담아서 간결하게 칭찬해 보았지만, 앨런은 눈치를 챈 건지 못 챈 건지 멋쩍은 얼굴을 했다.

아니, 그럴 때가 아냐. 대장의 속내를 좀 알아차리라고.

그런 대화를 주고받고 있자니, 아이린 씨도 가까이 왔기에 내 옆에 있는 배쉬 씨와 함께 인사를 나누었다.

"그렇긴 해도 앨런, 조금 전에는 여성분과 대화하는 도중이었는데, 괜찮은 건가요?"

내가 아까 일을 들먹이며 묻자, 앨런은 "딱히 문제없어."라고 대답했다.

하지만 옆에서 배쉬 씨와 이야기하던 아이린 씨가 "문제없을 리 없잖니!"라고 엄청난 기세로 끼어들었다.

대단한 박력이다.

무심코 아이린 씨를 보자, 험악한 얼굴로 "그 아이는 앨런의 약혼자 후보잖아!"라고 앨런을 나무랐다.

어! 약혼자, 후보?!

놀라는 내 앞에서 "후보는 후보일 뿐이지, 딱히 약혼자도 아니고…."라고 대답하는 앨런을 아이린 씨가 사납게 노려본 뒤에 크게 한숨을 내쉬었다.

"고생이시군요."

배쉬 씨가 밝게 아이린 씨에게 말을 붙이자, 아이린 씨는 한숨을 섞어 가며 입을 열었다.

"좀처럼 앨런의 약혼자가 정해지질 않아요. 이 애는 언젠가 내 뒤를 이어야 하니까 얼른 정하고 싶은데. 좋은 혼담은 많이 들어와요. 하지만 본인이 내켜 하지 않은 눈치라서."

“뭐, 아드님은 아직 나이가 나이니까 그런 법이겠죠.”

배쉬 씨가 밝게 웃으면서 그렇게 대응하자, 아이린 씨는 들어온 혼담에 대해 이것저것 말하기 시작했다.

아까 여자아이는 비마법사지만 마법사 혈통의 유서 깊은 가문 출신이라서 아이린 씨가 밀고 있는 모양이다.

그리고 그녀 이외에도 앨런에게는 이미 백 건 가까운 혼담이 있다나.

대단하다. 그러고 보면 앨런 녀석은 마법사이기도 하고, 백작 가문이기도 해서 꽤나 주목받는 사람. 열 살 정도 때부터 이미 혼담이 들어왔다는 이야기를 듣고 놀란 기억이 있다.

“앨런한테 그렇게 혼담이 많이 들어오나요?”

나는 무심코 옆에 있는 앨런에게 물어보았다.

조금 전까지 신나게 혼담에 대해 떠드는 아이린 씨를 보며 질린 얼굴을 하던 앨런이었지만, 내 질문에 놀란 듯이 등을 쭉 폈다.

“아, 아니, 이야기는 들어오는 모양이지만, 나는…!”

그리고 기세를 타고 앨런이 뭐라고 말하려는 타이밍에 아이린 씨가 흥분한 기색으로 이야기에 끼어들었다.

“그래! 혼담은 많이 들어와! 아직 시간이 있다고 생각하며 보류해 두었지만, 어느 틈에 이제 곧 성인이잖아? 어서 좋은 사람을 찾아야지.”

아이린 씨, 얼굴이 가깝다. 앨런의 혼담에 대해 꽤나 걱정인 눈치다.

앨런은 기가 막히다는 듯이 한숨을 내뱉더니 “그러니까 나는 흥미 없다고요.”라고 대답했다.

이해해. 그 마음 이해해. 솔직히 아직 그런 기분이 아니지. 약혼이네 뭐네 하는 소리를 들어도 전혀 모르겠다는 심정이고 실감이 안 든다. 나도 흥미가 없는 건 아니지만… 아니, 좋아하는 사람도 안 생겼고…. 사랑 같은 것도 모르잖아? 그런데 말이지.

나도 한차례 쓰레리와의 혼담 이야기를 들었을 때에는 정말 절망했다.

뭐, 그건 쓰레리의 못된 쓰레리안 조크였지만, 다들 약혼이네 결혼이네, 너무 성급해요!

다행이다. 앨런도 같은 마음이라 안심했다. 내년에 성인이라고 다들 서두르며 어른의 계단을 오르려는 느낌이 들어서 마음이 급해졌지만, 우리는 아직 어리잖아?

역시나 내 부하! 기대를 배신하지 않아!

하지만 내 부하는 입장상 사랑도 결혼도 마음대로 할 수 없어서 큰일인 것 같다.

내가 앨런의 장래에 대해 다시금 생각하고 있자, 옆에서 앨런과 아이린 씨의 레인포레스트 모자의 대화가 한층 더 열기를 띠기 시작했다.

"앨런, 슬슬 좋은 사람을 정하렴. 마법작 가문인 아만다 씨네 따님은 어때? 초상화도 와 있었는데, 아주 귀여웠잖니."

"그러니까 흥미 없다고 몇 번이나 말했잖아요!"

"안 돼. 이제 슬슬 진지하게 생각해야지! 앨런도 내년에 성인이잖니? 게다가 내 뒤로 백작가를 이어야 해. 세습 문제도 있으니까 이런 문제는 빠른 편이 좋아! 너는 우리 일족 중에서 근래 드물게 나타난 실력자 소리를 듣고 있잖니. 슬슬 자각을 가져야지!"

그렇게 엄청난 기세로 말하는 아이린 씨의 분위기에 무심코 놀라고 있는데, 화내는 아이린 씨의 옆에 어떤 사람이 나타났다.

"어머님, 무슨 일이십니까? 어머님의 심상치 않은 목소리가 아버님이나 제 귀에도 닿았습니다."

흥분한 아이린 씨를 다독이듯이 시원한 목소리로 말을 건 사람은 바로 기사작을 취득하여 커버리스트계에서도 다른 이의 추격을 허용치 않는 기세의 카인 님이다.

그렇게 대단한 카인 님이 아이린 님의 남편인 카딘 씨와 함께 다가왔다.

카인 님의 다독임에 아이린 씨는 "어머."라면서 주위의 눈을 확인하더니, "이런, 내가 너무 흥분했나 보네."라고 말하며 부끄러운 듯이 입을 다물었다.

그렇게 귀여운 모습의 아이린 씨의 어깨를 익숙한 기색으로 카딘 씨가 끌어안았다.

"사랑스러운 나의 아이린. 부끄러워하는 당신은 정말로 소녀 같아서 사랑스럽군. 하지만 어리석은 나는 이 이상 다른 남자에게 그렇게 귀여운 당신의 모습을 보여 주는 걸 견딜 수 없군. 당신의 사랑스러운 장밋빛 뺨이 진정될 때까지 당신을 독점하는 영예를 내게 선물하지 않겠어? 테라스에서 잠깐 바람이나 쐴까? 오늘 밤은 달이 아주 아름다워."

카딘 씨가 마치 날씨 이야기라도 하듯이 자연스럽게 시를 읊으며 테라스로 같이 나가자고 말하였다.

다소 흥분한 아이린 씨에게 '바깥바람을 쐬며 진정하지?'라고 말하고 싶은 거겠지만, 그 언변이 완전히 시적이다.

갑작스러운 포엠에 내가 진지하게 추이를 지켜보고 있자, 아이린 씨가 "어머, 카딘도 참. 하지만 그래. 잠깐 바람 좀 쐴까." 라고 하며 카딘 씨를 올려다보았다.

아이린 마님은 포엠을 좋아하는구나.

"앨런, 부탁이니까 차기 당주로서 자각을 좀 가지렴."

그렇게 말한 아이린 씨가 그대로 테라스 쪽으로 카딘 씨와 함께 떠나갔다.

사이가 좋아서 다행이지만, 자식들 눈앞에서 태연하게 시를 읊을 수 있다는 게 진짜 대단하다.

다시금 그런 시인 부부의 자식들을 보고 있자, 카인 님이 앨런을 향해 멋진 귀공자의 미소를 떠올리고 있었다.

"앨런, 어머님을 좀 관대하게 봐 드려. 어머님은 부모가 정한 혼담으로 아버님과 만나서 서로 사랑할 수 있었으니까, 앨런에게도 그런 사람을 당신이 정해 줘야 한다고 생각하시는 거야."

카인 님이 그렇게 앨런에게 말을 붙이자, 앨런은 얌전히 끄덕였다.

"알고 있어요. 하지만… 나는…."

그렇게 말하며 뭔가 결심한 듯한 표정의 얼굴이 왠지 가슴 아팠기에 그 어깨에 가만히 손을 올렸다.

"앨런, 이해해요. 아직 약혼이나 결혼 같은 건 우리에게 실감이 없지요. 그런 이야기는 이르다고 할까, 좋아하는 사람 같은 건 잘 와닿지 않는데."

내가 다정히 앨런에게 말을 걸자, 앨런은 불만스러운 듯이 눈썹을 찌푸렸다.

"아니, 나는 좋아한다는 감정을 모르겠다든가, 그런 걱정을 하는 게 아냐."

어, 그럼 어떤 걱정이야?

신기한 심정으로 앨런을 가만히 바라보자, 카인 님이 "으으음."이라며 어색하게 말했다.

"저기, 이, 일단, 두 사람 다 잔이 비었네? 마실 것 좀 가져

올 건데, 뭐 마시고 싶어?"

그렇게 일단 말해 주는 카인 님.

아, 그러고 보니 손에 든 잔이 비었다. 나는 과즙이라면 뭐든지 좋겠는데.

그렇게 생각하다가, 새빨간 드레스를 입은 카테리나 양을 발견했다.

그리고 그 옆에는 바흐 같은 머리를 한 남자가!

저건 틀림없이 카테리나 양의 아버님. 구엔나시스 경이시다!

"카인 님, 감사합니다. 음료는 괜찮습니다. 전 학우를 발견해서, 잠깐 인사를 하고 오겠습니다."

그렇게 말하고 레이디의 인사를 하자, 카인 님이 "그래. 그럼 다음에 또."라고 말해 주었다.

그 자리를 떠나려는 내 팔을 누군가가 붙잡아서 돌아보니 앨런이었다.

"구엔나시스 경에게 가는 거야…?"

작은 목소리로 내게 물었다.

"예. 어떤 분인지 조금 이야기를 해 보고 싶어서. 카테리나 님과 함께라면 자연스럽게 말을 걸 수 있겠고요."

"그럼 나도 갈게."

"괜찮긴 하지만…. 딱히 싸운다거나 그런 건 아니니까요."

조용히 하자? 그런 마음을 담아서 확인하자, 앨런은 알고 있다고 말하며 끄덕였다.

그리고 앨런과 내가 함께 카테리나 양이 있는 곳으로 다가가자, 그녀가 우리를 발견해 주었다.

구엔나시스 경이 어른들과 이야기하는 옆에서 얌전히 숙녀처럼 있던 카테리나 양이 나와 앨런을 발견하고 표정을 누그러뜨렸다.

“료 양과 앨런 님, 평안하신지요.”

“카테리나 님, 평안하신지요. 여전히 커다란 장미 같은 드레스가 잘 어울리십니다. 하지만 살로메 양이 없어서 적적해 보이네요.”

살로메 양을 포함한 카테리나 양의 호위란 명목의 사람들은 별실에서 대기 중이다. 아무래도 귀족, 준귀족이 중심인 파티에는 들어올 수 없고, 성내의 안전을 지키는 건 왕국기사의 책무다.

“그래. 하지만 오늘은 아버님이 에스코트해 주시니까 그건 그거대로 멋져.”

카테리나 양이 웃으며 그렇게 말하자, 근처에서 다른 귀족과 이야기를 나누던 구엔나시스 경이 이쪽으로 고개를 돌렸다.

“카테리나의 친구인가?”

바흐 머리에 관록 있는 외모의 구엔나시스 경이 무표정하게 그렇게 물었다.

"예, 소개할게요, 아버님. 일단 이쪽이 레인포레스트 백작가의 아드님인 앨런 레인포레스트 님."

카테리나 양이 그렇게 말하자, 앨런이 가볍게 인사를 했다.

"호오, 자네가 알베르의 손자인가. 소문으로는 들었지. 왕족에게도 필적할 정도로 대단한 마법 재능을 가졌다고 들었는데, 게다가 이런 미남이었다니. 분명히 얼굴이 젊었을 적의 알베르와 닮았군."

조금 전까지 무표정하던 구엔나시스 경이 그렇게 말하며 과거를 그리워하는 눈을 하였다.

"할아버지를 아십니까?"

앨런이 조금 놀라서 묻자, 구엔나시스 경은 고개를 끄덕였다.

"같은 시기에 같은 배움의 터에 있었던 동지지. 자네를 보니 젊었던 그 무렵이 떠오르는군."

그렇다면 구엔나시스 경은 나이가 제법 되나?

그러고 보니 구엔나시스령에서는 한동안 영주의 세대교체가 없었다는 이야기를 들은 것 같은데.

"그리고 이쪽이…."

카테리나가 나를 소개하려고 하자, 구엔나시스 경은 "알고 있지. 약속된 승리의 여신이라고 불리는 료 루비포른 양이겠지."라고 말하며 내게 시선을 보냈다.

왠지 날카로운 시선이라 조금 놀라면서도 레이디의 예의를 지켜서 인사를 했다.

"역시나 그녀에 대해서는 아시는군요."

카테리나 양의 말에 구엔나시스 경은 수긍했다.

"물론 잘 알고 있지."

그러면서 왠지 진지한 얼굴로 나를 바라보니 조금 긴장이 되었다.

아니, 저 바흐 머리도 있어서 박력이…!

긴장하면서도 다음 말을 기다리고 있는데, 바흐 스타일의 구엔나시스 경이 미소를 지으며 엄숙하게 입을 열었다.

"처음 뵙겠소. 구엔나시스령을 다스리는 고트프리 구엔나시스라 하지. 료 양, 우리 영지에 성냥을 보내 준 것에 감사하네. 정말로 큰 도움이 되었지."

뜻밖에도 부드럽고 따스한 말을 해 준 것에 조금 놀랐다.

솔직히 살로메 양에게서 여러 내부사정을 들었기 때문에, 조금 더 날카로운 느낌의 분이 아닐까 생각했다.

"아뇨, 도움이 되었다니 다행입니다."

내가 간신히 그렇게 대답하자, 그는 가볍게 끄덕였다.

"하늘에게도 나라에게도 버림받았다고 생각한 그 순간에, 설마 마법을 쓰지 못하는 자에게 구원을 얻을 줄은 생각 못 했지. 나로서는 마법사가 마법을 쓰지 못하는 자를 지키고 인도하는 게 당연했는데, 그 반대가 있을 줄은 몰랐어. 하지만 나는 그러한 자들에게 도움을 받았지. …거듭 감사의 말을 하지. 그 재해는 나의 소중한 것을 많이 빼앗았지만, 소중한 것을 가르쳐 준 것 같기도 하군.”

그렇게 말한 구엔나시스 경의 진지한 눈동자 앞에서 말문이 막혔다.

뭐라고 할까, 카리스마 오라라고 할까, 이 사람을 따라가고 싶다! 라는 기분이 들게 한다.

그런 점이 어딘가 두목과 비슷한 느낌이었다.

두목은 더 거칠지만.

“게다가 카테리나에게 곧잘 자네 이야기를 들었지. 처음에는 마법을 쓰지 못하는 자와 카테리나가 친하게 지내는 일은 말도 안 된다고 반대한 적도 있었지. 언젠가 카테리나가 내 뒤를 이어서 사람들을 이끄는 입장이 되었을 때에 비마법사와의 거리감을 헤아리지 못할 거라 생각했으니까. …하지만 지금은 카테리나에게 자네라는 친구가 있는 걸 자랑스럽게 생각하네.”

그렇게 말을 잇는 구엔나시스 경에게 카테리나 양이 놀란 듯이 눈을 크게 뜨고 “아버님….”이라고 작게 말했다.

나도 생각도 못 한 말에 다소 놀라면서 입을 열었다.

“아뇨…. 황송한 말씀입니다. 저에게야말로 카테리나 님은 더없이 좋은 친구이고, 자랑거리 중 하나입니다.”

내가 진심으로 그렇게 대답하자, 구엔나시스 경은 안도한 듯이 표정을 풀었다.

"느긋하게 이야기를 나누고 싶지만 미안하군. 달리 인사해야 하는 사람이 있어서 이만 실례하지."

그렇게 말하고 구엔나시스 경은 카테리나 양과 함께 떠나갔다.

구엔나시스 경, 정말 생각보다 온화하다고 할까, 차분하다고 할까.

떠나가는 두 사람의 뒷모습을 복잡한 심정으로 지켜보고 있자, 앨런이 "뭐라고 할까, 생각했던 거랑 달라."라고 중얼거렸다.

"그러네요…."

나도 앨런의 말에 수긍했다.

살로메 양의 이야기로는, 구엔나시스 경은 나라에 반란을 일으킬 마음으로 가득했다. 그러니까 뭐라고 할까, 더 날카로운 느낌의 사람이라고 생각했는데…. 저건 오히려 온화한 인상 쪽이었다.

저 온화한 얼굴 뒤로 나라에 대해 반란을 일으키려는 격렬함을 가지고 있을지도 모른다고 생각하니, 왠지 복잡하다.

하지만 구엔나시스 경은 좋은 영주님이겠지 싶었다.

실제로 폭우 재해가 오기 전에는 왕국 안에서 가장 힘 있는 영지였다. 그 정도의 통치를 해내는 힘이 있다. 게다가 카리스마라고 해야 할까, 조금 이야기를 나눈 것만으로도 무심코 따르고 싶어졌다.

그런 사람이 마법사가 아닌 내게 도움을 받은 것으로 중요한 것을 깨달았다고 감사의 말을 해 주었다.

구엔나시스 경은 내가 목표로 하는 나라의 모습에 가까운 통치가 가능한 인물 아닐까, 그런 생각을 들게 해 주었다.

불필요한 혼란을 막기 위해 구엔나시스령의 반란을 막고 싶다고 생각하는 건 잘못이 아닐까 하는 생각이 들었다….

하지만… 너무나도 무모하다.

두목의 얼굴이 순간 뇌리를 스쳤다. 그리고 조금 전, 떠나갈 때 보인 결의 어린 카테리나 양의 얼굴을 떠올렸다.

솔직히 구엔나시스령의 반란 같은 큰일을 막으려 들다니, 지금의 나로서는 망설이게 된다.

하지만 나에게 소중한, 둘도 없는 친구를 위해서, 할 수 있는 일은 하고 싶다.

…카테리나 양의 폭주를 막아야 한다. 이대로 그녀를 막지 않으면, 카테리나 양 자신의 몸이 위험하다.

"앨런, 이쪽으로 좀 와 보겠어요?"

나는 그렇게 말하며 앨런의 손을 잡고, 시끄러운 파티장에서 밖의 테라스로 이동했다. 그리고 그 테라스의 가장자리로 향했다.

여기는 사람이 적다.

남들에게 들려줄 수 없는 이야기를 하기에 안성맞춤이다.

조금 떨어진 곳의 테라스에서는 남녀 커플이 달라붙어서 사랑을 속삭이는 느낌이고, 나와 앨런이 뭐라고 소곤거려도 수상쩍게 보는 일은 없겠지.

말없이 따라온 앨런을 테라스 안쪽에 밀어 넣고, 내가 그 옆에 자리 잡은 뒤 재빨리 본론에 들어가려고 앨런을 보았더니….

"앨런, 술이라도 마셨나요? 얼굴이 빨간데요?"

위로제 중에는 무슨 일이 일어날지 모르니 술은 삼가라고 했는데!

또 분명히 어린애라도 술을 마실 수 있는 나라이긴 하지만, 흰 까마귀 상회에서는 추천하지 않으니까!

"따, 딱히, 술을 마신 건 아냐!"

그럼 얼굴이 왜 그렇게 빨간데.

내가 날카로운 눈으로 보고 있자, 앨런은 더욱 얼굴을 붉히며 시선을 돌렸다.

"아니, 진짜로 안 마셨다니까! 료, 료가, 갑자기 손을 잡고, 이런… 애초에 가까워! 아니, 너무 가까운 게 잘못이란 건 아니지만! 하지만 마음의 준비랄 것이… 으읍."

왠지 앨런이 허둥대며 큰 소리를 내기에 나는 서둘러 그 입을 손으로 틀어막았다.

"앨런, 조용히. 이제부터 중요한 이야기를 할 테니까 진정하세요. 눈에 띄고 싶지 않아요."

내가 그렇게 말하자, 앨런은 입이 막힌 상태로 얌전히 고개를 끄덕였기에 손을 떼었다.

"주, 중요한 이야기라면, 혹시 료, 드디어 나의…."

"예, 드디어 카테리나 님이 움직일 것 같습니다. 아마도 오늘 밤에 움직이리라 생각합니다."

그래, 카테리나 양의 폭주를 막기 위해 결성된 폭주 카테리나 대책본부, 통칭 카대가 나설 때가 드디어 왔다. 오고 만 것이다.

내가 다른 사람들에게 들리지 않도록 목소리를 낮추어서 그렇게 말하자, 앨런이 눈을 크게 떴다.

왠지 엄청 놀라지 않았어? 시간이 멎은 것처럼 굳어 있고.

그렇게 의외였나?!

앨런, 아까 '드디어'라는 말을 하기에 어느 정도 눈치챈 거라 생각했는데.

또 아까는 얼굴이 새빨갰는데 지금은 보통으로 돌아왔고. 술은 마시지 않았던 걸까. 램프 불빛으로 잠깐 그렇게 보였을 뿐인지도 모른다.

잠시 앨런을 지켜보고 있자, 정신이 돌아온 것처럼 앨런이 후욱 숨을 내뱉었다.

"미안, 내가 좀 착각했어."

조금 진정된 듯한 기색의 앨런이 그렇게 말하기에 다소 걱정이 되었다.

카테리나 양이 움직인다는 말을 듣고 동요한 건지도. 그래. 여태까지 그럴 가능성을 생각하긴 했지만 실제로 직면하면 당황스러울지도.

"오늘 밤 움직인다니, 왜 그렇게 생각해?"

내가 걱정하고 있자, 앨런은 부활한 것처럼 그렇게 물었다.

"카테리나 님이 제 옆으로 왔을 때, 살짝 독특한 냄새가 났습니다. 그 냄새는 이전에 카테리나 님이 수면제를 나눠 달라고 해서 줬던 약 냄새입니다. 그 약은 물에 녹이면 냄새가 사라집니다만, 건조한 상태에서는 독특한 단내가 나지요. 아마 이 파티가 끝나면 호위에게 수면제가 든 음료라도 나눠 주겠죠. 그리고 호위가 잠들었을 때 빠져나가려는 거라 생각합니다."

내가 일의 경위를 설명하자, 앨런은 복잡한 표정을 하며 끄덕였다.

"알았어. 카테리나가 이 파티장에서 나가거든 뒤를 밟고 감시하면 될까?"

아, 그런가. 분명히 앨런 씨의 스토커 레벨이라면 들키지 않게 뒤를 밟을 수 있을까.

하지만 그렇게까지 하지 않아도 카테리나 양이 최종적으로 가려는 곳은 알고 있고….

“아뇨, 괜찮습니다. 일단 시로카에게 감시를 시킬 생각입니다만, 카테리나 님이 가려는 곳은 대충 알고 있습니다. 아마도 도서관. 카테리나 님은 도서관으로 올 거라 생각합니다.”

내가 그렇게 대답하자, 앨런은 “아, 구세의 마전인가.”라고 씁쓸하게 중얼거렸다.

아마도 카테리나 양은… 아니, 구엔나시스 경은 구세의 마전을 탈취하려 하고 있다.

구엔나시스 경이 정말로 살로메의 말처럼, 여태까지 충성을 맹세했을 터인 왕국에 반기를 들 생각이라면 그걸 위한 대의명분이 필요할 터. 그리고 우리 왕국에 그 대의명분이 될 만한 것이 있다면 그것은 구세의 마전이다.

“하지만… 구세의 마전이 비치된 장소의 결계는 어쩔 생각일까.”

“그 점은 저로서는…. 카테리나 양에게는 무리라고 판단되면 정말로 구엔나시스 경 자신이 움직일 가능성도 있습니다.”

“구엔나시스 경은 분명히 강한 마술사지만, 그 결계를 깨뜨릴 정도라고는 보이지 않는데….”

그렇게 씁쓸한 기색인 앨런을 보며 나도 생각에 잠겼다.

혹시 내가 구세의 마전을 손에 넣고 싶다면 어떻게 할까. 비마법사인 나는 구세의 마전이 있는 방에 갈 수조차 없다. 하지만….

"앨런, 분명히 이전에 헨리 전하라면 혹시 그 결계를 깨뜨릴 수 있을지도 모른다고 말했지요?"

"그래, 헨리 전하는… 격이 달라. 아마 다른 왕족과 비교해도."

특히나 마력이 강하다고 일컬어지는 왕족 중에서도 격이 다르다는 헨리 전하라면 고대의 마술조차 깨뜨릴지 모른다. 그렇다면….

"어디까지나 가능성의 하나지만, 헨리 전하의 힘을 빌려서 카테리나 님, 혹은 구엔나시스 경이 마전을 가지러 갈 수도 있겠습니다."

"전하의? 하지만 그건 말이 안 되잖아. 헨리 전하가 힘을 빌려줄 리가 없어."

"그렇습니다만, 무슨 약점을 잡는다든가 협박해서…."

그렇게 말하긴 했지만, 뭔가에 협박당하는 쓰레리의 모습이 도저히 상상이 가지 않았다.

"그래. 일단 만일을 위해 오늘 밤은 전하의 주변도 지켜보는 편이 좋을지 모르겠군. 적어도 이 파티가 끝나고 헨리 전하가 안전한 장소로 돌아갈 때까지는."

앨런의 말에 나는 고개를 끄덕였다.

오늘의 파티에는 쓰레리도 와 있다. 왕족 전용 자리에서 재미없다는 듯 와인이 담긴 잔을 흔들고 있던 쓰레리.

쓰레리가 사는 왕족의 주거지는 경비도 엄중하다.

거기까지 아무 일 없이 돌아간다면 구엔나시스 경에게 협박당해 마전을 빼앗으러 가는 일은 없겠지.

"그렇군요, 그렇게 하죠. 구엔나시스 경이 움직여서 구세의 마전을 탈취한다는 시도가 성공하든 실패하든, 내전은 피할 수 없는 사태가 됩니다. 움직이기 전에 막아야 합니다."

내가 그렇게 말한 타이밍에 마침 댄스 타임이 시작되었는지 실내에서 음악이 흘러나왔다.

음악이 시작되었구나 싶어서 의식을 그쪽으로 돌리자, 앨런이 내 왼손을 잡았다.

"모처럼이니 춤추지 않겠어? 자세한 계획은 리츠나 다른 애들과 함께 이야기하는 편이 좋겠어."

그렇게 말하기에 다시금 앨런을 올려다보았다. 황록색의 아름다운 눈동자가 나를 보고 있었다.

어, 어라, 왠지 앨런이 가깝지 않나?

아, 아니, 비밀 이야기를 하기 위해 안쪽으로 데려오기도 했고, 내가 이렇게 바짝 붙어 있기도 했고.

왠지 괜히 부끄러워졌다….

"그렇, 군요. 하, 하지만, 여성에게 댄스를 권하려면 그만한 문구가 필요합니다."

내심 조금 부끄러워진 내가 얼버무리듯이 그렇게 말하자, 앨런은 조금 고민한 끝에 내 왼손을 그대로 들어 올려 손등에 가볍게 입술을 댔다.

어?! 어!! 뭐, 뭐 하는 거야?!

그렇게 굳어 있는 나를 알아차리지 못하고 앨런은 말하였다.

"료와 춤추고 싶어…. 그래도 될까?"

아, 아니, 딱히 안 되는 건 아니지만, 안 되는 건 아니지만!

손등에 키스라니, 분명히 귀족들 사이에서 남성이 여성에게 흔히 하는 인사지만!

그, 그렇게 부끄러운 짓을 태연하게 하는 건 카인 님 담당이니까!

크으, 앨런 주제에…! 조금 두근거렸잖아! 부하 주제에 두근거리게 하다니!

내가 그렇게 허둥대고 있자, 앨런은 자기가 한 말이 좋지 않았다고 판단했는지 계속해서 말을 이었다.

"어어, 오늘의 군고구마 같은 보라색 드레스도 어울리고, 마치 날개가 난… 어어, 그래! 요정이다! 군고구마의 요정처럼 예쁘다고 생각해. 부디 나와 춤을 춰 줘."

그렇게 필사적으로 생각했다는 기색으로 앨런이 말을 이었다.

…아니, 오늘은 왜 그렇게 군고구마를 미는 건데?

이 보라색 드레스가 마음에 들었는데, 이 드레스를 볼 때마다 따끈따끈한 군고구마가 뇌리에 스칠 것만 같은데!

그러고 보니 이 드레스의 안감은 황색이다… 분명 군고구마 같은 드레스….

나는 순식간에 냉정해졌다.

조금 전 앨런에게 순간 두근거린 느낌이 들었지만, 기분 탓이 틀림없다.

나는 '뭐, 그럼 춤 좀 출까'라는 마음으로 끄덕였다. 앨런이 기쁜 듯이 그대로 웃으며 테라스에서 댄스플로어까지 에스코트해 주어서, 나는 군고구마 드레스를 휘날리면서 댄스를 즐기기로 했다.

앨런과 댄스를 즐긴 뒤에 카대 멤버인 샤르, 리츠 군, 크리스 군을 찾아서 넌지시 말을 걸었다.

의논 결과, 나와 샤르, 앨런까지 셋이서 도서관 앞에서 잠복.

그리고 리츠 군과 크리스 군에게는 헨리 전하를 지켜봐 달라고 했다. 두 사람은 헨리 전하가 안전한 장소에 들어간 것을 확인하고 이쪽에 합류하는 수순이다.

그렇게 간단하게 회의를 마친 뒤, 각자 다른 타이밍에 적당한 이유를 대어 파티장에서 이탈했다.

그리고 미리 정해 둔 장소에 도착하자, 이미 앨런과 샤르가 움직이기 쉬운 교복으로 갈아입고 몸을 숨긴 채로 기다리고 있었다.

여기는 학교 부지 안의 숲.

덤불에 몸을 숨기면서도 도서관이 한눈에 보인다는 절호의 장소.

내가 입학할 당시 도서관은 솟구친 절벽 위 같은 언덕에 세워져 있었지만, 서명 활동의 결과로 지금은 고저차가 없는 장소에 자리 잡고 있다.

덕분에 조금 떨어진 장소에서도 도서관 주변을 감시하기 쉽다.

“죄송합니다, 조금 늦었습니다. 아직 카테리나 님은 오시지 않았지요?”

도서관에 불빛이 없는 것을 보면서, 이미 대기하던 멤버에게 물어보자 앨런이 고개를 끄덕였다.

“도서관에는 아무도 없을 거야. 다들 무도회에 열중하느라.”

앨런의 말에 언덕 위에 세워진 멋진 성으로 시선을 주었다. 방금 전까지 우리가 있던 파티장이다.

슬슬 끝날 시간일 텐데, 성에서는 오렌지색 불빛이 보란 듯이 빛나서 눈부실 정도다.

그렇긴 해도 오늘 성의 파티장 경비는 대단히 많았다.

귀족분들이 총집결하기에 성의 기사들이 죄다 멋진 갑옷을 입고 성을 지키고 있었다.

저쪽은 저렇게 휘황찬란한데 도서관은… 이라는 마음에 원통형의 가늘고 긴 건물인 도서관을 바라보았다.

이쪽의 최상층에 구세의 마전이 자리 잡고 있는데, 밖을 경비하는 사람은 하나도 없다.

분명히 성의 경비도 중요하다고 생각하지만, 구세의 마전이 비치된 도서관이 이렇게 방치되어도 괜찮을까.

도서관의 경비가 너무 허술하지 않아?

"도서관에는 경비도 없고, 이렇게 무방비해도 괜찮을까요?"

도서관의 날림 경비에 무심코 중얼거리자, 샤르가 잠시 생각한 뒤에 입을 열었다.

"분명히 무방비하다고 생각될지도 모르지만, 거기까지 가는 문에는 고대의 강력한 마법이 걸려 있습니다. 아무리 힘을 써도 부서지지 않고, 무단으로 들어갈 수 없지요."

과연, 마법이 있으니까 괜찮다는 마음에 이쪽의 경비가 허술한 걸까.

그 정도로 고대의 마법이란 녀석을 신뢰하는 모양이다.

샤르의 설명을 들은 앨런도 수긍했다.

"카테리나가 어떻게 결계의 틈을 찾아내었다면 몰라도… 그 방에 들어가기란 어려울 거야."

앨런의 말에 나도 고개를 끄덕였다.

앨런은 구세의 마전이 있는 방에 쳐진 결계가 얼마나 강한지 알기 때문에 카테리나 양이 마전을 탈취하러 갈 거라는 내 예상에 대해 아무래도 회의적이다.

하지만 카테리나 양은 빈번하게 구세의 마전이 있는 방에 발을 옮겼다.

그러는 과정에서 마법 경비에 대한 대책을 세웠어도 이상하지 않다.

다만 여태까지 모두가 조사한 바로는, 카테리나 양이 도서관의 결계 마법에 대해 무슨 대항책이나 술수를 쓴 듯한 흔적은 찾을 수 없었다나 본데….

그렇게 생각하는데, 까악 하는 낯익은 시로카의 울음소리가 들렸다. 내가 왼팔을 들어 올리자, 거기에 시로카가 앉았다.

카테리나 양의 주위에서 지켜보던 시로카가 여기로 돌아왔다는 소리는….

"카테리나 님, 호위들을 잠재운 모양입니다. 이쪽으로 향하고 있어요."

내가 그렇게 말하자, 앨런과 샤르가 숨을 삼키는 소리가 들렸다.

나는 시로카에게 상으로 먹이를 주고 하늘로 날려 보낸 뒤, 다시금 나무 밑의 덤불에 몸을 숨겼다.

"그러고 보니 호위 중에 살로메도 있었잖아? 괜찮을까?"

앨런이 그렇게 확인해 주었기에, 나는 주위를 경계하면서 끄덕였다.

"살로메 양은 괜찮습니다. 사전에 해독약을 넘겨 주었으니까, 살로메 양이라면 잘 대처하리라 생각해요."

내가 그렇게 말했을 때, 어둠 속에서 인기척이 느껴졌다.

그쪽으로 시선을 주자, 검은 후드에 망토를 걸친 누군가가 도서관을 향해 조심조심 걸어오는 게 보였다.

깊숙하게 덮어쓴 후드 틈새로, 달빛 아래에서 은색으로 빛나는 머리카락이 보였다. 저건….

"카테리나 님이로군요."

"정말로 카테리나 님이, 오셨네요…."

샤르의 중얼거림에 놀라움과 슬픔의 느낌이 있었다.

이러니저러니 해도 우리의 기우이기를 바라는 마음도 있었으니까, 샤르가 그렇게 생각하며 슬퍼하는 건 이해된다.

하다못해 우리에게 의논해 주었으면 했다.

물론 의논할 수 있는 환경이 아니라는 건 안다.

하지만 나는 살로메 양이 카테리나 양을 지키기 위해 열심히 그녀에게 접촉했던 것을 알고 있다. 내가 있는 기숙사의 2층 창문으로 침입할 정도의 실력을 가진 살로메 양은 몇 번이나 카테리나 양과 단둘이 접촉할 수 있도록 노력하였다.

그래도 카테리나 양은 살로메 양에게도 상의하지 않았다고 들었다.

내게 그렇게 말할 때의 살로메 양은 아주 슬픈 얼굴을 하고 있었다….

오늘이야말로 카테리나 양에게 이야기를 듣자.

이런 밤에 저런 차림으로 몰래 움직이는 현장을 잡으면, 아무리 카테리나 양이라도 잡아뗄 수 없을 테고.

"갈까요."

숨을 죽이고 카테리나 양을 지켜보던 두 사람에게 내가 그렇게 말하고 천천히 일어섰다.

그리고 흠칫거리는 느낌으로 도서관을 향해 걸어가는 카테리나 양의 뒤에서 말을 걸었다.

"카테리나 님, 이렇게 야심한 때에 어쩐 일이신가요?"

내가 말을 걸자 카테리나 양이 눈에 띄게 초조한 기색으로 이쪽을 돌아보았다.

"아니! 누구?!"

겁먹은 소리를 내는 카테리나 양의 앞을 나와 샤르가 가로막자, 카테리나 양이 숨을 삼키는 소리가 들렸다.

"어, 어떻게 다들 여기에…?!"

카테리나 양이 그렇게 말하는 동시에 한 걸음 뒤에 있던 앨런이 성냥을 켜서 램프에 불을 붙였다.

겁먹은 얼굴로 이쪽을 바라보는 카테리나 양의 얼굴이 드러났다.

“카테리나 님, 구세의 마전을 가지러 갈 생각이십니까?”

샤르가 걱정스러운 목소리로 그렇게 말하자, 카테리나 양은 알기 쉽게 동요하듯이 어깨를 떨었다.

“왜, 왜, 그, 그런 짓… 할 리, 없잖아…!”

“살로메 양에게 구엔나시스의 사정을 들었습니다.”

내가 그렇게 말하자, 카테리나 양이 눈을 크게 뜨고 “살로메가….”라고 중얼거렸다.

“살로메 양, 정말로 카테리나 님을 걱정했습니다. 참고로 구세의 마전을 노린 건 구엔나시스 경의 명령입니까?”

조금 넋을 놓은 듯한 카테리나 양이었지만, 내가 그렇게 묻자 놀란 듯이 시선을 내게 옮기고 고개를 내저었다.

“아냐…. 아버님이 말씀하신 게 아냐. 이건 내가 정했어. 구엔나시스에게, 백성에게 가장 최선의 길을 생각해서… 나 혼자서 결정했어….”

카테리나 양이 혼자서 결정했다?

다소 빗나간 예상에 나는 눈썹을 찌푸렸다.

믿을 수 없다. 구엔나시스 경이 시켜서 하는 거라고 생각했는데….

애초에 만에 하나 마전을 손에 넣으면, 그다음에 카테리나 양 혼자서 뭘 할 생각이었을까.

무심코 말문이 막힌 내 옆에 있던 앨런이 씁쓸하게 입을 열었다.

"카테리나, 구엔나시스령이 큰일이었다는 건 알고 있어. 하지만 너라면 이게 얼마나 무모한 짓인지 알고 있겠지. 구세의 마전의 결계를 풀 수 있다는 보증도 없어."

앨런이 힘주어 말하자 카테리나 양이 고개를 들었다.

"그건 해 보지 않으면 모르는 일이잖아!"

"카테리나 님은 마전을 탈취해 뭘 하실 생각입니까? …전쟁이라도 벌일 작정입니까?"

내 말에 카테리나 양은 입술을 깨물고 평소처럼 힘 있는 시선을 내게 보냈다.

그 눈동자는 분노로 불타고 있어서 나는 순간 주춤거렸다.

그리고 카테리나 양이 떨리는 입술을 열었다.

"…나라가 우리를 버리지 않았으면 구엔나시스령은 그렇게 피해를 입지 않았어. 살로메나 엘바로사의 가족도, 다른 영민들도, 그렇게, 그런 식으로 죽지 않을 수 있었어! 어째서, 어째서 그런 게 나오지? 마법이 안 통하는 마물이라니?! 검으로 찔러도 죽지 않고, 마법을 날려도 상처 하나 나지 않아! 유일한 희망은 성에서 보내 주는 신을 죽이는 검이었는데! 결국 나라에서 그게 오는 일은 없었어! 살로메의 아버지만이 아니라 수많은 마법사가 죽고, 전사가 죽었어! 나는 나라를, 그 겁쟁이에 어리석은 왕을 용서할 수 없어!"

카테리나 양은 눈을 적시며 똑바로 나를 보았다. 그녀의 넘쳐 나는 분노가 아플 정도로 전해졌다.

카테리나 양의 마음은 안다. 알지만…!

"저도 나라의 모든 것을 다 용서하는 건 아닙니다! 하지만 다른 방법도 있을 겁니다! 구세의 마전을 탈취하면, 최악의 경우 전쟁이 일어날지도 모릅니다!"

내가 그렇게 말하자 카테리나 양은 조금 움츠러들 듯이 뒷걸음질 쳤다.

하지만 눈은 똑바로 나를 바라보고 있었다.

"그래. 이미 물러날 수 없어. …서두르지 않으면 그들이 먼저 움직여. 내가 하면… 최악의 사태는 피할 수 있어."

"최악의 사태는 피한다…?"

카테리나 양의 말에 의문을 품고 그렇게 되뇌었지만, 카테리나 양은 내 의문에 대답할 마음이 없는지 날카롭게 우리를 노려보았다.

"구세의 마전은 내가 손에 넣겠어! 방해하겠다면 당신들도 가만두지 않겠어!"

그렇게 외친 카테리나 양이 주문을 외웠다.

그러자 무슨 바람 가르는 듯한 소리가 들려서, 나는 반사적으로 그 자리에서 몸을 던졌다. 폭풍의 소리가 울렸다.

직전까지 내가 있던 장소의 풀들이 바람에 접히듯이 쓰러져 있었다.

설마 마법을 쓸 거라곤 생각지도 못했던 나는 그 광경에 눈을 크게 떴다.

피했으니까 망정이지, 저 바람을 직격으로 맞았으면….

"료?! 괜찮아?!"

그렇게 말하며 앨런이 내 쪽으로 달려왔다.

"카테리나 님! 료 님에게 마법을 쓰다니!"

비명 같은 소리로 샤르가 외쳤다.

나는 오른손을 들어서 두 사람에게 괜찮다는 신호를 보내고 카테리나 양을 보았다.

"카테리나 님, 진심입니까?"

"…그래, 진심이야. 구세의 마전을 빼앗겠어. 그걸 방해한다면 당신들을 해칠 수도 있어."

카테리나 양이 들고 있는 램프의 불길이 일렁거리며 진심이 깃든 눈동자가 빛났다.

"어째서…."

그렇게 말하려던 내 말은 다음 폭풍의 소리에 가로막혔다.

그리고 뭔가가 오는 기척에 무심코 눈을 감았다. 곧 뭔가가 세게 부딪치는 소리가 났다.

코에 와닿는 흙냄새와 함께 바람이 부자연스럽게 진동하는 것을 피부로 느낄 수 있었다.

조심조심 눈을 떠 보니 눈앞에 내 키보다 큰 흙담이 세워져 있었다. 근처에는 앨런도 있었다. 아무래도 앨런이 만든 마법의 흙담이 카테리나 양의 바람을 막아 준 모양이다.

“료 님, 괜찮으신가요?”

옆에서 샤르도 말을 걸어 주었다.

내가 고개를 끄덕이자 “흥! 그런 걸로 내 바람을 막을 수 있을 것 같아?”라는 카테리나 양의 목소리가 흙담 너머에서 들려왔다.

그리고 바람 가르는 소리와 흙담에 강하게 바람이 부딪치는 소리가 울려 퍼졌다.

“카테리나 녀석, 봐 주지 않고 쏘고 있어….”

앨런이 괴롭게 중얼거리면서 풍압에 못 이겨 무너지기 시작한 흙담을 마법으로 수복하는 것을 거듭하였다.

무너진 흙담이 바람을 타고 움직여, 곳곳에서 모래먼지가 소용돌이처럼 솟구쳤다.

의외로 페미니스트인 앨런으로서는 카테리나 양을 다치게 하고 싶지 않을 테니 방어에 철저할 수밖에 없을지 모르지만, 어떻게 한다. 이대로 있을 수는 없다.

애초에 이렇게 시끄러운 소리도 났고 모래폭풍 같은 것도 일으켰으니, 조만간 위병이 알아차린다.

그렇게 되면 이런 곳에서 뭘 하고 있냐는 질문을 받게 되고, 카테리나 양이 하려던 일이 탄로 나게 될지도 모른다. 그렇게 되면 카테리나 양은….

그렇게 생각하는 동안에도 카테리나 양의 공격은 멈추지 않았다.

앨런이 만든 흙담에 계속해서 마법의 바람을 부딪히고 거세게 모래폭풍을 일으켰다.

요란하다. 소리도 대단하고. 마치 누군가에게 알리듯이.

누군가에게 알리듯이…?

설마 카테리나 양의 목적은…!

내가 한 가지 가능성을 깨달았을 때, 지금까지 중 가장 큰 바람 소리가 들리나 싶더니 앨런이 만든 흙담의 위쪽 귀퉁이가 날아갔다.

날아간 흙더미는 생각에 몰두해 있느라 피하는 게 늦었던 내 오른쪽 이마 근처로 떨어졌다.

"아야…."

뭐, 조금 스친 정도란 느낌이었지만, 은근히 아프다.

"어이, 괜찮아, 료?"

앨런이 이쪽으로 고개만 돌리면서 걱정하듯이 물었다.

"괜찮습니다, 조금 스친 것뿐이라서."

그렇게 대답하는데 옆에 있던 샤르에게서,

"료, 료 님…! 피가!"

라는 비명이 들려왔다.

어? 피?

내 이마를 만져 보니, 젖은 감각이 있었다.

뭐, 머리 피부는 약하니까.

하지만 이 정도의 상처는 딱히 문제없다. 피는 나오지만, 머리가 크게 흔들릴 정도의 충격도 아니었고. 조금 긁힌 것뿐이다.

"아, 괜찮아요, 이 정도는. 조금 긁힌 것, 뿐, 이고…."

대답하는 도중에, 목소리가 떨렸다.

아니, 샤르의 얼굴이 무섭다고 할까, 분노의 오라 같은 것이 나오고 있다고 할까….

"카테리나 님이라도 료 님을 상처 입힌 건 용서할 수 없습니다…."

샤르의 입에서 나온 거라곤 생각할 수 없을 정도로 차가운 목소리가 들렸다.

어쩌지. 이 얼굴 본 적이 있다.

그래, 이건 내가 마물에게 배를 찔렸을 때. 분노에 젖은 샤르가 이런 얼굴을 하고 마물을 썩혀서 죽여 버렸다. 썩어서 죽어, 죽어 버리라고 말하면서….

"저, 저기, 정말로, 괜찮아요! 정말로!"

그렇게 말해 보았지만 뭐라고 중얼거리고 있는 샤르의 귀에는 닿지 않았는지, 샤르는 양쪽으로 땋아 내린 자기 머리에 손을 대나 싶더니, 뚜두둑!! 하는 성대한 소리를 내면서 머리카락을 양손으로 몇 가닥 뜯어냈다.

어… 샤르, 왜, 왜 그래? 지, 진정하자…?

샤르의 갑작스러운 행동에 놀라고 있는데, 샤르가 뜯어낸 머리카락이 꿈틀꿈틀 움직이기 시작했다.

그 머리카락이 처음에는 늘어나서 얽히나 싶더니, 어떻게 된 일인지 점점 커져서….

“샤, 샤, 샤, 샤르! 지, 진정해요!”

“저는 진정하고 있습니다, 료 님. 지금 카테리나 님을 얌전하게 만들 테니까요. 이걸 카테리나 님의 목에 감으면 마법을 쓸 수 없지요….”

그렇게 말하자, 샤르가 손에 들고 있는 머리카락의 채찍 같은 것이 꿈틀거렸다.

얌전하게 만든다고 하는데, 그거 평생 얌전해지는 거 아니겠지?!

내심 엄청 겁먹고 있는 나와 달리 조용히 분노한 샤르는 앨런이 흙담으로 지켜 주는 영역 밖으로 직접 뛰쳐나갔다.

아, 이런.

카테리나 양의 참뜻을 확인하기 전에, 카테리나 양이 위험하

다.

"샤, 샤를로트 양?! 그런 곳에 있으면 위험하잖아요?!"

카테리나 양의 당황한 목소리가 들리고 바람이 멎었다.

여기서 마법을 쏘는 걸 멈추었다는 것은, 역시 카테리나 양이 진심으로 우리에게 위해를 가하려는 건 아니라는 이야기다.

"카테리나 님, 죄송합니다만, 잠시만 얌전히 계셔 주실 수 있을까요?"

샤르는 그렇게 말하더니, 두 손으로 쥐고 있던 기다란 머리카락 다발을 채찍처럼 휘둘렀다.

"무, 무슨… 으, 으윽!"

카테리나 양에게서 괴로워하는 목소리가 들리고, 샤르의 분위기에 겁먹고 있던 나는 이대로는 안 되겠다 싶어 다급히 흙담 밖으로 뛰쳐나갔다.

그리고 카테리나 양의 목 근처에 샤르의 머리카락이 얽혀 있다는, 참으로 무시무시한 광경을 목격했다.

카테리나 양이 괴로워하며 쓰러져 있다.

"샤, 샤르! 카테리나 님이 죽겠어요!"

나는 그렇게 말하면서 카테리나 양에게 달려갔다.

"하지만 카테리나 님은 료 님에게 마법을 날렸습니다!"

그건 그렇지만!

"그건 사고 같은 것으로…! 카테리나 양에게 진심으로 우리를 해치려는 생각은 없어요!"

그러게 말하며 가지고 있던 단검으로 샤르의 머리카락을 끊으려 했지만, 이거 단단해…!

그렇게 생각하고 있는데 문득 뭔가 끊어지는 소리가 나고 갑자기 머리카락의 밧줄이 느슨해졌다.

그리고 목이 자유로워진 카테리나 양이 기침을 해댔다.

샤르의 머리카락 밧줄이 절단된 것이다.

절단된 곳에는 한 손에 검을 든 살로메 양의 모습이….

"카테리나, 혼자서 멋대로 무리하니까 그렇지."

상쾌하면서도 어딘가 분노를 품은 듯한 목소리가 들렸다.

"살로메 양…!"

언제나 그렇지만 멋진 타이밍에 등장해 주잖아!

항상 타이밍 좋게 등장하는 히어로 같은 그녀는 샤르 쪽을 돌아보았다.

"샤를로트 님, 당신이 분노하는 마음은 알겠지만, 용서해 줄 수 있을까."

"살로메, 님…."

히어로처럼 나타난 살로메 양을 올려다보는 샤르는 조금 전까지의 험악한 분위기가 흐려져 있었다.

그리고 자기가 손에 들고 있던 머리카락 다발을 보고 놀란 얼굴을 하더니, 황급히 머리카락 채찍을 떨어뜨렸다.

"아, 죄, 죄송합니다! 저야말로! 이런! 머리에 피가 몰려서…! 카테리나 님, 괜찮습니까?"

샤르는 울 것 같은 얼굴로 그렇게 말했다. 평소의 다정한 샤르의 얼굴로 돌아온 것을 보고 나는 내심 안도했다.

샤르를 화나게 해선 안 된다. 나는 다시금 깊이 가슴에 새겼다.

"카테리나는 괜찮아. 좋은 약이 되지 않았을까."

살로메 양의 조용한 목소리를 듣고 조금 전까지 콜록대던 카테리나 양의 어깨가 꿈틀 움직였다.

샤르의 분노는 가라앉았지만, 살로메 양의 분노는 아무래도 가라앉지 않은 모양이다. 목소리의 느낌이 꽤나 무섭다.

카테리나 님, 싸움을 걸 상대는 정말로 잘 생각하는 편이 좋아요. 정말로.

내가 무심코 동정의 시선으로 카테리나 양을 내려다보자, 그녀는 조심조심 고개를 들었다.

"사, 살로메…. 어, 어떻게 여기에, 내가, 약을…."

"료 양이 이런 때를 위해 해독제를 나눠 주었어. 다른 호위들은 푹 잠들었지. 하지만 카테리나가 나한테까지 약을 먹이다니. …그리고 각하에게까지 약을 먹일 줄은 몰랐어. 카테리나, 정말로 여기에 올 예정이었던 것은 각하 쪽 아니었어?"

살로메 양이 그렇게 말하자, 카테리나 양은 눈에 띄게 허둥

댔다.

"아, 아냐! 아, 아버님은 관계없어! 전부 내 잘못이야! 내가 마전을 탈취하려고 했어! 나 혼자 생각이야!"

그렇게 필사적으로 말하는 카테리나 양을 보고, 조금 전 내가 세운 가설에 확신을 얻었다.

그래, 역시 카테리나 양의 목적은….

"카테리나 님, 이제 거짓말은 그만하지 않겠습니까? 카테리나 님은 마전을 탈취하려고 한 게 아니지요?"

"그, 그렇지 않아!"

"이상했습니다. 카테리나 님은 누구에게도 들키지 않고 몰래 도서관에 들어가야만 할 텐데, 일부러 그런 성대한 마법을 써서 우리를 상대해 주었죠. 사실은 위병에게 들키고 싶었던 것 아닙니까? 구세의 마전을 빼앗으러 가려는 자신을 성 관계자에게 들키고 싶었다. 아닙니까?"

내가 그렇게 말하자, 정곡을 찔렸는지 카테리나 양은 입을 벌리고 굳었다.

앨런이 내 쪽을 보고 의아한 기색으로 고개를 갸웃거렸다.

"왜 일부러 그런 짓을?"

"아마도의 이야기지만, 카테리나 님은 구엔나시스 경이 마전을 탈취하려는 것을… 아뇨, 더 말하자면 내전이 일어나는 것을 막으려 했던 걸로 생각됩니다. 구엔나시스 경이 직접 움직이면 마전을 탈취하는 것에 성공해도 실패해도, 내전은 피할 수 없습니다. 하지만 카테리나 님 혼자서 움직였다 실패하면 내전을 막을 수 있다는 가능성은 있습니다."

내가 그렇게 말하자, 카테리나 양이 분한 듯이 입술을 깨물었다. 나는 그대로 말을 이었다.

"구엔나시스 경이 아니라 그 딸이 멋대로 마전을 손에 넣으려 했다가 실패했다. 백작 본인이 간 게 아니란 것은 아주 중요합니다. 딸의 독단이라고 선을 그어 버리면 일단 구엔나시스 경에게 큰 죄를 묻지 않겠죠. 이 나라는 왕정입니다만, 영지를 가진 백작가의 권력은 상당합니다. 변명거리가 있는 한 죄를 묻기 어렵죠. 하지만 죄를 묻지 않더라도 틀림없이 구엔나시스 경은 나라에게 경계의 시선을 받겠죠. 나라의 감시가 심해지면 구엔나시스 경의 앞으로의 행동은 꽤나 제한되고, 구엔나시스 경이 마전을 탈취하기란 점점 더 어려워집니다. 마전을 강탈하지 못하면 구엔나시스 경은 반란을 그만두든가 연기할 수밖에 없습니다. 마전이 없으면 다른 제후의 조력을 얻을 수 없으니까요. 게다가 나라의 감시가 강해지면 구엔나시스령에 있는… 알렉산더의 존재도 알려지게 됩니다."

내가 그렇게 말하자, 앨런은 이해했다는 듯이 끄덕이고 살로메 양이 씁쓸하게 미간을 찌푸렸다.

"분명히 구엔나시스령에 대한 경계가 심해진다면 각하뿐만 아니라 검성의 기사단도 움직이기 어려워져."

감정을 억누른 듯한 살로메 양의 목소리가 울리자, 카테리나 양이 살짝 입을 열었다.

"…그래, 아버님에 대해서도, 검성의 기사단에 대해서도, 견제가 들어오면 되는 거였어. 내가 나 혼자의 의사로 멋대로 한 짓으로 하면 될 거라 생각했어. 그러면 나라에서 구엔나시스령에 뭔가 대처를 하겠지. 아버님도 검성의 기사단도 경계를 사서 움직일 수 없어져…."

즉 이대로 가면 전쟁을 일으킬지도 모르는 구엔나시스령을 막기 위해, 구세의 마전을 탈취하는 시늉을 했다는 소리다.

하지만 그런 짓을 하면….

내가 그렇게 생각하는 동시에 살로메 양이 카테리나 양의 어깨를 붙잡았다.

"그런 짓을 하면 카테리나는 어떻게 되지?! 구세의 마전을 탈취하려 하다니, 실패로 끝나더라도 중죄야! 그런 짓을 하면 카테리나가 처형당할 수도 있잖아!"

그렇다, 살로메 양의 말이 맞다.

카테리나 양의 작전으로는 카테리나 양을 구할 수 없다. 카테리나 양이 모든 죄를 뒤집어쓰고 버려지는 게 전제니까.

살로메 양의 나무람에 카테리나 양이 노려보듯이 고개를 들었다.

"나는 어떻게 되어도 좋아!"

카테리나 양이 그렇게 말하자마자 짜악! 하는 성대한 소리가 울리고, 카테리나 양의 고개가 오른쪽으로 돌아갔다.

왼뺨이 붉다.

살로메 양이 카테리나 양의 뺨을 힘껏 때린 것이다.

"어떻게 되든 좋다는 소리는 두 번 다시 하지 마!!"

항상 차분하던 살로메 양이 얼굴을 찌푸리며 울 것 같은 목소리로 그렇게 말했다.

카테리나 양은 얻어맞은 뺨에 손을 대고, 놀란 얼굴로 살로메 양을 보았다.

"하, 하지만…! 하지만, 나, 나는! 그래도 나는 검성의 기사단처럼, 정면으로 무모한 싸움을 걸어서 영민들을 더 잃고 싶지 않아! 게다가 아버님처럼 구세의 마전에 모든 것을 걸고 왕위를 찬탈하는 짓에 영민을 끌어들이고 싶지도 않고. 구엔나시스의 백성은 이미 그 재해로 충분히 괴로움을 맛보았어. …더는 괴롭게 만들고 싶지 않아!"

그렇게 외치는 카테리나 양의 목소리는 아플 정도로 밤의 어둠에 울렸다.

카테리나 양은 카테리나 양대로 여러모로 생각한 끝에 결단을 내린 것이라고 생각한다. 하지만 그래도, 자기 몸을 희생하는 방식을 우리가 허락할 리가 없잖아…!

그렇게 전하려 할 때 어둠 속에서 어떤 기척을 느꼈다.
기척을 느낀 방향을 보니, 마침 달이 구름에 가려 잘 보이지 않았지만 사람의 모습 같은 게 보였다.
"누구 있어?"
앨런도 그 기척을 느꼈는지 긴장한 목소리로 그렇게 말했다.
어쩌면 성의 위병이 벌써 온 것일까?!
아니, 리츠 군 일행이 왔을 가능성도…. 슬슬 이쪽에 합류해도 이상하지 않을 시간이라고 생각하면서도 경계를 늦추지 않고 있는데, 그 그림자는 "어머, 들켰습니까."라고 귀에 익은 목소리로 말하였다.
이쪽을 향해 걸어오는 모습에, 조금 전까지 구름에 가려 있던 달빛이 비쳐 그 정체를 드러냈다.
아니, 목소리를 듣고 이미 알았지만….
"엘바로사, 어떻게 당신이 여기에…."
어둠 속에 숨어 있던 사람을 보고 카테리나 양이 작게 중얼거렸다.
"어떻게라니, 심한 말씀을 하시는군요, 카테리나 님. 당신의 호위는 제 일입니다. 언제나 곁에 있습니다."
"하지만 당신은 수면제로 잠들었을 텐데?"
살로메 양이 짜증 내듯이 말하자, 엘바로사는 히죽 웃었다.
"예, 카테리나 님에게서 받은 수면제가 든 음료는 아주 맛있었습니다."

분위기에 어울리지 않게 온화한 어조로 말하는 엘바로사.

하지만 얼굴에는 피로 같은 것이 드러났다.

시선만 움직여 엘바로사의 모습을 살피자, 그녀의 오른쪽 다리가 붉게 물든 게 보였다.

아무래도 자기 다리를 찔러서 그 고통으로 졸음을 쫓아낸 모양이다.

"그렇긴 해도 카테리나 님은 아주 성가신 생각을 하시는군요. 자기 몸을 희생해서 나라에 구엔나시스령의 이변을 알린다? 그것으로 내전을 막으려 하다니… 후후. 정말로 카테리나 님은 괜한 짓밖에 하지 않는군요. …정말로 짜증이 납니다. 그런 건 그만두시지 않겠습니까? 괜한 짓을 하시면 제가 곤란하니까요."

그렇게 말하며 일단 입을 다문 엘바로사는 불쾌할 정도의 미소를 얼굴에 떠올렸다.

한순간 흐르는 불온한 분위기.

"그런 짓을 하면… 전쟁을 시작할 수 없지 않습니까!"

그녀가 그렇게 외친 것과 한 걸음 앞으로 나선 것은 동시였다.

엘바로사는 눈에도 들어오지 않는 속도로 가는 검을 내찔렀다.

눈앞의 카테리나 양을 향해서.

희미한 달빛 속에서도 엘바로사가 내뻗은 검 끝에서 피가 튀는 것이 보여서, 나는 무심코 그 칼에 찔린 친구의 이름을 외쳤다.

"살로메 양!!!"

살로메 양이 카테리나 양을 밀치듯이 위험을 피하게 해 주었다. 엘바로사의 검은 살로메 양의 팔을 스쳤다.

나는 곧바로 엘바로사에게 몸을 부딪쳤다.

애초에 다리에 부상을 입은 엘바로사는 지금의 찌르기가 한계였는지, 내 태클에 그대로 균형을 잃고 엎어져 쓰러졌다.

동시에 움직인 앨런이 그대로 올라타서 엘바로사를 제압하였다.

나는 재빨리 엘바로사의 손에서 검을 빼앗았다.

그리고 그 검을 그녀의 목젖에 가져다 댔다.

그동안 엘바로사는 딱히 저항하지 않고, 지금도 드러누운 채로 기분 나쁘게 후후훗 하고 웃을 뿐이었다.

앨런이 엘바로사를 누른 채로 "살로메, 다친 데는 괜찮아?!" 라고 말했다.

멍하니 굳어 있는 카테리나 양의 옆에서, 지면에 주저앉아 오른팔을 누르는 살로메 양이 있었다. 그 옆에서 샤르가 살로메 양을 부축하는 모습이었다.

"나는 괜찮아. 조금 베였지만, 그것뿐이야. 대단치 않아."

살로메 양은 그렇게 대답했지만 그 목소리는 괴로운 듯했다. 램프 불빛에 그녀가 누르고 있는 팔에서 붉은 얼룩이 번지는 게 보였다. 꽤나 부상이 큰 듯해, 친구의 괴로워하는 얼굴에 무심코 머리에 열이 올랐다.

"왜 갑자기 카테리나 님을 찌르려고 했습니까?!"

분노에 떠는 나의 목소리에 엘바로사는 뺨을 지면에 대고 히죽 웃었다.

"내전을 막겠다는 성가신 생각을 하시는 모양이고, 그러면 없는 편이 좋지 않을까 하는 생각에 무심코. 미안해요."

전혀 미안한 빛도 없이 사과하는 엘바로사의 모습에, 분노인지 공포인지 뭔지 모를 기분이 솟구쳐서 입술이 떨렸다.

아니, 무슨 생각인지 알 수 없었다.

그녀는 뭘 하고 싶은 걸까. 카테리나 양을 죽인다고 엘바로사에게 무슨 이득이 있지? 성가시니까 죽이려 했다고 말하지만, 그녀가 소속된 검성의 기사단에게 그건 불리하지 않나? 영주의 따님에게 손을 댄 게 검성의 기사단 중 한 명이라는 게 알려지면 검성의 기사단의 지지율 하락으로 이어지지 않나?

여기서 엘바로사가 카테리나 양을 해치는 이유는? 의미는?

여기서 그녀가 카테리나 양을 습격하는 것에 메리트는 없다…. 하나도 없을 것이다.

"당신은, 대체 뭐가 목적입니까…."

"목적…? 글쎄요. 뭐든지 좋지 않습니까, 목적 따윈. 나는 그저 세계를 엉망으로 만들 수만 있으면 족합니다."

무슨 소리야?

세계를 엉망으로 만들어?

그런 말도 안 되는, 어린애 투정 같은 마음으로 이런 짓을? 사람의 목숨을 빼앗을 수 있어?

등골이 떨렸다.

이 사람은 정말로 잃을 게 아무것도 없는 사람이다. 손익 같은 건 생각하지 않는다. 그러니까 이유도 없이 간단히 무시무시한 짓을 할 수 있다.

지면에 쓰러져 웃고 있는 엘바로사를 내려다보면서 검을 쥔 손에 힘이 들어갔다.

그녀는 위험하다. 무슨 짓을 할지 모른다.

그러니까 내가 여기서 그녀를 막아야 할지도 모른다. 어떻게 하면 그녀를 막을 수 있지? 그녀를 막는 가장 간단한 방법은….

그렇게 생각하니 검을 쥔 손에 무심코 힘이 들어갔다. 그때 카테리나 양의 떨리는 목소리가 들려왔다.

"살로메, 피, 피가 나오고 있어! 나, 나, 나 때문이야. 내가…!"

카테리나 양이 그렇게 말하며 살로메 양의 팔의 상처를 보고 슬픈 듯이 시선을 내렸다.

그런 카테리나 양에게 괜찮다고 말하듯이 사랑스럽게 미소 짓는 살로메 양이 손을 뻗은 그 순간, 밑에서 그 기분 나쁜 웃음소리가 울렸다.

엘바로사가 땅에 얼굴을 대고 미친 듯이 웃고 있었다.

"후후, 후…. 그렇습니다, 카테리나 님. 다 당신 때문입니다. 전부, 전부 당신 탓. 마법사님이면서 제대로 우리를 지켜 주지 못한 것도. 살로메가 부상을 입은 것도, 폭우로 결계가 깨진 것도, 나라가 마물의 습격을 받은 것도, 언니가 죽은 것도…! 전부, 전부 다 카테리나 님 잘못입니다!"

킬킬 웃는 그녀의 소리가 귀에 거슬려서 무심코 미간을 찌푸렸다.

전부 카테리나 양 탓? 왜 그렇게 생각하는 걸까.

무심코 무슨 소리라도 하고 싶어져서 입을 열려던 순간, 살로메 양의 날카로운 목소리가 들려왔다.

"그 바보 같은 소리밖에 할 줄 모르는 입 좀 다물지?! 당신의 말과 행동은 전부 어린애 투정 이하의 응석이야! 당신의 언니… 아니에타는 이런 걸 바라지 않아. 이런 걸 바라는 사람이 아니었어!"

엘바로사의 망언에 살로메 양의 노성이 날아갔다.

살로메 양의 입에서 '아니에타'라는 이름이 나온 순간, 엘바로사의 안색이 변했다.

"살로메, 너야말로 무슨 생각이야?! 아무것도 모르는 주제에, 네가 언니를 논하지 마!"

귀신 같은 얼굴로 부르짖은 엘바로사에게 놀라고 있자, 살로메 양도 지지 않고 날카로운 시선을 그녀에게 던졌다.

"말하겠어! 이대로는 아니에타가 가엾잖아! 그 사람은 온화하고 심성 고운 사람이었어."

그렇게 말하며 살로메 양이 다치지 않은 오른손으로 목 근처를 만지작거리더니 목걸이를 꺼냈다.

그 끈에는 모두와 함께 만든 꽃조개 펜던트가 장식되어 있었다.

"당신이 도서관에서 깨뜨렸던 이 꽃조개는 원래 아니에타가 준비해 준 거야."

살로메 양이 그렇게 밝히자, 엘바로사의 표정이 사라졌다.

"2년 전의 장기 휴가 때, 카테리나가 비슷한 크기와 형태, 색깔도 비슷한 꽃조개 여섯 개가 필요하다고 해서, 나는 꽃조개에 대해 가장 밝은 사람을 찾기 위해 당신의 언니인 아니에타에게 의논했어. 아니에타는 좋은 꽃조개가 모이면 백작가에 보내 달라는 의뢰를 쾌히 받아들여 주었지."

그렇게 말하고 살로메 양이 다친 팔을 누르면서 천천히 일어섰다. 그리고 똑바로 엘바로사를 내려다보면서 다시금 입을 열었다.

"그런 이야기를 하는 도중에, 내가 백작가에서 일한다는 걸 알게 된 아니에타는 당신에 대해 물었어. 자신의 여동생도 병사로 일하고 있다고. 그게 자랑거리지만 위험한 일이니까 걱정이라고. 잘 하고 있는지, 다친 데는 없는지, 누구 여동생의 곁에 좋은 사람은 없는지…. 당신 이야기만 했어. 즐거운 듯이, 기쁜 듯이, 행복한 듯이, 그녀는 당신 이야기를 해 주었어. 그녀는 그저 당신의 행복을 빌었어. 여동생의 행복이 자기 행복이라고 부끄러움 없이 말할 정도로."

살로메 양의 이야기를 듣는 동안, 달빛 아래에서도 엘바로사의 안색이 안 좋아지는 걸 알 수 있었다.

천천히 이쪽으로 다가오는 살로메 양을 엘바로사는 두려움이 가득한 눈동자로 올려다보았다.

"그녀의 바람은 당신의 행복이었어. 당신은 이런 짓을 해서 행복해? 아니에타는 이런 걸 바라지 않는다는 간단한 사실을, 왜 그녀와 가장 가까이 있던 당신이 모르는 거야?! 당신은 그냥 죽을 장소를 찾아 혼자 발버둥 칠 뿐! 슬픔에 취해서 누군가에게 화풀이할 뿐인 그냥 바보야!"

살로메 양의 박력에 엘바로사의 어깨가 크게 흔들렸다.

처음 봤을 때부터 계속 짓고 있던 그 불쾌한 웃음은 없었다.

그리고 잠시 뒤에 엘바로사는 바들바들 입술을 떨며 입을 열었다.

"그런 건… 당신이 말하지 않아도 알고 있어!! 하지만… 그러면, 언니가 없는 이런 세계의, 어디에 내 행복이 있단 말이야…!"

엘바로사가 그렇게 소리친 순간.

쿠와아아아아아아앙!!!!!!!!!!!

갑자기, 정말로 갑자기, 커다란 폭발음이 울렸다.

성대하게 울리는 폭발음에 다급히 그 소리가 난 방향을 보니. 도서관 탑의 최상층 부근에서 연기가 솟구치고 있었다.

저기는 구세의 마전이 보관되어 있는 장소 아닌가…?

"설마 구엔나시스 경이 마전을 탈취하러…?!"

앨런의 말에 샤르가 당혹스러운 눈치로 고개를 내저었다.

"그, 그럴 리가…."

예상 밖의 사태에 우리가 도서관의 연기에 눈을 빼앗기고 있자, 쓰러져 있던 엘바로사가 재빨리 움직이는 기척이 났다.

당황해 하는 우리의 빈틈을 찔러 엘바로사는 앨런에게 붙잡혀 있던 팔을 힘으로 뿌리치고, 오른팔이 자유로워지자 내가 겨누고 있던 검을 맨손으로 붙잡았다.

이런. 제대로 제압하지 않으면…!

그렇게 생각했지만, 칼날에 파고든 그녀의 손이 붉게 물드는 것을 본 순간 머릿속이 새하얗게 변했다.

나는 이런 식으로 내가 든 칼에 사람의 피가 흐르는 것에 익숙지 않다.

그리고 그대로 엘바로사가 무시무시한 힘으로 검을 잡아당기려고 해서, 나는 엉겁결에 빼앗기지 않기 위해 검을 잡은 손에 힘을 주었다.

그 순간, 엘바로사가 손을 놓았다.

잡아당기는 힘이 없어지자 균형을 잃은 나는 검을 든 채로 몇 걸음 뒤로 물러났다. 그리고 앨런이 다시금 엘바로사의 팔을 붙잡으려고 몸을 앞으로 기울인 순간 엘바로사가 힘껏 머리를 쳐들었다.

"크…!"

퍼억, 하고 엘바로사의 투구가 앨런의 이마 근처를 때렸다.

앨런이 신음 소리를 내며 몸을 젖히자, 자유로워진 엘바로사는 야수 같은 움직임으로 일어서서 그대로 숲의 어둠을 향해 달려갔다.

쫓아갈까 했지만, 다리를 다쳤다고는 생각할 수 없는 속도로 바로 어둠 속으로 사라진 엘바로사의 뒷모습은 이미 보이지 않았다.

"미안, 그 폭발음에, 방심했어…. 제길."

투덜대는 앨런 쪽을 보니, 방금 엘바로사의 박치기로 입이

찢어졌는지 입가에서 피가 흐르고 있었다.

"앨런, 미안해요, 제가 제대로 움직였으면…."

그때 검에 신경 쓰지 말고 그대로 엘바로사를 제압하기 위해 움직여야 했다.

아니, 애초에 남을 해칠 배짱도 없는데 검을 들이댄 시점에서 문제였는지도 모른다….

"엘바로사는 이제 됐어. 이대로 구속해 두기에도 벅찬 사람이고."

살로메 양이 그렇게 말하고 도서관 최상층을 가리켰다.

"그보다 지금은 저게 우선이야!"

조금 전 폭발음의 발생원에서는 검은 연기가 오르고 있었다.

"저 장소는 틀림없이 구세의 마전이 있는 곳이로군…."

앨런이 창백한 얼굴로 도서관에서 피어오르는 연기를 보았다.

저기서 연기가 나고 있다는 것은 누군가 저기서 뭔가를 일으켰다는 소리다.

연기가 오르는 장소를 멍하니 보며 주저앉아 있던 카테리나 양이 천천히 일어섰다. 시선을 도서관의 최상층에 고정한 채로.

"아버님…!"

카테리나 양에게서 떨리는 목소리가 작게 울리나 싶더니, 그녀는 그대로 달려갔다.

"카테리나!"

살로메 양이 비명처럼 불렀지만, 카테리나 양은 멈추지 않았다.

우리도 다급히 그대로 카테리나 양을 쫓아가려 했지만, 살로메 양이 비틀거리는 걸 보고 그녀의 몸을 부축했다.

그래, 살로메 양도 팔에 부상을 입어서 피가 아직 멎지 않았다.

"살로메 양은 여기에! 그 상처로는 달릴 수 없습니다."

그렇게 말하며 천천히 살로메 양을 눕혔다.

"샤르는 살로메 양의 곁에 있어 줄 수 있나요?"

"알겠습니다! 료 님은?"

"저와 앨런은 카테리나 님을 쫓아가겠습니다."

내가 그렇게 말하자, 안색이 나쁜 살로메 양이 이쪽으로 고개를 돌렸다.

"료 양, 미안해. 카테리나를 부탁해."

살로메 양이 힘없이 그렇게 말하고 내 팔을 붙잡았다.

그 손에 나도 손을 겹치고 맞잡았다.

"맡겨 주세요. 지나친 행동을 하려고 하면 제가 막겠습니다."

내가 그렇게 말하자, 안도한 것처럼 살로메 양이 눈을 감았다. 살로메 양은 조금 베였을 뿐이라고 했지만, 팔에서 흐르는 피의 양은 제법 되었다. 서 있는 게 한계였겠지.

"료, 나는 먼저 갈게."

앨런은 그렇게 말하고 카테리나 양의 뒤를 쫓아갔다.

"저도 바로 가겠습니다."

"료 님! 무운을!"

샤르의 그런 말에 고개를 끄덕여 주고 달려갔다.

카테리나 양은 귀족 따님답게 달리기에 익숙하지 않다. 곧바로 따라잡을 자신이 있었다.

달리면서 다시금 도서관 건물을 올려다보았다.

어두워서 잘 보이지 않지만, 타는 냄새가 여기까지 풍겨 왔다.

정말로 구엔나시스 경이 마전을 탈취하러 온 건가…?

엘바로사는 이걸 알고 있었을까? 아니, 하지만 그런 기색은 전혀 없었다.

혹시 정말로 그 폭발을 일으킨 게 구엔나시스 경이고, 이대로 구세의 마전이 구엔나시스 경의 것이 되면….

"료, 이쪽이야! 여기 올라타!"

앨런의 그 말에 바위 같은 것의 위에 올라타자, 그 바위가 움직였다.

아니, 솟구친다는 느낌으로… 이건 앨런의 특기인 앨런 엘리베이터다.

도서관에 사람이 들어갈 정도의 창문이 있는 것은 4층까지. 아무튼 4층까지는 엘리베이터로 갈 수 있다.

“카테리나도 마법을 써서 4층 창문으로 들어가는 게 보였어. 그렇게 멀지 않아. 금방 따라잡을 거야.”

앨런의 말에 고개를 끄덕여 주었을 때 4층 창문까지 엘리베이터가 올라갔다.

4층은 항상 우리가 공부하거나 일반적인 책을 읽을 때에 쓰는 공간.

이 넓은 공간보다 더 안쪽으로 들어가면, 구세의 마전이 비치된 최상층으로 이어지는 나선계단이 있다.

안은 어둡지만, 창문에서 들어오는 달빛에 익숙한 은발의 광채가 보였다.

나는 창문으로 뛰어들어 안으로 침입한 뒤 그 그림자를 쫓았다.

그리고 그 손을 붙잡았다.

“카테리나 님! 기다리세요!”

숨을 헐떡이는 카테리나 양이 고개를 돌려 나를 보았다.

“말리지 마, 료 양! 혹시, 이대로 아버님이, 마전을 손에 넣으면…!”

“알고 있습니다. 막을 생각은 없습니다. 하지만 지금 카테리나 님을 혼자 보낼 수는 없습니다.”

완전히 혼란에 빠진 기색인 카테리나 양이 이대로 최상층에 가면 무슨 짓을 할지 알 수 없다.

근처에서 성냥 긋는 소리가 들린다 싶더니, 오렌지색 불빛이 떠올랐다.

앨런이 성냥으로 불을 켜 준 것이다.

안색이 창백한 카테리나 양의 얼굴이 뚜렷하게 보였다.

"절대로 무모한 짓은 하지 않겠다고 약속해 주겠습니까? 영민이 괴로워하지 않도록 내전을 막고 싶다는 카테리나 님의 마음은 이해합니다. 하지만 그걸 막기 위해 자기 목숨을 가볍게 여기는 행동은 하지 않았으면 합니다."

"하지만…."

"카테리나 님을 잃으면 슬퍼하는 사람이 있다는 것을 잊지 말아 주세요. 또 살로메 양이 화를 낼 겁니다."

내가 그렇게 말하자, 카테리나 양은 아까 살로메 양에게 맞은 왼뺨에 손을 대었다.

"알았어…. 목숨을 내던지는 짓은 하지 않아. 하지만 위에 가게 해 줘. 아버님을 막아야만 해."

그렇게 말하는 카테리나 양의 눈동자에 조금 전까지 감돌던 위험한 기색은 사라지고 없었다. 그런 그녀의 망설임 없는 말에 나도 끄덕였다.

"위로 갈 거면 서두르는 게 좋아."

테이블에 놓여 있던 램프를 손에 들고 불을 켜면서 앨런이 말했다.

"그렇군요. 일단 확인해야만 합니다."

최상층에 있는 게 구엔나시스 경이라고 확정된 건 아직 아니다.

우리는 다시금 같은 방향으로 달려갔다.

마법의 수호를 받아 굳게 잠겨 있을 터인 문을 향해서. 하지만 그 문이 무방비한 상태로 열려 있는 것이 눈에 들어왔다.

그리고 그 열린 문 너머에 또 계단이 보였다. 이 계단이 구세의 마전이 보관된 장소로 이어지는 긴 나선계단.

비마법사인 나는 본래 들어올 수 없는 장소….

희미하게 풍기는 타는 냄새, 그리고 본래 닫혀 있어야 할 문이 열려 있는 상황에 좋지 않은 예감을 느끼면서도 우리는 말없이 달려갔다.

초조한 탓도 있겠지만, 길고 어두운 계단에 생각 이상으로 체력이 소진되었다.

혹시 이렇게 달려간 장소에 구엔나시스 경이 있다면 나는 어떻게 해야 할까.

그 정도의 폭음. 이미 성의 경비들도 알아차렸을 테고, 이쪽으로 달려오고 있는 사람들도 있을지 모른다.

카테리나 양의 설득으로 구엔나시스 경이 마전을 탈취하려는 계획을 멈춘다 하더라도… 이미 내전은 피할 수 없는 게 아닐까….

아아, 어쩌지. 모르겠다. 답이, 나오지 않는다…. 앞으로 어떻게 움직이면 좋을까…!

…아니, 진정하자.

지금은 계단을 오르느라 숨이 차니까 머리가 잘 안 돌아가는 것뿐.

분명 냉정해지면 해야 할 일이 보인다. 그리고 아직 확인하지 않았다. 이 앞에 있는 인물의 정체를…!

그리고 드디어 나는 탑의 최상층에 올라갔다.

숨은 차고, 다리도 아프다.

하지만 그런 피로도 날아갈 정도의 광경이 눈앞에 보였다.

빛과 목을 태우는 듯한 열기에 무심코 눈썹을 찌푸렸다.

눈앞은 불바다, 그리고 그 안에 한 인물이 서 있었다.

그 사람은 커다란 책을 한 손에 들고 있었다.

"과연, 마법으로 만든 불로는 타지 않는 구조로 되어 있었나."

그는 그렇게 소리를 내더니, 가슴 주머니에서 성냥을 꺼내어 불을 켜고 책에 불을 붙였다.

"…그건, 구세의 마전!"

뒤에서 달려온 앨런이 그렇게 소리쳤기에, 눈앞에 있는 그가 손에 든 책이 구세의 마전임을 알 수 있었다.

검은 표지의 그 책.

불빛을 받은 그 책등이 가까스로 보였다.

한없이 그리운 일본어로 『마법의 책(시조)』라고 적혀 있었다.

일본어로 뭐라고 더 적혀 있었을지도 모르지만 그 책은 순식간에 불타올랐고, 책을 손에 들고 있던 사람도 그걸 바닥에 내던졌다.

바닥에서 책이 기세 좋게 타올랐다.

"대, 대체 무슨 일이지?! 왜! 이런 짓을 하시는 겁니까?! … 헨리 전하!"

뒤늦게 달려온 카테리나 양이 그렇게 절규하듯이 외치며 무릎을 꿇었다.

"이미 소동을 알아차린 자가 있었나. 빠르군."

태연한 기색으로 그렇게 말한 것은 구엔나시스 경이 아니라 헨리 전하였다.

나라의 상징 같은 것을, 지금 눈앞에 있는 이 남자가, 태워 버렸다.

"헨리 전하…."

나는 그렇게 말하며 멍하니 그를 보았다.

대체 무슨 일이 일어나고 있는 건지 잘 모르겠다. 있을 리 없다고 생각했지만, 설마 구엔나시스 경에게 협박당해서 마전을 탈취하러…?

아니, 그게 아니다.

쓰레리는 마전을 불태웠다. 탈취하려 하지 않았다.

“무슨 짓을…?”

떨리는 목소리로 간신히 그렇게 물었다.

“보고도 모르겠나? 책을 하나 불태웠지.”

“왜 불태웠냐고 묻고 있습니다!!”

평소처럼 속을 알 수 없는 느긋한 어조에 무심결에 목소리가 거칠어졌다.

“하하, 병아리에게는 내가 책을 태워서 그 온기라도 얻으려는 걸로 보였나? 나는 필요 없는 것을 태웠을 뿐이야. …여태까지의 왕족을 믿을 수 없군. 이런 위험한 것을 처분하지 않고 이런 곳에 놔둔 어리석음을.”

그렇게 말한 그의 얼굴에는 어쩐 일로 초조함 같은 것이 보인 듯했다.

하지만 그것은 한순간이고, 평소처럼 상쾌하게도 보이는 미소로 이쪽을 바라보았다.

“이렇게 되면 구세의 마전도 그냥 재다.”

그렇게 말하며 불이 꺼져서 검은 잿더미가 된 것을 헨리는 짓밟았다.

그 검은 잿더미는 구세의 마전이라고 불리던 것이다.

어느 틈에 방 안을 뒤덮은 불길도 꺼져 있었다.

그것은 아무래도 헨리 전하의 마법이었는지, 해제의 마법으로 사라진 모양이다.

지금 있는 불빛은 방 안의 촛대 몇 개에 켜진 촛불뿐.

"이런, 이런 거라니! 이건 우리 마법사의…! 이 나라를 만든 영웅의, 마법사의, 역사가…!"

태어났을 때부터 마법사로 살아온 카테리나 양에게는 꽤나 쇼크였던 모양이다.

이 자리에 있는 게 구엔나시스 경이 아니었다는 사실은 다행이지만… 우리는 눈앞에서 일어난 일을 믿을 수 없었다.

당황하는 카테리나 양을 보고 헨리가 내려다보듯이 미소짓더니 고개를 갸웃거렸다.

"그보다도 이제부터 어쩔까. 괜한 모습을 보였군. 뭐, 어차피 숨을 생각도 없었지만…."

그가 그렇게 중얼거리자, 아래층에서 누군가가 달려오는 발소리가 들렸다.

뒤를 돌아보니 여러 명이 계단을 올라서 이쪽으로 오고 있었다.

고급스러운 옷을 입은 사람들뿐이라서, 아마도 전원 마법사.

그중에 앨런의 할아버지, 알베르 씨가 있었다.

"헨리 전하, 이건…."

계단을 뛰어 올라온 알베르 씨가 주위 상황을 확인하고 당황한 듯이 앞으로 나섰다.

내 바로 뒤에 있던 앨런이 작은 소리로 "할아버지…."라고 말했지만, 알베르 씨의 시선은 헨리 전하에게 못 박혀 있었다.
"늦었군, 알베르. 다른 이들이 먼저 왔다."
이런 상황에서 쓰레리가 그 속내 모를 미소로 그렇게 말했다.
"다, 당신은 대체 무슨 짓을 하신 겁니까?! 구세의 마전은?!"
알베르 씨가 외치듯이 말하자, 쓰레리가 오른발로 바닥을 짓밟았다.
"내 발밑에 있지."
헨리 전하가 그렇게 말하자, 앨런의 할아버지는 그 발밑으로 시선을 옮겼다.
거기 있는 것은 그냥 검은 재였다.
모든 것을 알아차린 듯한 알베르 씨가 머리를 감싸 쥐었다.
"서, 설마, 태운, 겁니까?! 당신이라는 분은, 대체 무슨 짓을…!"
"잔소리는 나중에 듣지. 너도 여기까지 올라오느라 꽤 지쳤겠지?"
장난치는 듯한 헨리의 말에 알베르 씨는 한층 콧김이 가빠졌다.
"설령 헨리 전하라고 해도 이 정도의 행패는 간과할 수 없습니다! 일단 얌전히 성으로 돌아가 주십시오!"
그렇게 화내는 알베르 씨와는 대조적으로, 쓰레리는 평소처럼 여유 넘치는 미소를 보이며 알베르 씨 쪽으로 걸어갔다.

“그렇게 화내지 마라, 알베르. 돌아갈 거다. 애초부터 그럴 생각이었지.”

그렇게 태연하게 말하는 헨리 전하에게 알베르 씨는 한층 더 미간에 주름을 만들며 뭔가 말을 하려는 듯 입을 열었지만, 간신히 억누른 듯이 다시금 입을 닫았다.

그리고 체념하듯이 한숨을 내쉬더니 알베르 씨는 작게 입을 열었다.

“헨리 전하를 북탑(北塔) 지하의 구석방으로 모셔 가도록.”

알베르 씨는 근처에 있던 부하인 듯한 사람에게 지친 목소리로 그렇게 말했다.

에필로그 구엔나시스령의 영주

쓰레리가 저지른 마전 방화 대사건으로부터 며칠이 지났다.

그리고 구세의 마전이 불타서 사라졌다는 사실은 곧 왕도 전체에 퍼졌다.

전하는 그날 파티를 늦게까지 즐긴 뒤에 왕족의 거주구역에 해당되는 서궁(西宮)으로 돌아가는 도중, 자신의 호위병들을 마법으로 날려 버리고 도서관으로 향했다는 모양이다.

그때 쓰레리를 감시하던 리츠 군이나 크리스 군도 휘말려서 한동안 기절했기 때문에 우리와 합류할 수 없었다고 살로메 양에게 전해 들었다.

두 사람에게 큰 부상은 없었던 모양이라 안심했지만, 지금 생각해 보면 리츠 군과 크리스 군이 합류하지 않은 시점에서 조금 수상하게 여겼어야 했다는 생각에 조금 분했다.

그리고 쓰레리는 한동안 근신 처분을 받았고 응분의 회의 끝에 그가 저지른 죄에 합당한 벌을 받는다는 모양이지만, 그 처분을 정하는 것이 어려운지 언제 그 벌이 결정될지는 확실하지 않다.

전례가 없는 일이라서 왕성에서도 꽤나 대응이 곤란한 모양이었다.

애초에 차기 국왕으로 이름 높은, 왕국이 자랑하는 헨리 전하가 저지른 짓이니까….

게다가 나로서는 쓰레리의 의도를 솔직히 알 수 없는 것도 의문이었다.

왜 마전을 태운 걸까.

설마 구엔나시스 경의 움직임을 읽고 '빼앗길 거라면 차라리 없애 버린다!!' 같은 마음이었을까….

그렇게 생각하면서도 내 머릿속에 한 가지 가능성이 스쳤다.

헨리 전하가 마전을 태울 만한 이유를 꼽는다면….

누구의 눈에도 닿지 않게 엄중히 보관된 내 특제 주문서가 뇌리에 떠올랐다.

그 주문서에는 생물 마법의 주문이 적혀 있다.

그리고 아마도, 구세의 마전이 불타서 사라진 지금 이 세계에 생물 마법의 주문이 적힌 서적은 어쩌면 내 수중에 있는 그것뿐인지도 모른다….

"근신도 곧 끝이네요, 료 님."

반성문을 쓰면서 쓰레리에 대해 생각하는 내 옆에서 마찬가지로 반성문을 쓰던 샤르가 밝게 말하였다.

"그렇군요…. 오늘로 겨우 해방되네요."

나는 절절한 심정으로 대답했다.

그렇다, 우리는 현재 근신 중인 몸.

쓰레리의 마전 방화 사건 이후, 우리는 알베르 씨에게 연행되어 왕성에서 사정청취를 받았고, 카테리나 양의 사정이 들키지 않도록 '친구들과 마지막 추억을 만들기 위해 밤에 놀러 나가려고 했습니다. 그랬는데 큰 소리가 나서 걱정스러운 마음에 무심코 달려가 보았습니다'라며 눈물 섞인 거짓말을 하고 해방되나 싶었는데, 교장인 토마스 선생님에게도 무단 심야 외출로 꾸지람을 듣고 기숙사의 반성실에서 한동안 근신 처분을 받았다. 코우 엄마에게도 따끔하게 혼났다.

엘리트가 모이는 이 학교에서 반성실로 가야 될 만큼 소행이 나쁜 학생이 동시에 여럿 나올 경우는 상정하지 않았는지, 반성실은 하나밖에 없다.

그런고로 현재 나와 샤르와 카테리나 양이 반성실에서 지내고 있다.

참고로 앨런과 리츠 군과 크리스 군도 마찬가지로 남자 기숙사의 반성실에서 같이 지내고 있는 모양이다.

"미안해. 나 때문이야…."

나와 샤르의 이야기에 침울해진 목소리가 들렸다. 카테리나 양이다.

나는 며칠 전의 일을 떠올리면서 입을 열었다.

"또 그 소린가요. 첫날 살로메 양과의 면회로 반성회는 끝났으니까, 더는 사과하지 말아 주세요. 그런 소리만 하다간 또 살로메 양이 하늘이 푸른 것도 카테리나 님 때문이라고 놀릴 거예요."

반성실 생활을 하는 우리지만, 면회 요청이 있으면 외부인과 접촉할 수 있다.

근신 처분을 받은 우리에게 살로메 양은 제일 먼저 면회하러 와 주었다. 우리 상황을 보러 오기도 했고, 카테리나 양의 뺨을 때린 것을 사과하러.

거기에 대해 여러모로 감격한 카테리나 양도 '미안해, 내가 잘못했어!' 같은 느낌으로 대오열을 터뜨리며 반성회가 열렸다.

그때 잔뜩 사죄를 들었고, 뭔가 무거운 짐을 내려놓은 것처럼 우는 카테리나 양의 표정을 보고 살로메 양도 나도 안심했을 정도다.

"후후, 그래. 또 살로메에게 그런 소릴 듣겠어. …난 친구 복이 있네. 내 무모한 짓을 막아 줘서 정말 고마워. 이제 곧 학교를 졸업하여 모두와도 작별한다고 생각하니 정말 괴로워."

그렇게 슬프게 미소 짓는 카테리나 양을 보니 확실히 곧 졸업이라는 생각이 떠올랐다.

조금만 더 있으면 작년 도중에 학교가 휴교가 되었던 유야 선배의 학년과 함께 합동 졸업식이 열린다.

하지만 왠지 실감이 안 나네. 위로제도 있어서 여러모로 바빴으니까, 감상에 젖을 시간조차 별로 없었다. 상회 일도 있고 해서 한동안 왕도에 남기로 결심했지만, 대부분의 학생은 자기 영지로 돌아간다. 모두와는 이별이다.

긴 듯하면서 짧은 학교생활이었다. 힘들 때도 있었지만 그 이상으로 아주 즐거웠다. 이런 식으로 친구들과 보내는 나날이 영원히 계속될 듯한 느낌마저 있었지만… 역시 언젠가는 끝이 찾아온다.

"그러네요. 작별은 슬픕니다. 하지만 전 학교를 졸업하기 전에 이렇게 료 님이나 카테리나 님과 지낼 수 있어서 즐거웠습니다. 나쁜 짓을 했는데 이런 상을 받다니…. 이럴 거면 더 나쁜 짓을 해도 좋았겠네요."

정말로 즐거운 듯이 샤르가 그렇게 말했다. 그 귀여운 미소에 솔직히 고개를 끄덕일 뻔했지만, 반성실행을 상이라고 말하는 것도 좀 그런가.

뭐, 분명히 귀족님 학교의 반성실은 그냥 깨끗한 방이고, 식사로 제대로 나오고, 매일 반성문을 써야 한다는 것 외에는 그냥 쾌적할 뿐이다.

하지만 나는 위로제 중인 탓도 있어서 바깥 일이 걱정되는데….

아즐 씨나 에리마리 자매가 정기적으로 면회를 와 주어서 바깥 정보를 얻고 있지만….

"그래. 살로메가 재학 중일 때 둘이서 나쁜 짓을 했으면 살로메와 단둘이 지낼 수 있었을까…."

조금 전까지 감상에 젖은 느낌이던 카테리나 양이 꿈꾸는 소녀 같은 얼굴로 꿈꾸는 소녀 같은 말을 하였다.

두 사람 다 진정해 줄래? 반성실에서 반성하는 건 나쁜이야? 이 반성실 제도, 의미 없지 않아?

조금 기막히다는 시선으로 두 사람을 보고 있자니, 왠지 모르게 조금 마음이 놓였다.

카테리나 양, 정말로 꽤 진정이 되었다.

마전이 없어진 것은 마법사인 카테리나 양에게 꽤나 쇼크인 사건이었나 본데, 구세의 마전이 불타 버린 현재로서는 구엔나시스 경이 괜한 폭거를 저지르지 않을 것이 확실해서, 카테리나 양의 얼굴은 어딘가 안도한 것으로도 보였다.

뭐, 아직 완전히 안심하기란 어렵지만. 구엔나시스 경이 구세의 마전을 탈취하려 들 가능성은 사라졌다고 해도, 구엔나시스령에는 검성의 기사단, 두목이 있으니까….

두목의 움직임을 전혀 읽을 수 없다는 것이… 두목의 꼬리를

잡을 수 없다는 게 무섭다.

왕도에 와 있던 검성의 기사단의 면면들이 홀연히 사라졌다는 보고를 살로메 양에게서 들었다.

즉 엘바로사도 그 이후 그대로 모습을 감췄단 소리로… 솔직히 불안할 따름이다. 아니, 엘바로사가 카테리나 양에게 찰싹 붙어 있을 때도 불안할 따름이었지만.

내가 그런 생각을 하면서 뭐라 표현하기 어려운 기분에 젖어 있는데, 반성실에 기숙사장이 찾아왔다.

아무래도 나와 카테리나 양에게 면회 희망자가 있다는 모양이다.

그 기숙사장이 평소보다 긴장한 얼굴이라서 "누가 면회를 희망하셨습니까?"라고 물어보았다.

"그게 말이지, 구엔나시스 백작 고트프리 님이 오셨어."

응? 구엔나시스 백작이라니…. 설마….

"아버님이…?!"

카테리나 양이 놀란 소리를 내었다.

역시 그렇지?! 아니, 딸인 카테리나 양을 보러 왔을 뿐이라면 모르겠지만, 왜 나까지?!

놀란 얼굴을 하는 카테리나 양과 눈이 마주쳤다. 아무래도 카테리나 양도 어떤 취지로 구엔나시스 경이 왔는지 모르는 모양인데, 정말로 왜 나까지…?

하지만 여기서 놀라 서 있기만 할 수도 없다. 면회를 왔다니 가 봐야지.

카테리나 양과 둘이서 서둘러 준비를 하고 면회실로 향해, 방에 들어가자마자 당당한 바흐 스타일 머리의 구엔나시스 경을 발견할 수 있었다.

일단 평소처럼 숙녀의 미소를 지어 인사하자, 구엔나시스 경이 음, 이라고 말하듯이 고개를 끄덕였다.

카테리나 양은 의아한 표정을 숨기지도 않고 간단히 인사를 하고 자리에 앉았다.

일단 '네가 우리 딸을 밤중에 데리고 나갔냐!'라고 말하며 화내는 기색은 없다.

아니, 애초에 나는 카테리나 양을 데리고 나간 게 아니니까. 카테리나 양이 멋대로 빠져나갔고.

"아버님, 대체 어쩐 일이십니까? 료 양과 함께라는 건…."

카테리나 양이 그렇게 말하며 나무라는 듯한 시선을 자기 아버지에게 보냈지만, 당사자인 구엔나시스 경은 태연한 얼굴이었다.

얼굴에서는 무슨 생각인지 전혀 읽을 수 없다.

"여기에 오기 전에 흰 까마귀 상회의 거점을 가 보았지. 훌륭한 저택이더군. 상회를 세우고 자기 힘으로 재산을 일구고 여기까지 키웠나?"

구엔나시스 경이 그렇게 나를 향해 갑작스러운 화제를 던졌기에, 조금 눈을 크게 떴다.

"아, 예. 흰 까마귀 상회의 거점으로 쓰는 저택은 원래 작은 숙박소였던 것을 증축한 형태입니다만."

"자네는 그 흰 까마귀 상회의 우두머리로 바쁜 매일을 보내고 있다고 들었다. 사람은 충분한가?"

응? 사람…? 아까부터 구엔나시스 경이 질문하는 의도를 잘 모르겠는데….

하지만 이러한 질문을 무시할 권리도 배짱도 없기에, 나는 조심조심 입을 열었다.

"그렇군요, 사람은… 솔직히 말씀드려서 충분치 않습니다."

곤혹스러운 심정이면서도 그렇게 말하자, 구엔나시스 경은 다소 안도한 듯이 고개를 끄덕였다.

"그런가. 그럼 다행이군. 부탁을 하나 하고 싶어서 오늘은 이렇게 찾아왔지."

"부탁, 입니까?"

오, 아무래도 지금부터 본론에 들어가는 모양이다.

"흰 까마귀 상회에, 내 딸 카테리나를 두어 줬으면 하네."

으음?! 흰 까마귀 상회에, 카테리나 양을?!

구엔나시스 경의 갑작스러운 제안에 카테리나 양도 "에엣?!"이라며 곤혹의 소리를 내었다.

"죄, 죄송합니다만, 그건 무슨 의미입니까?"

내가 그렇게 묻자, 구엔나시스 경은 내 눈을 보면서 끄덕였다.

"말 그대로의 의미지. 학교를 졸업하면 그 흰 까마귀 상회에 내 딸 카테리나를 두어 줬으면 하네. 즉 고용해서 자리를 마련해 달라는 거지. 흰 까마귀 상회 소속의 마법사로 삼아 줬으면 싶군."

"아버님, 무슨 말씀인가요?!"

카테리나 양이 거듭 놀라서 말했다.

소리를 지르지는 않았지만, 나도 속으로는 엄청 놀라고 있어!

분명히 전속으로 계약한 부사정령사 외에도 병의 가공 등 섬세한 일이 가능한 마법사가 있으면 좋겠다고 생각했고, 졸업생 중에서 누가 좋을지 좀 생각하기도 했지만…!

하지만 그걸 카테리나 양에게 부탁할 생각은 전혀 없었어!

카테리나 양은 백작가의 외동딸이고 차기 백작이야!

"그건 바랄 수도 없을 만큼 고마운 말씀입니다만… 하지만 카테리나 님은 언젠가 구엔나시스령을 짊어질 입장인 마법사님이십니다. 그런 분을 저희 상회에서 고용하는 건 아니지 않을까요. 일시적이라도 상회 소속 마법사였다는 걸 영민들이 알면 별로 좋아하지 않으리라 생각합니다."

상회 소속의 마법사란 것은 마법사에게 불명예스러운 직업으로 여겨진다. 내가 부사정령사 길드 여러분을 쉽사리 상회 소속으로 삼을 수 있었던 것은 그들이 애초부터 괄시당하는 입장이었기 때문이다.

앨런이나 카테리나 양처럼 장래 중요한 입장이 약속된 사람에게 상회 소속 마법사라는 경력은 오점이 된다.

카테리나 양은 소중한 친구고, 우수한 마법사라는 것도 알고 있다.

분명히 상회에 와 준다면 기쁘겠지만, 친구의 장래에 흠집을 내는 짓은 하고 싶지 않다.

아니, 구엔나시스 경도 그걸 알고 있을 텐데?!

나는 믿기지 않는다는 마음으로 구엔나시스 경을 보았지만, 그는 눈썹 하나 까딱하지 않고 끄덕였다.

"걱정 마라. 카테리나에게 구엔나시스 백작위를 계승시킬 생각은 없다."

"아, 아버님, 무슨 말씀인가요?!"

정말이야! 카테리나 양이 그렇게 말하며 놀라는 것도 이해돼! 아니, 아니, 작위를 물려줄 생각이 없다니, 무슨 소리?! 분명 카테리나 양 외에는 마법사 자식이 없잖아?! 양자?! 양자라도 들이려고?! 아! 혹시 저번에 멋대로 밤에 빠져나간 카테리나 양에 대한 벌?! 징벌이란 소리?! 벌이 너무 무겁지 않아?! 응? 벌이 너무 무겁지 않아?! 혹시 카테리나 양이 하려던 짓의 진짜 의미를 알아차려서?!

내가 놀라서 굳어 있자, 구엔나시스 경은 그대로 말을 이었다.

"솔직히 말하자면, 계승시킬 수 없다는 말이 정확하겠지. 나는 지금부터 국왕을 배알하고, 그분께 받은 작위와 영지를 반환할 생각이다."

…엣? 작위와 영지를 반환…?

구엔나시스 경의 말에 자리가 조용해졌다.

어, 진짜로? 왠지 나 아까부터 구엔나시스 경이 뭐라고 말할 때마다 놀라는 생물이 되었는데?!

"자네는 내 어리석은 희망을 이미 알고 있겠지. 하지만 내 야망은 쉽사리 무너졌다. 아무것도 하지 못한 채로."

조용히 그렇게 말한 구엔나시스 경은 슬프게 미소 지었다.

어리석은 희망이라는 건 아마도 구세의 마전을 수중에 넣어 왕위를 찬탈하려고 했던 것, 말이겠지….

나는 구엔나시스 경을 마주 보고 입을 열었다.

"…포기하셨다고, 생각해도 되겠습니까?"

내 꾸밈없는 질문에 구엔나시스 경은 놀란 듯이 살짝 눈썹을 치켜세웠지만, 곧 자조적인 웃음을 띠며 입을 열었다.

"구세의 마전이 없는 지금, 이미 나로서는 아무것도 할 수 없지. …아니, 애초부터 내가 할 수 있는 게 없었어. 신화를 따라 마전을 손에 넣은 자가 왕이라고 주장하며, 제후들을 아군으로 삼을 생각이었지. 그러면 이쪽이 압도적으로 우세하다. 왕족이 어리석지 않다면 다툼 없이 왕위를 얻을 수도 있겠지. …나는 어리석게도 그렇게 믿고 있었다."

그렇게 말하며 구엔나시스 경은 한차례 말을 끊더니, 가볍게 고개를 흔든 뒤에 다시금 입을 열었다.

"구세의 마전만 있으면 어떻게든 된다, 그런 것은 얕은 환상이었다. 나는 고루한 인간이다. 자신의 가치관이 이미 과거의 것이라는 걸 깨닫지 못했지. 모든 자가 나와 같이 생각할 거라고 믿어 의심치 않았다. 하지만 아니었다. 헨리 전하가 마전을 불사른 뒤 사람들의 반응을 알고 있나? 헨리 전하가 마전을 불태웠다고 동요하는 건 마법사뿐이었다. 마법을 쓸 수 없는 대부분의 왕국민은 평소와 같은 생활, 아니, 무슨 대단한 일을 한 모양이라고 헨리 전하를 칭송하는 자까지 있지. …처음에는 허둥댔을 터인 마법사들조차도 분위기에 휩쓸려 대단한 것 아니라고 생각하기 시작했다."

단숨에 그렇게 말한 구엔나시스 경은 후욱 하고 크게 숨을 내뱉었다.

그리고 슬픈 듯이 눈썹을 찌푸렸다.

분명 그 사건이 일어난 직후에는 정말 왕도가 헨리 전하의 폭거로 뒤집어질 것처럼 보였지만, 의외로 곧바로 그 혼란이 가라앉았다.

애초부터 그 사건에 과도하게 반응하는 사람은 마법사 정도밖에 없었기 때문이다. 평민들은 구세의 마전이라는 게 뭐야? 라는 식으로 모르는 사람마저 있으니까.

왕도는 왕국의 중심이고, 분명히 다른 영지와 비교해 마법사의 인구밀도가 높은 편이지만, 그래도 숫자는 적다. 그 몇 안 되는 마법사들이 처음에는 당혹스러움을 내비쳤지만 곧 그것을 받아들이는 분위기가 되어, 그 사건으로부터 며칠이 경과한 현재의 왕도는 이미 진정을 되찾았다.

"대다수라는 숫자의 압력에 우리의 마법은 이미 통하지 않는다. 아플 만큼 확실히 이해했다. 이미 우리 마법사의 시대는 끝난 거로군."

구엔나시스 경의 말에, 생각에, 한동안 놀랐고, 그런 뒤에 가까스로 입을 열어 "그, 그런 일은…."이라고 대답하려 했지만, 그다음 말이 입에서 나오지 않았다.

그것은 나도 생각했던 바가 아닌가.

앞으로 비마법사의 힘이 강해진다, 그런 시대가 된다. 그렇게 생각하고 그걸 위해 움직이고 있다.

그런 시대를 바라는 사람이 있는 한편으로 지금의 시대를 아쉬워하는 사람들이 있다.

하지만 그렇다고 해서 마법사가 죄다 사라지는 건 아니다.

나는 다시금 입을 열었다.

"세월이 지나면 시대는 변하고 사람도 변합니다. 하지만 새로운 시대가 앞으로 찾아온다고 해도 그 시대에 마법사님이 없는 건 아닙니다. 마치 비마법사만의 시대처럼 말씀하시지만, 그렇지 않습니다. 마법을 쓰든 못 쓰든 관계없이 함께 걸어가는, 그런 시대입니다!"

내가 무심코 강한 어조로 그렇게 말하자, 구엔나시스 경은 이때서야 처음으로 온화한 미소를 보여 주었다.

쓴웃음도, 슬픔의 미소도 아니라, 그저 즐거운 듯한 미소.

"과연, 새로운 시대는 그런 시대인가. 나쁘지 않겠군. …실은 나는 정말로 어리석은 남자라서 말이지, 국왕께 영지를 반환하기로 결정한 지금도 아직 망설임이 있었지. …하지만 더 이상 망설임은 없군."

그렇게 각오를 다진 얼굴로 말하는 바람에, 나는 무심코 주먹에 힘이 들어갔다.

"하지만 일부러 영지를 반납할 것까지는 없지 않겠습니까? 마음속에 숨겼던 뜻도 말하지 않으면 나라는 아무 해코지도 하지 않겠지요. 이대로 구엔나시스 백작으로 영민을 위해 힘을 다하심이?"

"물론 찬탈의 뜻에 대해서는 덮어 둘 생각이다. 아무래도 그걸 쉽사리 자백할 생각은 없어. 그 정도까지 말하면 이 아이에게도 죄가 미치지."

그렇게 말하며 구엔나시스 경은 자신의 딸인 카테리나 양을 바라보았다. 다정한 얼굴이었다. 그 다정한 눈동자를 보며 나는 다시금 입을 열었다.

"그럼 더더욱 그렇습니다. 카테리나 님을 생각하신다면 일부러 작위를 반납하시지 않아도 좋지 않습니까. 덮어 두면 됩니다!"

무심코 내가 그렇게 말하자, 구엔나시스 경은 크게 웃었다.

"하하. 역시나 자네는 말부터가 다르군. 그게 된다면 그렇게 하고 싶지만, 그것도 지금에 와선 어려워. 왜냐면 지금 구엔나시스령에는 날카로운 이빨의 야수가 있지."

날카로운 이빨의 야수란 말에 한 남자의 얼굴이 떠올랐다.

"검성의 기사단과 그 영웅이라 불리는 분 말입니까?"

"음, 그래. 나는 그들을 막아야 했다. 하지만 막을 수 없었다. 영지를 구해 준 은혜, 왕국에 대한 불만, 거기에 마음이 쏠렸다. 그들의 달콤한 말에 넘어갔다. 그들의 위험성을 깨닫고 막으려 했을 때에는 이미 늦었다. 그들은 영민을 자기편으로 삼고 이빨의 숫자를 늘렸지. 조만간 그 이빨은 왕도로 향할 것이야. …하지만 그들의 방식으로는 나라에게 이길 수 없다. 그리고 크나큰 희생을 강요하지. 나는 그걸 막아야만 한다. 구엔나시스의 영주로서 마지막 일이다."

"…그들을 막기 위해 구엔나시스령의 속사정을 말한다는 겁니까?”

분명히 그 두목을 막기 위해선 그게 제일 온당하고 좋은 방법일지도 모른다….

“그래. 그 야수를 억누르기 위해서, 나라에 구엔나시스령의 현황을 전한다. 그러면 나라의 눈길이 쏠리지. 검성의 기사단을 쫓아내기 위해서 이번에야말로 왕국의 기사단을 파견해 주겠지. …그리고 나는 비마법사를 억누르지 못했던 어리석은 영주로 작위를 반납한다. 귀중한 마법사니까 목숨까지 빼앗지는 않겠지만, 카테리나나 구엔나시스의 아이들은 입지가 좁아지지. 자네가 좀 지켜 주게. 오늘은 그걸 위해 왔지. 그리고 가능하면 구엔나시스령 사람이 자네에게 도움을 청하러 오거든 손을 내밀어 주었으면 하네. 정말로 뻔뻔한 바람이지만, 들어줄 수 있겠나? …새로운 시대로 아이들을 데려가 주게나.”

그렇게 말하는 구엔나시스 경의 말에 나는 입술을 깨물었다.

결국 구엔나시스 경이 하려는 일은, 카테리나 양이 하려고 했던 일과 비슷하다. 나라의 눈을 구엔나시스령에 쏠리게 하여 검성의 기사단을, 두목 일행을 막으려는 것이다.

반대로 말하자면 그러지 않으면 그들을 막을 수 없다고, 지금의 두목 일행을 알고 있는 두 사람이 판단했다는 뜻.

나는 한동안 주저한 뒤에 천천히 끄덕였다.

“…예.”

내가 그렇게 대답하자, 구엔나시스 경은 부드럽게 미소 지었다.

"고맙군."

그렇게 말하고 구엔나시스 경은 일어섰다.

나도 인사를 위해 일어섰다. 카테리나 양은 앉은 채로 계속 고개 숙이고 있었다. 어깨가 떨리고 있었다. 우는 건지도 모른다.

지금은 가만히 내버려 두는 게 낫겠다는 마음에 내가 다시 고개를 들자, 구엔나시스 경의 커다란 뒷모습이 눈에 들어왔다.

그러고 보니 신경 쓰이는 것이 있었다.

"어째서 제게 그런 부탁을 하시는 겁니까? 저기, 구엔나시스 경이라면 달리 부탁할 곳도 있으리라 생각됩니다만…?"

내가 그렇게 말하자, 이쪽을 가볍게 돌아본 구엔나시스 경은 살짝 고개를 내저었다.

"아니, 이만큼 부탁할 수 있는 곳도 없군. 왕도에서 흰 까마귀 상회는 사랑받고 있지. 왕가에게도 중용되고 있어. 그리고 딸에게서 자네 이야기를 들었네. 신용할 수 있는 장소는 여기뿐이야. 그리고 무엇보다도 자네는 그 남자가 두려워할 정도의 존재지."

"그, 남자…?"

"검성의 기사단의 영웅이자 위험사상가인 알렉산더 말이네. 아는 사이지?"

"……!"

놀란 나머지 말을 잃은 내게 구엔나시스 경은 살짝 미소를 보였다.

"알렉산더는 두려움을 모르는 녀석이었다. 우리들 마법사나 왕족, 나라라는 강대한 존재조차도 두려워하지 않고 자기 신념만을 믿고 걷는 남자지. 이전에 나는 그 두려움 모르는 남자에게 변덕으로 물어보았네. 자네에게 두려운 것이 있냐고. 그 남자는 조금 고민한 끝에 료 루비포른, 자네 이름을 말했지."

두목이, 내 이름을…?

"앞으로 시대를 만드는 건 틀림없이 자네다. 이미 내가 할 수 있는 일은 많지 않지만, 자네의 활약을 비네."

"…감사, 합니다."

내가 가까스로 그렇게 대답하자, 구엔나시스 경은 만족한 듯이 끄덕였다.

"기다려 주세요, 아버님! 저도 같이 가겠어요! 저는 아버님의 딸입니다! 구엔나시스를 떠받치지 못했던 것은 저의 부족함이기도 합니다!"

지금까지 입을 다물고 있던 카테리나 양이 그렇게 말하며 일어섰다.

카테리나 양은 눈에 눈물을 맺고 구엔나시스 경을 똑바로 바라보았다.

"성인도 안 된 아이가 무슨 소리냐. 내가 누구를 위해 혼자 성으로 가려는 건지 알고 있겠지. 내 자식에게까지 죄가 가지 않도록 하기 위해서다. 가족이 문책받지 않도록 하기 위해서다. 바쁜 나는 너를 외롭게 만들었지. 마지막 정도는 이 아비가 멋진 모습을 보일 수 있게 해 다오."

"하지만…!"

비장한 얼굴을 한 카테리나 양이 구엔나시스 경에게 달려가려고 하기에, 나는 그녀의 오른손을 붙잡아 움직임을 막았다.

"료 양?!"

붙잡힌 형태의 카테리나 양이 절박한 얼굴로 나를 올려다보았지만, 나는 카테리나 양을 향해 고개를 내저었다.

그리고 나는 다시금 구엔나시스 경에게 시선을 주었다.

"구엔나시스령 사람들은 맡겨 주세요."

내가 그렇게 말하자, 구엔나시스 경은 이쪽을 돌아보지 않은 채, "고맙군."이라고 말하고 앞을 향해 걸어갔다.

그 뒤, 구엔나시스 경은 폐하에게 영지와 작위를 반환하였다.

게이스력 717년, 오랫동안 구엔나시스령을 다스렸던 고트프리 구엔나시스의 갑작스러운 퇴위에 나라 안이 소란스러워졌다.

『전생소녀의 이력서』 8권으로 계속

전생 소녀의 이력서

전생소녀의 이력서 [7]

2024년 3월 10일 초판 발행

저자 카라사와 카즈키 | **일러스트** 쿠와시마 레인 | **옮긴이** 한신남
발행인 정동훈 | **편집인** 여영아
편집 팀장 황정아 김은실 | **편집** 노혜림
발행처 (주)학산문화사 | 서울특별시 동작구 상도로 282 학산빌딩
편집부 02.828.8838(전화), 02.816.6471(팩스) | **영업부** 02.828.8986(전화), 02.828.8890(팩스)
홈페이지 www.haksanpub.co.kr | **등록** 1995년 7월 1일 | **등록번호** 제3-632호

ISBN 979-11-411-0052-0 04830
ISBN 979-11-256-7283-8 (세트)

값 7,000원

나를 좋아하는 건 너뿐이냐 15

라쿠다 지음 | **브리키** 일러스트

TV애니메이션 방영작!

"죠로는 팬지의 연인이 되었어. 그러니까 나는 이렇게 여기에 왔어." 크리스마스이브 당일. 약속 장소에 나타난 사람은 팬지가 아니라, 중학교 때 같은 반이었던 코사이지 스미레, 통칭 '비올라'. 뭐가 뭔지 상황을 전혀 받아들일 수 없는 나를 무시하고 데이트를 만끽하는 비올라. 게다가 말일까지 같이 있어 달라고? …아니, 녀석이랑 똑같이 너도 12월 31일이 생일이냐! …그래, 그 녀석. 내 연인인 산쇼쿠인 스미레코는 어디 있지? 연락도 안 되고, 다른 애들이랑 썬은 얼버무리기만 할 뿐. 그래도 너를 찾아내겠어. 하기로 결심했으면 한다. 그게 내 모토다. 뭐? 이 녀석이 힌트라는 게 진짜야…?!

(주)학산문화사 발행

늑대와 향신료의 새로운 이야기

늑대와 양피지 6

하세쿠라 이스나 지음 | 아야쿠라 쥬우 일러스트

둘만의 기사단, 그 첫 임무는…
죽은 자의 나라에서 온 유령선?!

파멸로 향하던 성 크루자 기사단을 궁지에서 구해 준 콜과 뮤리. 기사인 그들의 삶의 방식에서 인연의 답을 찾아낸 콜과 뮤리는 둘만의 기사단을 결성한다. 동경하던 기사라는 직함에 푹 빠진 뮤리였지만, 콜에게 예전처럼 어리광을 피울 수 없게 되어 고민에 빠진다. 그때 하이랜드가 보리 대산지 라포넬로 조사를 다녀와 달라고 의뢰한다. 현랑의 딸 뮤리는 보리 산지라는 말에 의욕을 보인다. 하지만 그 땅의 전 영주 노드스톤이 악마와 거래했다는 흉흉한 소문이 돌고 있었다. 그리고 왕국과 교회의 분쟁을 해결할 가능성이 숨겨져 있는 신대륙 발견을 도와 달라는 부탁을, '여명의 추기경' 콜이 받게 되는데…?!

(주)학산문화사 발행

밀리언 크라운 5

타츠노코 타로 지음 | **코게차** 일러스트

타츠노코 타로가 선사하는
인류 재연(再演)의 이야기, 격진의 제5막!

큐슈에서의 사투를 마치고 왕관종 중 하나인 오오야마츠미노카미를 토벌하는 데 성공한 극동도시국가연합 일행들. 전후 처리를 마친 시노노메 카즈마는 '나츠키와의 데이트 약속'으로 고민하며 휴가를 쓰지만, 쉬기는커녕 연달아 예정이 생기는데?! 귀국한 적복 필두 와다 타츠지로. '최강의 유체조작형'이라 불리기도 하는 왕년의 인류최강전력(밀리언 크라운)과의 대련이 시작되고, 중화대륙연방, EU연합의 갑작스러운 방문과 시대를 뒤흔들 '신형병기' 공개, 그리고 그 끝에서 기다리는 긴장되는 데이트에서…! 여러 가지 이야기가 교차되는 가운데 파란만장한 휴가의 막이 오른다!

(주)학산문화사 발행

이데올로그! 7

시이다 주조 지음 | 유우키 하구레 일러스트

리얼충 폭발 안티 러브 코미디, 최종권!

"료케 양이 학생회장 선거에 출마해 줬으면 해요." "나는 그렇게 사람들 앞에 나서서 이야기하는 건…." 학생회장 미야마에의 추천으로 내키지는 않았지만 차기 학생회장 선거에 입후보한 료케. 미야마에의 후원 덕분에 당선이 거의 확실해 보였지만…. "놀랐어요. 당신이… 입후보할 줄이야." 학생회 내부에 숨어 있던 복병, 서무 사지카와의 여러 방해 공작 때문에 선거전은 파란의 양상을 보인다. 이런 혼란 속에서 대성욕찬회의 과격파가 타카사고를 납치하는데…?!

(주)학산문화사 발행